歪んだ波紋

虛假的共犯

塩田武士

李彥樺──譯

目錄

推薦序
當新聞淪爲殺人工具，「共犯」究竟在何方？

謝孟穎（《風傳媒》記者）

（※本文涉及部分謎底，建議閱畢本書後享用）

「謊言的罪過，可不是區區流兩滴眼淚就可以洗清。假新聞所造成的後果，不是只有讓接受訊息者搞不清楚眞相這麼簡單。這世上有很多人因爲假新聞而毀了一生，或是受到永遠難以平復的創傷……」——塩田武士，《虛假的共犯》

這年頭抨擊「記者智商不到三十」似乎蔚爲流行，但若親自走一趟媒體業，恐怕誰都不敢相信記者眞的不讀書——日本前記者塩田武士以「新聞誤報」爲主軸的小說《虛假的共犯》，即揭示一群蒐集情報爲業、隨手一則報導便可能左右他人生命的第四權記者，爲餵養讀者窺探的渴望，在各種失誤、搶快、搶獨家、半信半疑的窘境下仍決定刊出文章。

記者如何毀人一生，台灣已有諸多前例。一九九七年白曉燕命案，受害母親時隔二十年接受專訪時說記者比殺人犯更可怕，記者為了採訪，發瘋似地衝向現場導致延誤救援，完全不顧孩子死活；二〇一三年八里雙屍命案，媒體群起報導媽媽嘴咖啡館老闆涉案重大、鄰近金紙店老闆娘指證歷歷說他買金紙燒給死者，最後發現都是誤會——這些眞實案例皆如擬像般出現在《虛假的共犯》中，作品談日本、寫小說，但讀完或許會讓很多人無奈：是不是跟台灣太像了？

作家藉由虛構的人物之口，寫下一句刺痛人心的話：「寫的一方或許覺得沒什麼，被寫的一方可是會留下一輩子的傷痛。」如畫龍點睛般貫穿整部作品。一張來自民眾爆料的廂型車照片，加上記者宣稱從警方得到的「獨家消息」，甫失去丈夫的女性便被懷疑殺害枕邊人，被記者咬著盤問；又比如，一名女性教師的兄長被誤認成暴力討債集團打手，記者四處採訪相關訊息，為求效益而讓錯誤的資訊繼續在當地傳開，以致她丟了飯碗、為生計踏上黑暗道路，她站上法庭時，一席沉重的控訴擲地有聲——

「記者在我家附近胡亂散布消息，最後還在報紙上將完全不相關的案子說成是我哥哥幹的。因為這件事，我丟了教師飯碗。如果沒有那一篇報導，現在我應該還在當老師吧。」

記者到底怎麼了？民眾常這麼問，身在媒體業中更常這麼自問。業外民眾期許記者「發掘眞相」，業內長官與同儕更時時提醒要謹慎查證，但為什麼新聞還是變成如此？也許每一個人都試圖做一個「好記者」，只是在壓力中，那麼那麼多同業夥伴，化身成人們所批判

「智商不到三十」的記者。

想當個好記者，首先似乎須投對胎——《虛假的共犯》勾勒出地方報、網路媒體、電視台的生態差異，而台灣也有類似情況。

如果有幸進入敢「燒錢」且不屈服廣告流量壓力的媒體、資金夠厚抑或能靠讀者捐款來營運，記者的任務便可以是維護「口碑」，悉心發掘深度報導，將揭露弱勢、司法不公、環境污染等議題的專題做得有聲有色，贏了掌聲也讓公司穩定走下去；但若生在追求點閱率、須一天十數篇新聞產量的環境，很可能會化身成所謂「鍵盤記者」，抄起網路上各式熱門議題諸如夫妻婆媳戰爭，抑或拋開專業而丟出一些不可思議的提問，就像再多麼厲害的政治線記者，遇上超級名模結婚這樣的大新聞只能認輸，問起總統擬參選人的問題也成了「對她結婚有什麼看法」——《虛假的共犯》同樣呈現出這一主題，並且更尖銳地指出藏在「滿足觀眾胃口」背後的媒體業困境。

故事中，一家虛構的電視台爲求節目效果而找人來「演」縱火案凶手、病患、性騷擾受害者，而這起造假事件的關係人士在被拆穿後說：「節目製作是一種與時間賽跑的工作，原本通過的企劃如果不用，很難在短時間再做出另一檔。總之我們必須在有限時間裡製作出有趣的影片，就算是會惹上麻煩的做法，往往還是會睜一隻眼閉一隻眼……」一語道破當今媒體業根深蒂固的陋習——爲了搶快、爲了滿足觀眾胃口，儘管內部早察覺到危機，還是粗糙無比地採用企劃。更令人膽寒或沉重的，這樣的犯錯並非來自「惡意」，假新聞產出也並非全然出於「刻意」，而是疏忽跟貪快，人們在高壓環境下卻可能這麼「算了」，等爆發後再說，釀成後續悲劇。

產業內點閱率、時效、稿量的要求，從業人士的疏忽、粗心、惰性等宛如怪物般吞食著媒體業和記者，是粗糙的新聞甚至假新聞產生的部份原因，只是無論是塩田武士《虛假的共犯》勾勒的日本社會，或者反思台灣，都不容易忽視一件尖銳又讓人心慌的現實：假新聞的產出，有時是來自內外「共犯」的推波助瀾。

台灣社會對媒體的情緒很複雜，二〇一九年「台灣社會信任調查」便指出人們最不信任新聞記者——矛盾的是，既然不相信記者，為何又那麼信任不夠眞實的新聞？我身處在業內就目睹過好多血淋淋的共謀殺人。

「說我殺人犯的那十天，就改變我到現在的人生，五年！」產業的假新聞及民眾共同製造出的受害者，在台灣經典案例之一是八里雙屍命案的嫌疑人呂炳宏先生，儘管一個月內就洗清嫌疑，報導卻不會消失，他的臉書持續湧入各種留言：「誰還敢喝你家的咖啡」、「你殺人為何不用被關？」事隔多年，呂先生帶妻小上街還要「變裝」就怕這些無法世上抹除的誤解，讓家人陷入危險。曾為記者的塩田武士或許目睹過無數件類似事情，因為在《虛假的共犯》中見到他花費大量心力描繪這樣的受害者，當完全不相關的案件被套在前述提及的女教師兄長身上，作爲家屬的她被街坊鄰居議論紛紛、在學校被學生襲擊——這些人都相信報導，將對犯罪集團的怒氣倒在她身上，有著穩定平凡生活的教師無辜地淪爲輿論下的祭品，因爲錯誤的報導不會消失，登出勘誤亦會埋沒在新聞大海，不被閱讀和記憶，遑論無人指證錯誤的狀況。

另一個無法忽視的共犯，是警方。《虛假的共犯》寫下記者和警察構成的訊息交流系統，如何掩蓋名人之子的犯罪案件，指出爲維護彼此互利共生的關係，記者敢寫出這項報導就是不想混了，而台灣也存在相似的共犯系統——事實上台灣重大刑案發生率逐年下降，但電視新聞成天報殺人放火、惴惴不安的人們渴望得知「眞相」，記者便追著警方餵養的嫌疑人大肆報導。最後不小心發現弄錯了，頂多抄寫新聞稿、倒楣的當事人開記者會喊冤，而平反的新聞很少人閱讀，整個社會永遠都會記住「被誤解的犯罪者」，一如呂先生的情況。

如何瓦解「共犯」體系？如何面對這些「新聞」和「眞相」？《虛假的共犯》沒有直接點出解方，但拋出一道道媒體業的難題，記者自身對於「正義」的誤解、社會對於「眞凶」的渴求、爲保障消息來源而掩蓋新聞的壓力、人們對「名人」的窺探欲望，每一環節都成了假新聞的共犯；另一方面，在這本書裡生病的媒體業還是有希望，一名退役女記者爲了追查性騷擾案件意外揭開警方與記者間共犯系統的大坑，一名退休老記者解開同事當年毀人一生的誤報新聞背後謎團，同時留下一句話給後輩：「記者的工作，靠的是一雙腿。」

記者不死，只是心累——《虛假的共犯》有人性之黑暗也有光，而攤開書的你我若為了其中的環節感到驚奇，莫忘提醒自己：當媒體淪為共犯產業，受害的將是整個社會。

本文作者簡介

謝孟穎，畢業於台大歷史系，認為世界上並不存在「理所當然」的事情，人生處處是發現、處處是為什麼，誤打誤撞進入《風傳媒》跑新聞以後便開始探問「為什麼」的人生。有幸進入一個不報行車記錄器、不報殺人放火、當然也不報殺人犯今天午餐吃什麼的媒體，努力在揭露議題與流量之間掙扎求生，盼一台七年的老筆電伴隨自己繼續堅持。

黑色委託

現任上岡市長的任期即將結束，據傳上岡市出身的經營顧問公司社長山崎宣明（四十八歲）有意出馬角逐下一屆市長寶座（投開票日期為三月十九日）。山崎很可能是以無黨籍身分參選，不接受政黨推薦。

山崎除了經營公司，亦與關西某演藝經紀公司有合作關係，經常在大阪的時事節目上擔任評論來賓。相關人士在接受《近畿新報》專訪時表示：「知名度是山崎在選戰中的最大優勢。」

今年一月，上岡市的自民黨議員木村正平（五十一歲）因政務活動費的支出疑點而遭非官方施政監督組織檢舉。木村坦承以餐廳及咖啡廳的假收據虛報費用，並且宣布辭去議員職務。其後問題延燒至在野黨議員身上，政務活動費支出不透明的問題徹底浮上檯面，導致市議會機能一度陷入停擺狀態。

二〇一三年的上一屆市長選舉，便有傳聞指出山崎有意參選。

1

澤村政彥將手上一本薄薄的雜誌放在桌上，拿起了旁邊的馬克杯。

不愧是忍痛花大錢買來的專業咖啡機，泡出來的咖啡完全沒有討人厭的苦味。澤村以手指在陶瓷馬克杯上輕敲，看著眼前那本會員制雜誌的封面，心中回想著剛剛讀到的文章。

那是一篇特集，主旨是介紹泡沫經濟時期涉及龐大資金流動的神祕人物。其中最令澤村感興趣的內容，是號稱戰後最大規模經濟犯罪的「安大成事件」的來龍去脈。內容包含吞併電視臺、大量收購銀行股票、三千億日圓憑空消失的重大背信案……遭掏空的中型貿易公司「井庄」就此瓦解。

爲什麼那些人會如此信任安大成，將龐大的資金交給他處理？澤村讀完了文章，心裡實在很想一睹這個神祕人物的廬山眞面目，從他口中問出個所以然來。

「你看看這個新聞，不覺得很可怕嗎？」

坐在對面的美穗將手上的報紙擺在桌上，指著上頭一則新聞。

那是一則意外事故的新聞。某一名母親將車子開出自家車庫的時候，不小心撞到了自己的三歲兒子。兒子身受重傷，一直昏迷不醒。自從爲人父之後，澤村每次看到這一類孩童受到傷害的意外事故，都會忍不住鼻酸。

「大概是開車的時候太匆忙，或是心不在焉吧。」

類似這樣的對話，夫妻之間已不知交談過多少次。澤村嘆了口氣，抬頭在餐廳內左右看了兩眼。雖然餐廳只有三坪大，但跟隔壁的客廳並沒有隔板，因此一點也不顯得擁擠。獨生子彰不在，反而感覺有些冷冷清清。

「你看看彰正在製作的報紙，這是綜合學習課的作業……」

美穗不知從何處拿出一張B4大小的紙張，放在餐桌上。如今澤村與妻子的大部分話題，都圍繞著兒子打轉。一來是因爲這幾年夫妻之間的共通話題越來越少，二來多半也是因爲澤村的工作環境較複雜，妻子想把丈夫的心牢牢綁在兒子身上。

紙上的標題寫著「池園新聞」幾個手寫的大字，字跡稚拙。整張紙分成數個區塊，每個區塊以不同大小的手寫字跡寫著不同的文章。有的文章介紹池園國小學生票選最受歡迎文具的排名，有的文章告知學校飼養的兔子不見了一隻的消息，內容豐富有趣。不過每一篇文章的筆跡不盡相同，顯然這一份報紙是由數名同學合力製作而成。

「彰負責哪一篇？」澤村問。

「兔子這一篇跟……」

美穗指著紙面上相當於「頭條」的區塊。但上頭只有一張模糊黑白照片，沒有文字。

「怎麼，他沒趕上截稿時間？」

「還沒截稿呢，交作業的時間是一個月之後。」美穗搖頭說道。

「眞是慢郎中的報紙。」

雖然只是國小的手寫報紙，但自己的兒子能負責「頭版頭條」，還是讓澤村感到頗爲開心。

「這個空白的部分，他打算寫什麼樣的新聞？」

「就是關於『滿田香菸店』前面那條路。」

「噢……」澤村愣了一下，一時不知如何回應。滿田香菸店是一間位於市內的傳統香菸店，店門口是一條狹窄的三叉路。每當車輛在這個路口要轉彎時，內側輪胎很容易超出白線，壓上人行道，相當危險。過去妻子已經針對這件事向澤村抱怨了好幾次。

不僅如此，大約兩年半前，美穗曾在那附近的路上遭遇搶劫。歹徒搶走了她的提包，她摔倒在地，右腳扭傷。更不巧的是美穗當日才在附近的信用金庫領了一筆錢，打算要買彰的生日禮物。這件事在美穗心中留下了陰影，直到現在依然不敢一個人走在夜晚的道路上。也正因爲如此，美穗才會一再抱怨那一帶視野不佳，通行時很危險。

「雖然那裡距離池園國小不算近，但是對騎腳踏車通學的學生而言一點也不遠。」

說穿了，美穗是希望丈夫能向兒子看齊，在報紙上寫一篇提醒民眾注意的文章。

澤村向來不喜歡妻子干涉自己的工作，尤其是在今天這種放假的日子。更何況「易肇事路段」這一類題材，都是由負責與警察聯繫的新進記者撰寫，根本不是自己這種幹了十三年的中堅記者必須做的工作。

「彰爲什麼還沒寫好？」

「他說要跟老師一起到警察局採訪警察。」

「採訪警察？」

不過是小孩的報紙遊戲，何必這麼小題大作……澤村這麼想，但沒出口，只是皺起眉頭。

「他說他是記者的兒子，不能隨便亂寫。」

澤村看美穗臉色柔和地漾起微笑，不禁跟著嘴角上揚。難怪彰會故意挑校外的道路問題作爲題材，顯然「記者的兒子」這塊招牌給了彰沉重的壓力。澤村心裡有些不捨，卻又不禁莞爾。

「我得出門買菜去了。今天吃麻婆豆腐，可以嗎？」

美穗摺好報紙，站了起來。就在這時，早報頭版左上角的一行標題映入了澤村的眼中。

——上岡市長選舉　演藝圈的山崎出馬角逐——

澤村的心中浮現桐野弘充滿自信的表情。那個人不愧是從全國報跳槽至地方報的奇葩人物。頂著曾經負責大阪府警搜查一課的光環，跳槽至地方報後已不知挖到了多少獨家消息。雖然個性上有些難相處，但向來喜歡嘗試新奇事物，明明比澤村還大五歲，對於網路媒體卻瞭如指掌。

大部分的新聞，都是由特定的少數記者挖出來的。這就跟每個學生在畢業前都忙著找工作，但是大部分的內定錄取都集中在少數特定學生身上一樣。此時的澤村早已安逸於當個地方報的中堅記者，忌妒心與好奇心都消磨光了。頂多每天看著在雜誌及網路上引發熱議的新聞，不禁妄想自己哪天也能寫一篇出來。

就在澤村放下馬克杯，想要再度拿起會員制雜誌時，桌上的手機突然響了起來。一看手機，上頭顯示著「社會部」，澤村霎時覺得那鈴聲異常刺耳。難得的假日卻接到工作上的電話，總是會讓澤村感覺壽命縮短兩年。

「抱歉，在你放假的時候打給你。」

電話另一頭傳來主編中島有一郎充滿歉意的聲音。放眼整個社會部，說話這麼客氣的主編大概只有他而已。

「有件工作想請你幫個忙。」

「現在嗎？」

「如果你方便的話。」

澤村無奈地仰望天花板。原本還期待只是確認原稿內容，自己太天眞了。今天澤村能夠放假，是因爲上星期六加班，所以獲得了補假。沒想到什麼事都還沒做，這個假期就結束了。

美穗正穿上外套，準備到超市買菜。她看著丈夫，眼神帶著三分同情與三分埋怨。

澤村掛斷電話，啜了一口早已冷掉的咖啡。一股討人厭的苦味在口中擴散。

2

膚色微黑的店員將一杯印度優格放在桌上，默默轉身走出包廂。

這是一家位於《近畿新報》本社附近的印度餐廳。雖然沒什麼客人，但店內深處的包廂經常有報社的職員佔著不走。理由很單純，因爲包廂隔板夠厚，加上有門，適合密會。當然約在這種地方見面，本身就已經有偷偷摸摸的感覺。但以記者身分，總不能用高級日式餐廳的包廂。

「爲什麼要約在這裡？」澤村半開玩笑地問。

「只是想出來透透氣。一直待在辦公室裡，都快悶出病了。」中島一臉倦怠地回答。

「我明白，畢竟辦公室從來不開窗戶。」

諸如環保、災害等等，大多數記者都有各自負責的題材，但澤村的職務是不負責特定題材的「機動記者」，立場上較爲輕鬆。然而過了數年之後，澤村可能也會像中島一樣整天只能坐在電腦前，修改後進記者的原稿。光是想像那個畫面，澤村便不寒而慄。

「中島主編，你眞厲害，能夠挖到山崎將參選市長的消息。」

澤村捧了中島一句，中島靦腆地笑了笑。

早報上關於市長選舉的獨家消息，是「ＩＪ計畫」的成果之一。所謂的ＩＪ，是Investigative journalism的縮寫，意思是「調查報導」。這種不仰賴記者俱樂部（註）的報導管道一直是各大報社及電視臺的重要課題，但依照現行制度，報社根本沒有多餘資源及時間眞正投入調查報導。

《近畿新報》雖然在三個月前建立起專門進行調查報導的特別小組「ＩＪ計畫」，但除了中島跟桐野之外，其他小組成員都只是提供支援的兼任人員。

「現在只是起了個頭，棘手的問題還在後面。」中島說道。

澤村喝了一口印度優格，點了點頭。原本以爲中島把自己叫出來，應該是有什麼緊急的工作，但中島一直沒有切入正題，令澤村有些詫異。然而澤村沒有表現出來，只是順著話題問道：

「上次那個消息，能報得成嗎？」

「恐怕不是一、兩天的時間就能搞定。」

中島一臉凝重，將紅茶放回杯碟上。

今天早上，《近畿新報》刊登了一則由桐野寫的報導，指稱山崎宣明有意出馬競選市長。山崎在關西地區頗有名氣，像這種公眾人物參加選舉的消息一旦公開，民眾對政治的關注也會水漲船高。上岡市雖然不是縣廳所在地，卻也是擁有二十五萬人口的重要都市，因此關於市長候選人的消息本身就有新聞價值。但是對於負責調查報導的中島等人而言，真正的重頭戲還在後面。

事實上桐野掌握到了一個內幕消息，那就是山崎明明不具備稅務師資格，卻曾經幫人代塡所得申報書並收取酬勞。不僅如此，山崎還可能曾教導顧客如何逃漏稅。中島跟桐野打算把這個醜聞跟山崎的參選消息結合在一起，在報紙上大大炒作一番。

「希望能夠順利……」

幾乎每個社會部的職員都已察覺，原本性情溫厚的中島這幾天顯得表情異常嚴峻。《近畿新報》雖然是縣內閱讀率最高的報紙，但全國報《大日新聞》在後頭急起直追，《近畿新報》的地位已岌岌可危。近年來報社高層的資方經營團隊不斷向業務、廣告等部門施加壓力，當然編輯局也難以倖免。高層大力推動「ＩＪ計畫」，正是在新聞內容上建立與其它報社的差異。

經費一年高達兩百萬日圓，以報社內部計畫而言實在是罕見金額。中島身爲計畫的負責人，就連置身事外的機動記者澤村，也看得出中島肩上的擔子有多麼沉重。

註：記者俱樂部是日本各大媒體爲了長期進行採訪而設置在公家機構或大型企業內的共同組織，多半有記者輪流值班，以便一有風吹草動可以立即採訪。

「對了，到底是什麼工作要交給我？」

「啊……」中島彷彿這時才想起來，從外套的內側口袋掏出了一枚照片。

「是關於上次肇事逃逸的案子……」

澤村原本預期工作內容多半與市長選舉有關，一聽到這句話，不由得愣了一下。

照片裡是一輛黑色箱型車的側面。背景是一棟透天厝建築，似乎有著白色的牆壁，但因失焦而顯得模糊不清。澤村一看這照片，便知道是一星期前的早報所刊登的獨家報導的照片。雖然放在報上的照片除了車子以外的部分都經過馬賽克處理，但肯定不會錯。這張照片也是由桐野挖掘而來，所以也算是「ＩＪ計畫」的成果之一。

「澤村，這條新聞說起來是你起的頭，我們都得感謝你。」

「稱不上起什麼頭，那天只是剛好輪到我值班。」

大約一個月前，澤村在報社內值大夜班的時候，剛好發生了一起肇逃死亡車禍。受害者是四十歲中年男性，職業是高級日式餐廳的廚師。車禍一發生，受害者當場死亡。

《近畿新報》的社會部每天通常都會有三個人負責值大夜班，這天值大夜班的人除了澤村之外，還有一名嚴厲的主編及一名新進的記者。對澤村而言，這可說是最糟糕的組合。依照《近畿新報》的慣例，值大夜班的人在過了半夜十二點之後，就會拿出酒及魚乾之類的下酒菜，一邊喝酒一邊提防突發的犯罪案件或意外事故。

三人剛拉開啤酒罐的拉環時，警察局突然傳來發生肇逃案件的消息。一般而言若是單純的肇逃案件，記者只會根據警方提供的新聞稿，打電話向警局確認詳情，以此作爲撰寫新聞的依據。但這天澤村知道一同値班的主編常發酒瘋，因此以「到肇事現場拍些照片」爲藉口，奔出報社。

「澤村，若不是你那天在現場問到了目擊證詞，也不會有這些後續的報導。」

「我問到的目擊證詞，不過是一句『肇事車輛是箱型車』。何況我那天在外頭到處蒐集目擊證詞，只是因爲不想回辦公室而已。中島主編，如果當天跟我一起値班的主編是你，我根本不會特地前往肇事現場。」

澤村這番話並不是自謙。澤村很清楚自己胸無大志，工作態度雖然稱不上怠惰，但也絕不積極。最好的證據，就是澤村在隔天將問到的證詞告知負責聯繫警方的一名記者，他才剛進報社第二年。之後澤村就把這個案子忘得一乾二淨了。

「這張照片就是桐野寫的那篇報導用的照片吧？」

「是啊，有位讀者把這張照片寄到了ＩＪ專用的申訴信箱，說是拍到了肇事車輛。因爲跟你問到的『箱型車』證詞一致，所以桐野立即向警方確認了。」

「後來案情有了變化？」

「嗯，不過不是來自警方的消息，而是我們又接到了另一位讀者來信……」

中島說到一半，將照片拿起來晃了晃，接著說道：

「這輛箱型車竟然停在受害者的家裡。」

3

車子就停在那棟屋子的旁邊，沐浴著夕陽的微弱光芒。

澤村看著門牌上的「森本」二字，忍不住打了哆嗦。

屋子看起來大約三十五到四十坪，有著白色的牆壁，設計樸素。車子不是停在門口，而是停在側面的停車格裡，與一般的房屋格局頗有不同。由於屋子位於路口處，再加上停車格屬於開放式結構，因此車子從外頭可以看得一清二楚。

澤村掏出中島所給的那張照片，與眼前的景象再三比對，確認讀者提供的消息屬實。

這條新聞可不得了……

澤村已經很久不曾感到如此熱血澎湃了。肇逃車禍的加害者與受害者剛好是一家人的可能性微乎其微，這顯然是一樁謀殺案。

澤村毫無顧忌地踏進停車格內，以各種不同的角度對著那輛箱型車連拍數張照片。車身從外觀看不出明顯的撞傷或凹痕。澤村將照相機放回採訪包裡，接著取出了電子錄音筆。

家人既然有謀殺嫌疑，很可能不會願意接受採訪。但澤村並不在乎。反正只要能隔著對講機講上幾句話，等到家人因涉嫌謀殺而遭逮捕後，就能夠以「逮捕前的對話」爲標題寫成一篇新聞。中島對澤村下達的指令，也是「只要簡單探探口風就行了」。

為了確保周圍沒有其他報社記者，澤村先左右張望了一番。確認沒有可疑車輛後，澤村先按下錄音筆上的錄音鍵，接著按下對講機的按鈕。

屋內無聲無息。

即使豎起了耳朵細聽，依然聽不見任何聲響。澤村又按了一次，同樣毫無反應。於是澤村關掉了錄音筆的電源，轉身離開門邊，打算等天黑後再來碰碰運氣。

「誰……？」背後突然傳來陰鬱的女人說話聲。

澤村吃了一驚，趕緊重新開啓錄音筆的電源，回到對講機的前面。

「抱歉，打擾了。我是《近畿新報》的記者……」

澤村依著事先想好的話術，以略帶誇張的語氣，強調自己打從肇逃事件發生之後就一直努力想要揪出肇事者。女人隨口敷衍，顯得有些不知如何是好。她聽到澤村自稱是《近畿新報》的記者，卻沒有流露出激動的反應，澤村依此推測她還沒有讀過桐野所寫的那則新聞。

「我知道我突然登門拜訪相當失禮，如果妳現在不想表達意見，那也沒有關係。我只是希望妳能明白，我是眞心誠意地想讓社會大眾聽見受害家屬的聲音，並且讓歹徒早日繩之以法……」

「不好意思……」

女人突然插嘴，打斷了澤村的話。澤村趕緊將錄音筆湊向對講機。

「車站大樓裡有一家星巴克……」

「妳說的是衣川車站嗎？」

「對，能不能請你先到那裡等我？」

這意料之外的回應，令澤村有些錯愕。澤村於是告知了自己的手機號碼，並且說明會在桌上放一份報紙方便認人。

走向車站的沿路上，澤村才想起忘了向女人詢問姓名。澤村從肩包裡取出警方提供的案情資料影本，上頭也只寫著「妻子，三十二歲」，同樣沒有記錄姓名。雖然澤村進這一行後已寫過數不清的稿子，但或許是太久沒有針對犯罪案件進行採訪，一時之間竟然因「案情不像警方提供的資訊那麼單純」而感到有些難以適應。當然如果每一件案子都要查個水落石出才能刊登在報上，恐怕報紙沒有一天能夠順利發行。正因爲太過理所當然，才讓人一時無法察覺到這個現實。

同事們如果聽到澤村心中的感慨，多半會哈哈大笑吧。但一種說不上來的奇妙感覺，在澤村的心頭揮之不去。

車站大樓裡的星巴克幾乎座無虛席，澤村費了很大一番功夫才終於佔到了一張兩人座的桌子。澤村點了一杯拿鐵咖啡，回到座位上，拿出數位相機，將剛剛拍的照片與中島所給的照片仔細比對。不僅車子相同，就連背景的白色牆壁上的污點及冷氣機的室外機都一模一樣。

澤村暗自提醒自己，等等要見的人很可能就是凶嫌。

保險起見，對話一定要錄音。如果是一般的採訪，澤村會光明正大地取出錄音筆，詢問對方是否同意錄音。但是這次的情況較特殊，對方很可能會拒絕。而且對方一看見錄音筆，可能會產生戒心。於是澤村將錄音筆設定好了之後，偷偷藏在胸前口袋裡。

不久，門口出現一個左顧右盼的女人。雖然外表看起來比實際年齡小了一些，但身上穿著一件有些皺巴巴的灰色外套，一看就知道出門時相當匆忙，沒有仔細打扮。

澤村拿著報紙起身示意，女人面色凝重地朝著澤村微微頷首。女人在對講機裡的說話聲相當低沉，但此時一看，外貌卻是身材嬌小且膚色白皙，與原本的想像頗有不同。澤村偷偷將手伸進口袋裡，按下錄音鍵。

「打擾了，眞的很抱歉，我是《近畿新報》的記者，敝姓澤村。」

女人接過了名片後，恭謹地行了一禮，以極度微弱的聲音說了一句「敝姓森本」。澤村問她要喝什麼，她露出遲疑的表情，澤村於是請她在座位上等著，獨自走向櫃臺。

不一會，澤村帶著一杯與自己相同的拿鐵咖啡回到座位。澤村先詢問了女人的姓名，女人自稱「森本美咲」。澤村問清楚寫法，記錄在筆記本上。

「森本女士，妳家裡只有兩個人，是嗎？」

「對……我原本跟亡夫一起生活。」

死者森本道夫是高級日式料理餐廳的廚師，四十歲，正值努力工作的壯年。美咲自己則是一星期會有兩天到雜貨店裡打零工。

美咲對眼前的拿鐵咖啡連碰也沒碰，回答問題時也有氣無力。黑色連身裙配上薄毛衣的打扮，跟她萎靡不振的表情一樣灰暗。她自稱發生肇逃案件後，一直關在家裡不肯出門。

如果以「這不是一場單純的肇逃案件」爲前提，採訪的提問勢必得包含「夫妻之間是否相處融洽」之類的問題。但如果只把對方當成交通事故的死者家屬，這樣的問題就會很古怪。

「道夫先生遭遇意外的那一天，有什麼事令妳印象深刻？」澤村問道。

美咲緊咬雙唇，表情迅速扭曲。眼眶中的淚水只維持一瞬間的表面張力，接著便沿著雙頰滑落。澤村問這個問題原本只是試探，沒想到竟然引來這麼大的反應，一時有些手足無措。

「我丈夫向來不喝自來水，只喝礦泉水。平常我都會請人把礦泉水宅配到家裡，但那星期我忘了訂……」

美咲說到這裡，稍微停頓了一下，取出手帕擦拭眼角。

「所以……我叫先生下班時順便到一家營業到很晚的超市買礦泉水。」

「妳的意思是說，妳先生那天走的是跟平常不一樣的路？」

「如果我那天沒要他這麼做就好了……我一想到就覺得好自責……」

道夫遭撞死的地點，是一處視野不佳、光線昏暗的十字路口。美咲低著頭啜泣，頻頻拭淚。

澤村彷彿感受到她心中的強烈悔意。一想到口袋裡的錄音筆，澤村心裡不由得湧起罪惡感。

「請節哀，喝點熱的。」

澤村自己也覺得這句話說得很笨拙，但在這個節骨眼，實在也想不出更好的說詞。何況美咲一直哭個不停，澤村感覺周圍的人彷彿都在看著自己。

澤村一方面感覺自己正在做殘酷的事，一方面又忍不住回想起這些年來擔任記者而目睹的「人性之惡」。例如剛當上記者的第三年，澤村處理了一件家庭主婦遭殺害的凶殺案。當時澤村負責到各警署蒐集案情，基於報導上的需要而須拍攝受害者的喪禮會場照片。澤村一邊在心中道歉，一邊連按快門。

「妳爲什麼就這麼死了？」

死者的丈夫抱著遺照，哀號著跪倒在地。就在這一瞬間，周圍響起無數快門聲響。圍觀的記者們紛紛拿起照相機猛拍。

「你們別太過分了！」

一名男性死者家屬對著記者們怒吼，快門聲才戛然而止。來弔唁的客人們的冰冷視線，令澤村霎時無地自容。

沒想到兩天後，負責與縣警本部搜查一課聯繫的記者打了一通電話給澤村。

「那凶殺案的死者丈夫被警察帶走了，你要隨時注意案情變化。」

當天晚上，死者丈夫就因殺害妻子的罪嫌而遭逮捕。動機竟然只是因爲妻子指責他在外頭偷腥，他一時氣不過才憤而行凶。

我實在想不起來我先生說的最後一句話——

美咲的呢喃，將澤村的心思從記憶拉回現實。

「那天我感冒，早上爬不起來。我先生要出門上班的時候，我還躺在床上。他對我說了一句話，但我睡迷糊了，沒聽清楚……我沒想到那竟然會是他對我說的最後一句話……」

美咲再度潸然落淚，彷彿心中有無窮無盡的悲傷。澤村心裡不斷浮現當初抱著遺照跪在地上嚎啕大哭的死者丈夫。

到底該選擇相信，還是懷疑？

「請問府上有訂報紙嗎？」

美咲聽到沒來由的問題，錯愕地抬起頭。

「沒有……對不起，我家沒有訂報紙。」

「那請問妳是否讀過關於這個案子的報導？」

「沒有，我怕在報紙上看到我先生的名字，我會沒有辦法承受現實……」

照理來說，任何人在親人遭遇危難時，應該都會先蒐集訊息。世上真的有受害者家屬打從一開始就選擇逃避嗎？一旦產生疑竇，那輛黑色箱型車的影像登時在澤村腦海迅速膨脹。

澤村下定了決心，從肩包中取出一張A4大小的紙。那正是桐野寫的那篇新聞影本。

「這麼說起來，妳也沒讀過這篇報導？」

澤村將影本交給美咲。讀一會，美咲看出新聞主旨。她猛然抬起頭，表情迅速變得僵硬。

「這輛箱型車，請問妳平常也會開嗎？」

美咲乾燥的雙唇微微顫動，想要說話卻發不出半點聲音，雙眉之間出現了皺紋。那是憤怒到無以復加的表情。美咲默默起身，快步走出咖啡廳。

在輕蔑的氣氛之中，澤村將手伸進外套口袋裡，按下了錄音筆的停止鍵。

4

一踏進報社的社會部，澤村便頭痛欲裂。

那顯然是壓力所造成的頭痛。暱稱「小鸚鵡」的通信社新聞廣播不斷在整個辦公室空間迴盪，其中還夾雜了說話聲及電話鈴聲。整個社會部共有三十多名記者，但此時包含主編在內，待在辦公室裡的人數不到三分之一。澤村心裡盤算著等把錄音內容打成文字檔之後，就要立刻起身回家。

「咦？你今天不是放假嗎？」

「被ＩＪ拉來加班。」

「噢……」搭話的年輕記者一聽，登時露出了同情的眼神。「爲了市長選舉那條新聞？」

「不是，是肇逃。」

「肇逃？」

年輕記者愣了一下，澤村尷尬地朝他露出笑容。如今整個社會部都在忙著處理市長選舉的新聞，根本不會有人關心肇逃案件。

澤村才剛走到座位坐下，眼前的電話機突然鈴聲大作。澤村反射性地拿起了話筒。

「喂？是社會部嗎？」

聽起來像是中年男人的聲音，說話的口吻帶幾分霸氣。澤村不由得全身僵硬。一想到可能是客訴電話，腦袋更是隱隱作痛。

「是的，這裡是社會部。」

「我是網路新聞《眞相新聞》的記者，敝姓丸岡。」

「《眞相新聞》？」

澤村對這個新聞網站有些印象，但還是第一次接到新聞網站的記者來電。

「今天早報那條上岡市長選舉的新聞，我想請教一下，爲何你們會報導山崎要出馬參選？」

「抱歉，我不明白你這麼問的意思。」

澤村以稍微強硬的語氣回答。一名主編急忙走了過來，將一張紙遞給澤村，紙上的標題寫著「關於上岡市長選舉報導的詢問電話。」

「這可是你們早報上的報導，何必裝糊塗？」

或許是澤村剛剛那句話已惹怒了對方，對方的口氣變得不耐煩。「請稍待片刻。」澤村一面制止對方繼續說，迅速讀起紙上的傳達事項。

原來今天早報刊登桐野的獨家報導後，山崎宣明竟然全盤否認報導內容，表達強烈抗議，揚言採取法律行動。各大新聞媒體都打電話到《近畿新報》來詢問詳情，網路上也鬧得沸沸揚揚。

「我能問幾個問題嗎？」電話另一頭的記者說道。

「啊，抱歉……」澤村再度制止對方說話，接著說出那張紙上的制式回答：「那篇報導是根據我們針對市長選舉進行調查採訪所獲得的訊息，我們相信報導內容不會有錯。」

「我知道你非這麼回答不可。算了，我不想跟你囉嗦。請問你貴姓？」

被不認識的人詢問姓名很不舒服。尤其在這個網路時代，自己的名字一流傳出去，恐怕馬上成爲媒體爭相撻伐的過街老鼠。但此時如果不老實說出姓名，後果恐怕更嚴重。

「敝姓澤村。」

「澤村先生，我想跟你來個私下的情報交易。」

「這個……我可能無法配合……」

「你現在在辦公室裡，我知道你不可能答應。總之你先記下我的電話號碼吧。」

對方雖然自稱是《眞相新聞》的記者，但多半是自由簽約記者吧。澤村雖然因對方的強硬態度感到不快，還是提筆寫下電話號碼。

「澤村先生，這次的報導恐怕會讓你們吃不了兜著走。」

「你可眞有自信。」

「因爲這是徹頭徹尾的誤報。」

誤報這個字眼的強烈震撼力，讓澤村倒抽了一口涼氣。掛斷電話後，澤村走向剛剛遞紙的主編，報告電話內容。

「他說我們誤報。」

「像這樣的電話，今天一整天響個不停。」

「我們不是拿到了調查票嗎？」

調查票指「預定參選者調查票」，這是一種非義務性的告知文書，由決意出馬競選的人主動向各大媒體機關提出，內容包含聯絡方式、所屬黨派、參選經歷、競選活動負責人等等資訊。這次《近畿新報》認定山崎決意參選，正是桐野暗中取得山崎向《大日新聞》提交的制式調查票。

「但是《大日》在晚報上登了一則否定山崎要參選的報導，這麼一來，我們拿到的調查票也沒辦法當證據了。」

「是不是因爲這個時期被我們公開參選意圖，對山崎的選情會有不良影響？」

「多半就是這麼回事吧。所以山崎才會揚言要採取法律行動。就算剛開始的時候說『百分之兩萬不參選』，最後還是會宣布參選，這就是政治家。總而言之，這陣子只能多忍耐了。」

「怎麼沒見到中島主編跟桐野？」

「在會議室裡，正在跟主管討論後續報導要怎麼寫。」

採訪美咲的對話內容很短，打出來並不需要花太多時間。光是在這個過程中，澤村就接到了兩通詢問市長選舉報導的電話，每一次澤村都是以紙上指示的制式回答來應付。澤村等了一會，中島一直沒有從會議室裡出來，似乎還要開很久。澤村於是以電子郵件將打好的採訪稿寄給中島，便匆匆起身離開。

從編輯局的大辦公室來到走廊上，剛好見到一個身材魁梧的男人從廁所走出來。男人沒有看見澤村，大跨步走向辦公室深處。

「桐野！」

澤村朝著不斷走遠的桐野喊了一聲，但桐野似乎沒有聽見。澤村見氣氛不對，猜想會議內容可能相當嚴肅，也不好意思再叫一次。

一看手表，已過了晚上七點。當澤村再度抬起頭來，桐野已走得不見蹤影。

澤村於是取出手機，打了電話給妻子。

5

車站前早已冷冷清清，露天商店街的大多數店鋪也都拉下了鐵捲門。

《近畿新報》的本社雖然位於縣廳所在地，但只要搭電車三十分鐘左右，便是一片由看不到作物的農田及大型小鋼珠店組合而成的偏鄉景象。

澤村來到距離剪票口稍遠的位置，戴上無線耳機，拿起智慧型手機，播放不久前下載的Podcast軟體。還記得當年剛當上記者的時候，迷你收音機是「守株待兔」的必備物品。當時的自己總是一邊聽著夜間棒球比賽的實況廣播或是ＦＭ音樂，一邊等待夜歸的刑警出現。但不知從什麼時候開始，每個人身上都多了一支智慧型手機，無線耳機也變得一點也不稀奇。

澤村不知有幾年沒有像這樣守在車站等待刑警了。心情不禁有些亢奮，腦袋也不由得胡思亂想。搭上電車前先吞了止痛藥，現在感覺舒服多了。但如果每天晚上都要做一樣的事情，還得活在隨時可能被其他記者超越的恐懼之中，那可就一點也不有趣了。

自從剛剛看了桐野那如臨大敵的緊繃表情，澤村便下定決心要盡可能從旁協助。像這樣積極幫助他人可說是一點也不像自己的風格。

現在的澤村雖然只是喜歡混水摸魚的記者，但是當初剛進報社時，也像其他年輕人一樣充滿幹勁。但是這些年來，幹勁早已被睡眠不足、擔心被其他記者搶先的恐懼，以及必須隨時待命的精神轟炸給消磨殆盡了。說到底，追著警察跑的記者實在不是人幹的工作。再加上無視職權騷擾觀念的威權式傳統報社文化，更是讓澤村厭惡至極。不知不覺，自己已變成了一個得過且過、敷衍了事的三流記者。

當初剛進公司的第一年，還像個不知天高地厚的學生。進入第二年的時候，也曾在深夜跟清晨追著刑警的屁股跑，終於挖到關於地下錢莊的獨家消息。但記者俱樂部裡的其他記者得知後，依然是一副滿不在乎的態度。

「就算被《近畿新報》搶先，我們也不會挨罵。」

某個私下交情不錯的通信社記者如此告訴澤村，令澤村受到了很大的打擊。原本澤村就隱約感覺地方性報社較不受尊重，經過這件事更是確信地方性報社與全國性報社有著地位差距。當然報社的地位並不代表一切，但澤村還是忍不住產生工作上的空虛感。

某次澤村與桐野因工作需要而必須整晚相處，澤村將「初入行的悲傷回憶」告訴了桐野。

「唉，那也是過去的事了。在這個網路盛行的時代，每一家報社都得辦出自己的特色才能存活，大報社人多嘴雜，這方面反而吃足苦頭。更何況你要找調查報導的題材，全國到處都找得到，也不必拘泥於大報社。」

桐野畢竟曾是全國報的王牌記者，澤村聽他這麼一說，心情登時平復不少。有辦法挖到獨家消息的記者大多特立獨行但充滿魅力，尤其是桐野說起話來總是特別具有說服力。澤村心想，桐野如果不是工作之餘還得照顧母親，成就一定不止如此。

澤村在車站守了大約二十分鐘，便看見井岡公昭走出剪票口。根據以往的經驗，只等二十分鐘可說是相當幸運。澤村趕緊抓住機會，關掉Podcast走上前。

「井岡先生，好久不見了。」

井岡突然聽見有人叫自己的名字，驚愕地轉過頭來。一看是澤村，臉色登時變得和善。

「眞是好久不見了。飛黃騰達之後，你就不來找我了。」

「是啊，井岡先生現在是副署長，我怎麼好意思來打擾。」

「你別捧我了，我說的飛黃騰達是你。」

「我？我可是萬年小記者。有些跟我同時期進公司的同事，現在已經是副主編了。」

澤村聽到井岡說出「飛黃騰達」這種字眼，不禁感到懷念。井岡這個人從以前就很喜歡在對話中突然插入這種冷僻的詞彙，澤村經常在後進記者面前模仿他的說話風格。如今井岡雖然多了不少白髮，身體也胖了些，但抬頭挺胸的姿勢及溫厚的性格依然一點也沒變。

澤村配合著井岡的步調走在旁邊。如果是八年前，兩人每星期至少會有一天像這樣一同走過這條路。以車站作爲守候警察的地點，雖然有較高的機率等不到人，但好處是可以陪著警察一同走回家，如此一來就能有較長的交談時間。當時的澤村是專門跑警署的主任記者，而井岡則是生活安全課的課長，井岡經常在這條路上把一些案情細節透露給澤村。如今井岡已從課長變成組長，這次的肇逃案正是發生在他的管轄區內。澤村沒有熟識的交通警察，因此直接找上了井岡，反正不論大小案情，最後都會傳入上司的耳裡。

「今天孫子來家裡玩。」井岡說道。

言下之意，是要澤村盡早結束對話。從車站走到井岡的家，只需不到十分鐘。

「是關於上次那件肇逃案。」

「噢，那件被你們報得莫名其妙的案子？」

「莫名其妙？」

「你們認爲嫌犯的車子是黑色箱型車？」井岡以質疑的口吻問道。

澤村愼重地點了點頭。

「我跟你說，受害家屬還是受害家屬，不會變成嫌犯。」井岡接著說道。

澤村心想，井岡的表情不像在說謊，這很可能意味著警方已經鎖定嫌犯身分了……

「你們不會朝這個方向重啓調查？」澤村問。

「不可能、不可能。」井岡笑著揮揮手。他的態度一點也不像敷衍。澤村心頭涼了半截。

「可是關於那張照片，我們已經向警方求證過了。」

「求證？」

井岡驀然停下腳步。此時兩人剛穿過露天商店街。

「你的意思是說，我署裡有人告訴你們『受害家屬的車子就是犯案車輛』？」

「是啊。」

「絕不可能有這種事。」

井岡再度舉步。兩人來到T字路口，轉向左走。進入一條寬大的坡道後，兩旁盡是大格局的房子。這裡是典型的郊外住宅區。

「那完全是誤報。」井岡說道。

誤報這個字眼再度讓澤村一顆心七上八下。剛剛《眞相新聞》的記者丸岡也曾對澤村說過相同的字眼。而且這兩篇報導毫無瓜葛。一走上坡道，馬上就要抵達井岡的家了。直線距離大約只有兩分鐘路程，在這兩分鐘之內，澤村必須將消息的眞僞問個明白。

「抱歉，井岡先生。你的意思是說，敝社的記者根本沒有就那張照片向貴署求證？」

「沒有。如果有這方面的案情進展，我不可能不知道。」

井岡露出了警察特有的銳利眼神。

「更何況，受害者的太太已經懷孕了，只是肚子還不明顯。」

「咦？」

「肇逃案剛發生的時候，她激動得不得了，我們都很爲她肚子裡的孩子擔心呢。」

澤村霎時嚇傻。仔細想，森本美咲接受採訪時穿著寬鬆的黑色連身裙，咖啡一口也沒喝。

「幸好她似乎不知道你們寫了那種報導，我們也不好主動說什麼。那樣寫很沒天良。」

井岡的家已進入視線範圍。澤村絞盡腦汁，想要把握這最後的短暫時間。

「井岡先生，你們是不是已經鎖定嫌犯的車輛了？」

井岡直視前方，既不肯定也不否認。

警方已經進入調查嫌犯行蹤的階段了……

雖然井岡一句話也沒說，但澤村畢竟幹了這麼多年記者，相當清楚井岡在暗示什麼。

「但案發後不久，我曾親自到現場蒐集目擊證詞，確實有人說肇事車輛是箱型車。」

井岡點了點頭，依然沒有說話。點頭的意思，多半只是對澤村付出的努力表達認同。

「難道……不是黑色？」澤村問。

井岡已走到家門口。時間結束。

「辛苦你了……」

井岡輕拍澤村的肩膀，接著打開圍牆鐵門。澤村眼睜睜看著井岡走上小階梯。井岡來到玄關外，突然轉頭面對澤村，從大衣口袋中掏出一個銀色的懷錶，若有深意地舉起手指在上頭輕敲。

肇逃的車輛是銀色……

井岡微微頷首，接著便轉身走進門內。

澤村的腦海浮現了森本美咲那怒不可遏的表情，不由得舉起雙手拉扯頭髮。

那是一篇空穴來風的報導。

6

澤村走回車站，搭上了電車。但他沒有直接回家，而是在下了電車之後，走進一家位於國道旁的連鎖式家庭餐廳。

雖然沒有吃晚餐，但澤村一點食慾也沒有，只是點了飲料。打開筆記型電腦一看，右下角的時間正顯示著晚上十點。從接到中島的電話到現在，只經過不到十小時。但在這段時間裡，澤村不僅見了中島、採訪了森本美咲、在社會部辦公室一邊應付客訴電話一邊打出採訪內容，最後還見了井岡一面。如今澤村坐在餐廳裡，面對著報社的公用筆電。忙碌的程度必定與疲勞成正比，但亢奮與焦躁感卻能麻痺疲勞的感覺。

澤村走到飲料吧，倒了一杯熱可可。此時身體極度渴望著糖分。

連上報社的網路資料庫，輸入帳號與密碼後，澤村開始搜尋由桐野執筆的新聞。桐野在五年前從《大日新聞》跳槽至《近畿新報》，這段期間光是由他署名的稿子就超過三百五十篇。澤村從中挑出社會事件及犯罪相關企劃這類消息得來不易的高難度報導，一篇篇點進去細看。

新聞的眞僞很難一眼就看出來，澤村看了半晌，沒有發現任何特別值得注意的新聞。澤村眼睛痠痛，拿起熱可可喝了一口，用力伸了個懶腰。這時如果鑽進被窩，一定會馬上睡著。但澤村揉揉眼睛，繼續將注意力移回一覽表上。

他點進一篇名爲〈犯罪受害者特集　第四回〉的文章。那是兩年前的文章，採訪對象是竊盜罪的受害者。其中一個項目是「路上搶劫」。

大野留美，二十七歲，醫療事務職員。

「那時候我前面是一條危險的三叉路，我好幾次都在那裡差點被車撞到。所以我只顧著看路，卻沒有注意到後面機車的引擎聲。」

——大野小姐不僅提包被搶走，還在拉扯中摔倒，右腳挫傷，治療一個月才痊癒。當時大野小姐購買長男生日禮物，剛從附近的信用金庫ATM領錢，因此被害金額高達約十萬日圓。

文章還描述受害者遭遇搶劫當下的感受、後來留下的內心陰影，以及警方的搜查過程等等……澤村越讀越是背脊發涼。

這不正是發生在自己妻子身上的事嗎？

除了受害者的姓名、年齡、職業之外的一切內容，都與美穗遭遇如出一轍。如此高的相似性，沒辦法用純屬巧合來解釋。澤村回想起美穗坐在醫院裡時的蒼白臉孔，胸口頓時有一股怒意油然而生。

大野留美這個人完全是桐野虛構出來的人物。爲什麼桐野憑空捏造出一個人物，卻又在情境上完全抄襲自己妻子的遭遇？或許是因爲這個時期的桐野，還不敢從頭到尾完全杜撰出一個故事吧。但眞正的理由，只有桐野自己才知道。如果市長選舉的參選消息及那張肇逃案件的照片也都是假的，足見桐野的職業道德徹底淪喪。

這勢必會成爲震驚社會的一大醜聞……

澤村喝一口冰水，試著整理思緒。

桐野那篇肇逃報導照片裡的車子，根本不是嫌犯的車子。那山崎參選市長的報導，到底是眞是假？桐野曾是《大日新聞》的記者，他聲稱取得《大日新聞》的調查票，成爲山崎參選市長的最大證據。問題是山崎怎麼會在這種時期就提出調查票？

驀然間，澤村看見筆記本內的一串號碼。那是《眞相新聞》丸岡記者的手機號碼。如果打給他，很可能被追問各種問題，導致事態一發不可收拾。但是丸岡當初在說出「這是徹頭徹尾的誤報」時，語氣斬釘截鐵。澤村的直覺正在告訴自己，丸岡這人一定知道些內幕，並非虛張聲勢。

桐野到底幹了什麼好事……

他不見得會對上司說出眞相。如果是不利於己的事，很可能會隱瞞不說。

澤村按捺不住好奇心，在手機中輸入丸岡記者的手機號碼。

「喂？」電話另一頭傳來丸岡的不耐煩聲音。

「我是《近畿新報》的澤村，今天曾經接到你打來的電話。」

「啊！你真的打來了，真是太感謝了。」

丸岡的聲音瞬間轉為興奮。澤村謹慎地問道：

「關於市長選舉那條新聞，你說那是徹頭徹尾的誤報，請問有什麼證據？」

「澤村先生，你還在相信那篇報導？那百分之百是假的。」

丸岡的篤定語氣，讓澤村感覺心情更加沉重。

「既然你主動聯絡我，我也不想隱瞞你。這件事其實跟我們明天早上要發布的新聞有關。」

「你們要把這件事報導出來？」

「關於你們《近畿新報》的事，我們當然也會提及，但我們的報導內容可沒那麼單純。我們主要談的是一個在網路上專門教導如何製作假新聞的網站。假新聞的英文是fake news，這個網站的名稱用了個雙關語，就叫作《造假新聞》（make news）。到了明天，我們的新聞一公布，這個網站肯定會聲名大噪吧。」

「教導製作假新聞的網站？」

「沒錯，我現在正在追查這個網站的設立者是誰。我相信這個人一定當過記者。他在網站上將新聞細分成很多種類，分別解說如何製作出容易讓人相信的假新聞。其中就有『選舉』這一項，而且裡頭提到了如何製作關於表態參選的獨家新聞。以你們這次的報導來說，你們手上的證據之一，一定是桐野取得的調查票，對吧？」

沒想到這個人竟然已經查得一清二楚……澤村感覺背上竄起一陣涼意。

「這也是《造假新聞》中介紹的技巧之一。還有，那張肇逃案件的照片也是。」

「你怎麼會知道這件事……？」

「所有由你們的『ＩＪ計畫』所主導的新聞，我全都清查過了。在新聞中故意放一張煞有其事的車輛照片，正是『車禍案件』中介紹的技巧。」

明明同是記者，丸岡這番話卻讓澤村摸不著頭緒。

「不過那個網站上介紹的假新聞手法，只是以在網路上流傳爲目的。如今有人在老媒體的紙本新聞上這麼搞，勢必會引起軒然大波。」

老媒體這個字眼，是從以前就存在的報紙、電視這類傳統媒體，字義上帶有些許的否定意味。澤村回想起從前桐野也說過類似的話。說起來，桐野確實是個相當熟悉網路媒體的記者。

「據說《造假新聞》網站的瀏覽人數有越來越多的趨勢，這表示假新聞在未來會像病毒一樣，對我們造成嚴重的威脅。」

像這樣一個網站，等於是在向世人宣布「資訊是一種凶器」。一旦操作不當，馬上就會產生一股以假消息爲基礎的輿論力量。而說出眞相的人，只能活在這些力量的陰影之中。

澤村的腦海驀然閃過了一個念頭。

那就是誤報與假新聞的差異。

澤村寫過的新聞多得數不清，當然誤報的次數也不少。誤報的主要原因，是粗心大意及錯誤認知。相較之下，假新聞卻帶有明顯的惡意。誤報能夠以訂正啓事的方式彌補過錯，但假新聞留下的汙點卻難以抹滅。

「澤村先生，現在換你提供情報了。請你告訴我，你們『ＩＪ計畫』的主編是誰？」

「主編？」

「是啊。要在報紙上製造假新聞，一個人是做不來的，肯定有人從旁協助。」

澤村的腦海浮現了中島的臉孔，以及美穗遭遇搶劫那天的回憶。

新聞媒體在報導搶案時，原則上不會公布受害者姓名。而且美穗遇搶後，《近畿新報》曾向警方提出請求，希望不要將「受害者是記者的妻子」這個消息公布出去。因爲澤村的名字有可能出現在報紙上，如此一來妻兒的生活會受到影響。

當時代替澤村向警方交涉的人物，正是中島。

因此中島對美穗遭遇搶劫的來龍去脈可說是十分清楚。

7

嚴冬的清晨，冷風一陣陣颳在臉頰上。

澤村將車子停進了投幣式停車場，將圍巾塞進外套的領口內。今天的早晨比以往冷得多，雖然從日出到現在已過了一小時，依然寒氣逼人。澤村只能一邊安慰自己「至少沒有下雨」，一邊沿著冷冷清清的市內道路前進。

《近畿新報》的本部位在市區的中心，但此地是西邊的郊區，因此景色恬適悠閒得多，隨處可見農田。智慧型手機的地圖畫面上，不斷閃爍的圓點逐漸朝著目的地靠近。

昨天晚上，澤村打電話給社會部的一名主編。那名主編比澤村早進報社，從前曾與澤村在同一個地方支局工作。藉由這通電話，澤村證實兩年前那篇有關「路上搶劫」的特集原稿是中島主編負責審查。

撰稿者雖是桐野，但中島明知內容是假的卻睜一隻眼閉一隻眼，可見得這兩人早在「ＩＪ計畫」開始之前就已經是一丘之貉。

閃爍的圓點終於與代表目的地的紅色箭頭完全重疊。

眼前是一棟正面寬闊的透天厝建築。澤村走到車庫前，錯愕地停下腳步。

格狀升降式車庫門的內側，停著一輛汽車，引擎並沒有發動，駕駛座上卻坐著一個人。

那個人穿著羽絨外套，額頭緊貼在方向盤上，就這麼趴著一動也不動。澤村的腦海閃過「自殺」兩字，匆忙奔上前去。車內的人或許是聽見了腳步聲，緩緩抬起頭來。那個人正是中島。

中島的臉色憔悴，完全不像是剛起床準備上班的模樣。或許是在寒冷的車子裡渡過了一夜，身體不堪負荷。整個人看起來失魂落魄，顯得疲累至極。

中島看見澤村，表情沒有一絲驚訝，又將臉埋進羽絨外套內。澤村一時拿不定主意，不曉得該不該繼續往前走。畢竟任誰都看得出來，中島此時的狀況有多糟。

驟然間，車庫門緩緩上揚，發出了巨大聲響。中島慢慢起身，朝著副駕駛座抬了抬下巴，示意澤村上車。就在澤村坐上副駕駛座的同時，中島發動了引擎。

「抱歉，突然到府上打擾。」

中島直視著前方，只應了一句「無所謂」。他就這麼開著車子持續前進，並沒有把車庫門關上。進入路幅較寬的縣道，車速提高至六十公里左右。

「昨天你睡在車裡？」

中島沒有回答澤村這個問題。但看起來不是不想回答，而是沒有力氣回答。

「肇逃案受害家屬的採訪內容，你看過了嗎？」

對於身心俱疲的人連續提出問題，實在有些殘酷無情。但澤村無論如何都想親自確認眞相。

「對不起……」中島道了歉。

澤村心想，他是爲了還沒有看採訪內容而道歉，還是爲了把我捲入假新聞風波而道歉？首先得釐清這句道歉的意義。

「那張死者家屬的車子照片，是桐野自己拍的？」澤村又問。

中島點了點頭，澤村一時天旋地轉。

原來一切都是眞的。這兩人合力將捏造的假新聞刊登在報紙上。

澤村感覺心跳加速，腦袋亂成一團，但還是努力整理思緒。

「你爲什麼特地把我叫出來，派我去採訪死者家屬？」

「因爲我們接到讀者投書，指出『那輛車是死者家屬的車子』，這件事傳入了社會部長的耳裡，逼得我不得不提出受害家屬的採訪紀錄。」

中島沒有意料到會收到這樣的讀者投書，因此臨時須要提交一份採訪紀錄。他將這個工作指派給澤村，是因爲澤村對於工作完全沒有熱情。一個遭採訪對象拒絕就會輕易放棄的記者，正符合中島的需求。澤村心中的慚愧超越了不悅與憤怒。

「中島先生，我不知道你跟桐野是什麼樣的關係，但兩年前那篇犯罪受害者特集裡的搶劫案例，是抄襲了我太太的親身經歷，對吧？當時那篇稿子的主編也是你。」

「那是第一次。」中島輕輕點頭，呢喃道：「要找出犯罪的受害者，並不是一件容易的事。當時特集眼看就要開天窗了。桐野手上還有其它稿子要處理，他應該也覺得對我很抱歉。我左思右想，決定把你太太的事情告訴他。」

「桐野也同意了，對吧？你們認爲反正內容都是眞的，只是把人換掉而已。你們有沒有想過，雖然只是一場搶劫，但我太太還爲此受了傷！」

澤村察覺自己的聲音越來越大，不由得嘆了口氣，接著說道：

「就算你們決定這麼做，好歹得先跟我說一聲。」

「當時你正在放夏季長假，我們不想打擾你。要是被你拒絕，我們就走投無路了。那本來就是一篇勉強擠出來的特集，要是又少了那個搶劫的案例，根本上不了檯面……」

澤村一方面覺得這些根本不算理由，另一方面卻也埋怨自己太過懶散，旅行回來後竟然沒有把累積的報紙拿來好好讀過一遍。

「後來你們又幹了很多次類似的事情？」

「沒有，在ＩＪ計畫開始之前，我們不曾再這麼做。或者應該說，至少由我擔任主編的部分，我們沒有這麼做。」

「中島先生，你三個月前成爲ＩＪ計畫的負責人，我一直以爲你有著滿腔的理想與抱負。」

車子時而左轉，時而右轉，接著遇上了紅燈。

「這個擔子對我來說實在太沉重……」中島踩下煞車，放開了方向盤，以沙啞的嗓音說道：「不僅是社會部長，就連編輯局長也特地來給我加油打氣。他一再警告我，如果《近畿新報》的發行數量掉到縣內第二名，廣告收益一定會比現在更低。還有，預算也給我很大的壓力。」

「你指一年兩百萬的採訪費？」

「勞資對談的時候，資方一再強調這個，簡直把這些經費當成了他們手中的談判籌碼，這你應該也很清楚。我在工會新聞裡讀到這一段時，覺得壓力好大。」

每當資方作出不利於勞方的要求，編輯局的員工提出抗議時，資方一定會以「你們可是有兩百萬的ＩＪ預算，還有什麼不滿」作爲反駁的理由。

澤村不禁感慨，報社曾幾何時變成對收支數字如此敏感的業界。「編輯工作的神聖不可侵犯性」只存在老一輩的人心中，早不符合這個時代的價值觀；但假如每一則新聞都要思考成本與利潤的問題，這樣的心態是否健全也令人存疑。

「還有一點，我無法忍受地方報的記者被人看輕。」

中島雙眉緊蹙，轉頭望向副駕駛座，接著說道：

「從前那起幾田橋崩塌意外，你應該還記得吧？」

二十二年前，位於縣內北方的一座大型橋樑因土石流災害而崩塌，原本行駛在橋上的車輛全跌落谷底，傷亡慘重。澤村當時還是國中生，但依然清楚記得從直升機上空拍的崩塌橋樑畫面。

「澤村，你應該也聽說過，當時全國報跟東京媒體的記者在採訪時有多麼蠻橫。他們根本不把長年生活在這塊土地上的我們放在眼裡。那只不過是一起發生在鄉下的單純悲劇，那些記者卻從全國各地湧進了這裡。爲了採訪這個意外，我們只能睡在自家報社的支局裡，那些傢伙卻能悠哉地住進飯店。而且他們採訪這個新聞的陣仗，甚至還超過了我們《近畿新報》……」

澤村聽到這裡，不禁回想起通信社朋友說過的那句「就算被《近畿新報》搶先，我們也不會挨罵」。任何一個地方報的記者，或多或少都會對全國報或東京媒體抱持一種自卑感。說得難聽一點，地方報的記者大多是當初畢業時在全國報徵試中遭到淘汰的學生。但只不過是一次考試，如何能夠斷定一個人的價值？

年輕的時候，地方報的記者還可以將「全國報有什麼了不起」的氣魄轉化爲幹勁，但隨著年紀增長，每個人都只能捨棄幼稚自尊心並選擇妥協，設法找出屬於自己的生命價值。然而總是有些記者無法從自卑的束縛中掙脫，長年來抱持著扭曲的心靈。就連澤村自己也一直對通信社朋友說的話耿耿於懷，說穿了與中島相比也不過是五十步笑百步。

「你在ＩＪ計畫中指明桐野當主任記者，難道不怕又開始自甘墮落？」

澤村不忍再看上司這麼怨天尤人下去，決定回到原本的話題。

中島沒有回答這個問題，只是默默開著車子。不知不覺車子已開進南部的工廠地帶。

「從前這一帶曾發生工廠爆炸呢。」

中島以充滿懷念又空虛的語氣如此呢喃。澤村沒有催促，只是耐著性子等著。半晌之後，中島忽然微微漾起微笑，說道：

「我指名桐野當主任記者，是以爲大量的獨家報導能夠增加發行量，提升《近畿新報》的地位……到頭來，我只是不知天高地厚，幻想著自己能撐起這家報社。」

澤村聽著中島這番話，胸口有種難以言喻的窒息感。中島與桐野的人格特質問題與報社的制度缺陷互相交雜，在澤村腦袋中拚湊出複雜的馬賽克圖案。

「ＩＪ計畫初期那些關於縣立醫院醫療疏失的報導，是我們早在ＩＪ計畫成立前就開始構思的題材，我們對內容相當有自信。加上來幫忙的記者夠多，也讓我們感到安心。但接下來就沒有那麼順利了。我曾經要社會部的記者幫忙構思調查主題，但大家給的建議沒有一個能用。」

澤村也是社會部的記者之一，當然聽得出來中島的話中有埋怨之意。但姑且不論自己對工作的熱誠不足，追根究柢，這種「只有主編跟主任記者是固定班底，每次調查都要到處拉記者來幫忙」的計畫制度本身就有執行困難。每個記者光是處理自己的份內工作就焦頭爛額，根本沒有餘力提供協助。如果要像中島所說的「推出大量獨家報導」，除非徵調許多名手腕高明的記者，而且每個記者都要全心投入於調查工作。

如此想來，社會上願意看報紙的人越來越少，或許不能完全歸咎於網路的出現。報社內部的陋習及面子問題，或許比自己想像得還要嚴重。

「想調查卻找不到值得深入調查的題材，讓我越來越焦躁。就像地方政府每到年底就喜歡修繕道路一樣，光是如何才能花完預算就讓我傷透腦筋。」

「所以你們就捏造了肇逃的新聞？」

「在ＩＪ計畫成立之前，桐野就跟我提過有個叫《造假新聞》的網站。當時還只是喝酒閒聊時談笑的話題。但等到上岡市的政務活動費風波告一段落，我們眞的找不到題材可以做了。我不想給人ＩＪ計畫已經停擺的印象，才決定依照《造假新聞》上教的，拍一張肇逃車輛的照片⋯⋯我也想不起來，我跟桐野到底是誰先提議要這麼做了。但我們只是想找點東西暫時塡補空檔，這是眞的。」

「網路本來就是容易流傳假新聞的地方，《造假新聞》那個網站只是教導如何製作在網路上流傳的假新聞。資訊來源一清二楚的報社要是幹出相同的事情，肯定會招來嚴重後果，你們怎麼會連這麼粗淺的道理也沒想到？」

「所以我們對外宣稱那張死者家屬的車輛照片是由讀者提供，再由桐野假裝向警察求證⋯⋯我們以爲這樣就不會被人發現。」

「如果是這樣，爲什麼你們要故意拍死者家屬的車子？遭揭穿的風險不是會提高嗎？」

此時車子已穿過工廠地帶，進入密密麻麻滿是老舊房舍及公寓建築的區域。中島將車子停在一處市營住宅的廣場前。明明是清晨的住宅區，路上卻看不到通勤的上班族，放眼望去到處可見荒蕪的空地，飄著一股陰鬱蕭瑟的氛圍。

中島沉思半晌，說道：

「我不是故意要把錯推到桐野身上……但他說，使用死者家屬的車子照片比較能在網路上引發話題。」

「什麼？」

澤村察覺自己的聲音夾帶著怒氣。爲了保持冷靜，澤村先作一次深呼吸，才說道：

「你們想過這樣的假新聞會對死者家屬造成多大的困擾嗎？」

中島有氣無力地搖了搖頭。澤村的怒意更增，接著道：

「難道你們打算當有人向報社抗議時，你們就以『有人蓄意提供錯誤的照片』及『向警方求證的過程有瑕疵』來當作搪塞的藉口？就算死者家屬在網路上飽受批評，你們也會當作沒看見？這樣的手法……實在太不負責任了！」

斥責中島的同時，澤村也在心中暗罵自己實在太窩囊。竟然沒有事先好好想清楚，就這麼上了這兩人的當。仔細想想，對森本美咲造成最大傷害的罪魁禍首不是別人，正是自己。當初在會員制雜誌上讀到安大成的特集時，澤村還暗中嘲笑那些受害者怎麼會蠢到把錢交給安大成。但如今看來，自己比那些人更荒唐、更愚蠢。

澤村從採訪包中取出了電子錄音筆，說道：

「你仔細聽清楚了……昨晚睡不著的人，可不是只有你而已。」

——那天我感冒，早上爬不起來。我先生要出門上班的時候，我還躺在床上。他對我說了一句話，但我睡迷糊了，沒聽清楚……我沒想到那竟然會是他對我說的最後一句話……

失去摯愛者的悲痛告白，讓中島緊咬著牙齒，發出哽咽。但謊言的罪過，可不是區區流兩滴眼淚就可以洗清。

假新聞的後果，不是只有讓接受訊息者搞不清楚眞相這麼簡單。這世上有很多人因爲假新聞而毀了一生，或是受到永遠難以平復的創傷。

澤村不禁想，如果妻子讀了兩年前那篇關於搶劫的特集文章，不知作何感想？肯定會有自己的不幸遭到他人取笑的感覺。昨晚就籠罩著心頭的陰鬱不悅，如今化成滾燙的熱流。

「死者的太太願意對我說出這些心裡話，表示她相當信任我。但我對她說了什麼？我竟然問她『妳平常會不會開這輛箱型車』，這就跟問她『是不是妳撞死了妳老公』是一樣的意思。而且還是事後警察跟我說，我才知道這位森本美咲女士的肚子裡已經懷了過世丈夫的孩子。」

中島驚愕地看著澤村，好一會說不出話。許久之後突然五官扭曲，以微弱的聲音擠出一句：

「對不起……」

「我打算去向她道歉。」

澤村毅然決然地說道。

漫長的記者生活，讓澤村誤以爲自己看透了世事，逐漸抱持遊戲人間的心態，把活在悲傷之中的受害者家屬當作是完成工作的道具。直到今天天亮之前，澤村一直想不出來該如何爲自己犯下的錯誤負起責任。但如今澤村想通了。自己必須不斷道歉，直到獲得對方的原諒。除此之外，沒有第二條路。

中島抽抽噎噎了好一會，以羽絨外套的袖口粗魯地抹去眼角的淚水。那一副有如槁木死灰的表情，令澤村的心情更沉重。

「今天要是又在公司遭到質疑……我恐怕會崩潰……」

澤村心裡雖然對中島有點同情，但還是狠下心解除了車門鎖。

「一想到今天可能是我最後一天進公司……我就不敢面對我的家人……不敢走進屋子裡……」

中島哭得兩眼紅腫，緊咬著嘴唇。澤村看著中島，不難想像他昨晚獨自坐在車裡多麼絕望。但一想到報社接下來得面對的重大危難，澤村又覺得眼前這個人不值得同情。澤村毫不理會那一對求救的視線，轉身打開副駕駛座的車門。

每遠離車子一步，背後的中島發出的存在感便減弱一分。

澤村想，自己未來可能不會再見到這個人了。

8

店內的氣氛似乎比三星期前明亮一些。

或許是因爲女性顧客的穿著打扮變得華麗些，臉上的表情似乎也柔和得多。季節的變化即使是在店內也很明顯。

《眞相新聞》發布報導兩天後，《近畿新報》對外承認由「ＩＪ計畫」主導的上岡市長選舉及肇逃死亡車禍相關報導都是假新聞。這項聲明一出，《近畿新報》便不斷接到責罵、惡作劇及沉默電話，大量批判性的投書及留言湧入《近畿新報》的電子信箱及Twitter等社群網站。舉凡報紙、電視、雜誌、網站等一切媒體都對《近畿新報》捏造假新聞一事大加撻伐，甚至有媒體製作了特集，將這起事件與美國雜誌《新共和》（New Republic）記者史蒂芬・格拉斯（Stephen Glass）在三年之間捏造大量假新聞的事件互相比較。

一星期後，事態剛開始沉靜，又因爲警方成功逮捕肇逃嫌犯，社會對《近畿新報》的批判聲浪再度高漲，《近畿新報》的發行量節節下滑。如今騷動逐漸平息，但是包含設置預防性第三方委員會在內，《近畿新報》要處理的棘手問題依然多如牛毛。

中島與桐野分別提出辭呈，但高層並沒有受理。不久，懲戒委員會開始討論如何懲處兩人。早在兩年前製作那篇關於路上搶劫的特集時，兩人便是共犯關係。其後兩人成爲社會部重要計畫的主要負責人，更是有如在導火線上點了火。兩人負責的報導越來越偏離眞實，文章內隨處可見虛構人物。最後，兩人終於開始自行創作新聞。

上岡市長選舉那則新聞的「靈感」，來自桐野從朋友口中輾轉得知山崎宣明不再擔任某傍晚時事節目的固定班底。山崎曾經打算參選市長的「過去」，及上岡市因政務活動費騷動而鬧得沸沸揚揚的「現在」，與桐野的「靈感」串聯成一條線，就成了山崎今年打算參選市長的「新聞」。

兩人很天眞地認爲山崎最後就算沒有參選，但心裡或多或少應該有想要參選的意願，因此完全依照《造假新聞》網站中教導的技巧，安排出了能夠在編輯會議上獲得信任的種種「證據」。就連關於山崎協助逃漏稅及違反稅務師法規的消息，也全是捏造的。爲了負起監督不周的責任，就連《近畿新報》的社長及編輯局主管等高層也受到減薪或停職處分。就像金融機關內部的盜領案件，當人事制度過於僵化，導致權力集中在某些特定人物身上時，組織就會開始變質。

這三個星期以來，澤村每天都在思考著如何彌補自己的過錯。

相約見面的地點同樣是上次那家星巴克。但避免尷尬，澤村想要盡可能避開上次那個座位。於是特地提早進入店裡，佔到店內深處的沙發座位。不安的心情讓澤村的掌心全是汗水。記不得上一次與人相約見面前這麼緊張是什麼時候了。

剛開始的時候，澤村曾經一度到美咲的家拜訪。但才隔著對講機報上姓名，對方立即切斷了通話。接著前後共寄了四封信給美咲，其中大部分內容是道歉與反省，另有一小部分內容說明這起事件的來龍去脈，以及如今新聞業界的現況。澤村甚至在信中坦承自己是個得過且過的記者。事實上美咲曾經接受其它報社的採訪，以匿名的方式說出她曾遭受新聞迫害。因此澤村完全沒有料到昨天美咲會主動打電話給自己。當接到電話時，澤村驚訝得說不出話來。

「我想再見一面，就在上次那家店，可以嗎？」美咲這麼問。

澤村寫了那麼多封信，卻無法判斷美咲是否讀了信的內容。那種感覺就像是在黑暗中朝著目標射箭，每寫一封信，心中就增添一分空虛感。如今得知那些信確實發揮了效果，澤村才感到踏實一些。

拿起早已不燙的熱咖啡，輕輕含了一口，將嘴唇沾濕。就在這時，美咲自店門外走了進來。她今天身穿薄大衣及米色的連身裙，雖然身體曲線依然沒有變化，但她把手放在肚子上緩慢走路的模樣，讓澤村明白井岡副署長說的都是眞的。

澤村起身迎接美咲，兩人互相微微點頭。「要不要喝一杯熱牛奶？」澤村問。美咲搖搖頭，回答：「不用了。」

兩個人一在沙發上坐下，澤村立即以雙手抵住桌面，朝美咲深深鞠躬。

「這次的事情，眞的對妳很抱歉。」

美咲見澤村一直沒有抬起頭來，也有些不知如何是好，說道：

「你不用再道歉了……我的心情還沒完全調適好，但體會到你的誠意了。」

澤村端正坐姿，又將信中內容親口說一次。美咲聽著澤村詳細解釋上次為何會有那麼失禮的採訪，偶而點頭回應，始終不發一語。澤村說完前因後果，又道一次歉，美咲這才開口：

「說起來很不好意思，其實我過去從來不曾讀過《近畿新報》。自從收到你的信之後，我才讀了一點……該怎麼說呢……很新鮮。」

「新鮮？」

「我從小在大阪長大，沒讀過像這種地方性的報紙。跟丈夫結婚，我才搬到這裡來住。讀了《近畿新報》之後，才知道即便都是報紙，內容卻完全不同。街上有很多事情或許是因爲太過理所當然，我從來沒有想過，《近畿新報》卻會用很大的篇幅來報導。例如我家附近住了一個很厲害的人，或是某個很少人通行的地下道即將重新開發什麼的……」

美咲這些安慰之詞刺入澤村的胸口，更是充滿愧疚。這世上或許找不到其它言詞，能夠像這番話如此讓一個地方報的記者感動莫名。

這次《近畿新報》徹底挫敗的最大原因，就在於沒有改變根本的制度，只是東拚西湊，草率組出一個調查報導的團隊。眞正應該追求的不是保住縣內發行量第一名的寶座，也不是對抗全國報，而是長年住在這塊土地上才能深入探討的題材。這才是地方報的調查報導應秉持的宗旨。

「最近這一陣子，我終於能夠試著理解那場車禍的原因，也到丈夫去世的那個十字路口看過了。我經常想像丈夫在人生的最後一刻，在那個地方思考著什麼事、看著什麼景象……想著想著，總是不禁掉下眼淚……」

就跟三星期前一樣，美咲取出手帕擦拭眼角的淚水。她吸一口氣，拿起手機點開一張照片，舉到澤村面前。那是以毛筆寫成的「森本」兩字，筆法相當高明。

「不久前我跟丈夫才約好，兩年後要開一家自己的餐廳。我丈夫是個性急的人，這是他請書法家朋友寫的店名。就算小也沒關係，我們的目標是讓客人有賓至如歸的感覺。」

美咲有些害羞地收起手機，接著說道：

「我看了那個十字路口，眞的覺得那裡很危險。我想到可能附近還有其它危險的道路，所以上網查了一下。沒想到網路上竟然有關於這一帶道路安全的專用留言板，讓我嚇了一跳呢。很多人都在上頭交換資訊，對我來說相當有幫助。其中最可怕的一條路，是那個香菸店……」

「妳指『滿田香菸店』？」

美咲聽澤村先說了出來，瞪大了眼睛問道：「你知道？」

「是啊，我太太也常抱怨。」

「我能體會她的心情，我也希望這孩子未來能夠走在安全的道路上。我可不希望再有親人因爲車禍而送命。」

澤村沒有說話，只是輕輕點頭。

「原本我很猶豫今天該不該來見你，但現在我很慶幸我來了。」

美咲將手放在肚子上，終於露出了微笑。

新聞的價値不在於題材的輕重，而在於能不能拉近人與人的距離。

澤村豁然覺得心情輕鬆不少。當初剛成爲記者時的「易肇事路段」題材讓澤村重新拾回了深入採訪的動力。腦中不禁浮現「池園新聞」上那片空白的頭條部分。

「我該走了，等等我要去母親那裡一趟。」

澤村送美咲到店門口，一方面放下心中大石，也感謝美咲的體諒。

「今天眞的很謝謝妳挪出寶貴時間與我見面。」

澤村在店門口恭謹地鞠躬，當抬起頭來，美咲早轉身走了。

那一步步遠離澤村的背影，散發出一股拒人於千里之外的氛圍，令澤村頓時陷入迷惘。

剛剛是怎麼了……？

原本鬆懈的心情再度緊繃。澤村感覺自己彷彿陷入了無底的泥沼之中。

難道是自己想太多了？不，絕對不是。當眼前的人還在鞠躬，有誰會不發一語轉身就走？澤村拚命想要找出美咲這麼做的理由，疑竇卻越來越強烈。

就在剛剛的三十分鐘裡，美咲談起對《近畿新報》的感想，還拿出手機讓澤村看「森本」的毛筆字照片。明明是才剛發生，如今卻一點眞實感也沒有。最後露出的微笑，到底具有什麼樣的意義？

她根本沒有原諒我……

一瞬間的翻臉無情，讓澤村第一次深刻體會到自己的工作多麼可怕。

塞在褲子後側口袋的手機震動起來，澤村卻彷彿僵住，手指無法移動半分。

共犯

三十日下午九時許，大阪市大正區南恩加島一處木造兩層樓公寓（樓層合計面積約一四〇平方公尺）發生大火，造成建築物全毀。人員於屋內發現一具婦人遺體，另一名男性居民（六十七歲）吸入濃煙後送醫，所幸沒有生命危險。火勢在大約六小時後撲滅，並未繼續延燒。

根據大正警署等單位提供的資料，全公寓共有六間房間，目前無法聯絡上的是住在一樓的赤西峯子女士（六十二歲）。據傳赤西女士一個人在這棟公寓裡過著獨居生活。發生火災當時所有房間內都有居民，但除了一名婦人死亡及一名男子送醫之外並無其他人傷亡。

警方正盡速確認死者身分及釐清起火原因。

1

相賀正和慵懶地仰躺在皮椅上，拿起全罩式耳機。

柔軟的耳罩完全包覆耳朵，空氣中有如細菌般的雜音消失得無影無蹤。不管是外頭大馬路上的汽車聲，還是低沉微弱的冷氣運轉聲，如今都聽不見了。

爲了調整耳機的位置，相賀舉起血管清晰浮現的雙手，按住了經過網孔加工的包體（耳罩的側面外殼）。接著舉起小小的遙控器，對準放置桌面深處的ＣＤ播放機。那是一臺具有金屬質感的薄型播放機。當初選擇這個機型，是看上設計感，但上頭的耳機線卻嚴重破壞了外觀的美感。

幸好當旋律開始震動鼓膜，相賀就會一頭栽進另一個世界，將這些日常瑣事忘得一乾二淨。

最初的旋律，是一陣清亮透徹的小提琴聲。相賀閉上雙眼，靜靜享受著這長達四十七分四十一秒的美好時光。小提琴的弦音在輕柔而哀愁的氛圍中不斷拉長，混合著展現出包容力的管絃樂音色，纏繞出有如螺旋般的曼妙漣漪。這最純淨的樂聲，此時此刻只屬於自己一個人。

相賀將耳機微微移開，搔了搔滿是白髮的頭頂。打從學生時期，相賀就愛聽布拉姆斯的音樂，如今算起來超過四十個年頭。其中又以這第四號交響曲最讓人深深著迷。

一九八六年十月，相賀在東京文化會館聆聽了由著名演奏家塞爾吉烏・傑利畢達克與慕尼黑愛樂管弦樂團合作的《布拉姆斯第四號交響曲》。

大學畢業，相賀成為全國性報紙的記者，負責採訪警察。這個職務對新進記者而言是提升地位的大好機會，但工作繁重。即使如此，每個月至少會聆聽一次古典樂的演奏會。他不擅長與人交際應酬，音樂是唯一的興趣。

到目前為止，已聆聽過無數次演奏會，但唯有三十一年前的那場由傑利畢達克指揮的演奏會，讓相賀從開始到結束都受到震懾，感動到全身顫抖不已。演奏過程中，他激動得無以復加，多麼想將這些音樂深深鎖在體內。就連相賀自己也感到很驚訝，一場演奏會竟然能如此血脈賁張。第四樂章一結束，相賀立即起身鼓掌，直到傑利畢達克的身影完全從舞臺上消失為止。

事實上這場一九八六年十月的演奏會具有相當特別的意義。雖然在這一年之後，傑利畢達克還是經常到日本擔任演奏會的指揮者，但由於年事已高，全都改成了坐在椅子上指揮。因此要看見這足以在歷史上留名的偉大指揮家，在舞臺上以全身動作指揮的風采，這是最後的機會。相賀很慶幸當時自己請了特休，一個人前往東京參加這場演奏會，才有機會親眼目睹那珍貴的時刻。

曾經有很長一段時間，相賀一直找不到這場演奏會的現場錄製CD。若從演奏會那天算起，大約經過了二十年，相賀才終於買到。在大阪梅田的某唱片行試聽區發現這張CD時，激動得幾乎呼吸困難。他一直非常感謝這家唱片行，竟然將這張CD一直保留了下來。相賀畢竟長年在報社工作，深知「紀錄」的重要性。那天後，他便經常將這張慕尼黑愛樂管弦樂團的演奏CD取出來聆聽，如今已過十年。

第一樂章僅剩兩分鐘，進入了最高潮的階段。在銳利、清澈的小提琴聲帶領下，各種音色層層疊疊，彷彿形成了巨大漩渦，將聽眾完全吞噬。指揮臺上傳來傑利畢達克的低吟聲，更是讓全場的緊張感攀升到最高點。

無論聆聽多少次，都不減新鮮驚奇的魅力。第一樂章結束時，相賀感受到了暢快的疲勞感。不小心收錄在CD中的咳嗽聲，將相賀的思緒拉回三十一年前。當時在東京文化會館裡，一同聆聽這精采演奏的某個人，發出了這個聲音。明明只是陌生人的咳嗽聲，卻也無比珍貴。

在進入第二樂章之前，相賀坐起上半身，想要稍微改變一下姿勢。沒想到就在這個時候，響起刺耳的電子鈴聲。放置在乾淨整潔桌面上的那支折疊式手機，正在發出聲響。平時除了家人之外，幾乎不會有人打電話給相賀，所以忘了先將手機關機。

接電話前，他拿起CD播放機的遙控器，按下停止鍵。接著取下耳機放在桌上，掀開手機畫面。畫面上顯示的來電者姓名是能見健一。相賀登時皺起眉頭。這個來電者大出意料外。

「喂，我是能見。你最近好嗎？」

電話另一頭的聲音，與記憶中的能見如出一轍。從前相賀在《大日新聞》擔任記者的時候，能見是後進同事，兩人在大阪本社的社會部及奈良總局都曾共事過。相賀向來沉默寡言，能見是少數能與相賀處得來的同事之一。退休之後，能見進入大阪本社負責撰寫社論。

「我正在聽布拉姆斯。」

「噢，眞抱歉，還是我等等再打？」

「好，你三十三分四十五秒後再打來吧。」

「這曲子未免太長。我六十二歲了，等這麼久，我會把打電話的事忘得一乾二淨。」

能見與相賀算起來已結識三十年以上。

「找我有什麼事？」

「你的性格還是這麼冷淡。這麼久沒打電話給你，一打就要跟你說個不好的消息，想想我自己也有些不好意思啓齒……」

相賀直覺猜到一定有人過世了。自從過了六十歲，諸如「從前很照顧自己的上司過世了」之類的消息都已不再能讓人感到驚訝。

「跟你同時期進報社的垣內……」

「垣內……？難道是垣內智成？」

「嗯，他過世了。」

「啊……」相賀發出一聲驚呼，接著有半晌說不出話來。在相賀心中的「辭世名單」裡，根本沒有垣內這個人。或者應該說，無法想像垣內比自己早走一步。一時之間，思緒亂成一團。

「相賀？」

「抱歉，我只是有點驚訝。」

「我也很驚訝。雖然有好幾年沒跟垣內聯絡，但我完全沒想到像他那種精力充沛的人，竟然走得這麼早。」

能見說得沒錯。垣內當年可是說過「治宿醉的最好方法就是起床繼續喝」的男人。正因爲相賀的心裡有著這個男人絕對不會輕易就死的刻板印象，聽到消息時才如此震驚。簡單來說，垣內正是最典型的傳統犯罪事件記者。

「他是什麼時候死的？」

「聽說是一星期前。」

「一星期前？爲什麼……」

相賀原本要說「爲什麼這麼晚才聯絡我」，但話到喉嚨又吞回去。畢竟自己平日太孤僻，不與任何人往來，這不是能見的錯。

「我也是今天早上才聽到消息。相賀，你最近曾經跟垣內聯絡過嗎？」

對於能見的明知故問，相賀只是拿著手機輕輕搖頭，說了一聲「沒有」。

「喪禮已經結束了？」

「應該吧……但我聯絡不上垣內的太太，所以不太清楚。」

「這又是怎麼回事？」

「雖然還沒有證實，但我聽說……」

能見遲疑了一下，才壓低聲音說道：

「他是自殺。」

眼前的屋子緊鄰著泛黑的方磚圍牆，完全沒有留下庭院的空間。相賀站在屋子前方，胸口有種沉重得難以呼吸的感覺。

不過相賀心中並沒有特別的感觸，這意味著關於這棟房子的回憶，早埋葬在記憶深處。畢竟過三十多個年頭，這也是理所當然。相賀清楚記得傑利畢達克，卻不記得這棟房子，這意味著對相賀而言，這是一棟沒有必要記住的房子。

這一帶是大阪府豐中市的住宅區。相賀沒有與職場同事互寄賀年卡的習慣，只能仰賴老舊電話簿上的聯絡地址。在阪急電鐵的車站一下車，眼前的街景完全不像是上午街道該有的景象。七月的陽光將柏油路面晒得發燙，相賀不敢逞強，老老實實地坐上一輛計程車。車程不過五、六分鐘，在車內終於不再冒汗，趕緊拿起夏季用的深藍色西裝外套穿上，一邊取下圓框眼鏡擦拭，想著弔慰的詞句。

但還沒想好，計程車就抵達目的地。才下車，走到那棟陌生的屋前，相賀便因爲呼吸困難而再度開始冒汗。

門牌上的屋主姓氏是「山尾」，相賀一看不由得嘆口氣。難怪一點印象也沒有，原來已經改建過了。取出手帕，擦拭了頻頻冒汗的脖子。對於一個去年才切除一半胃袋的老人來說，此時的氣溫實在太過殘酷無情。相賀望著那棟屋子，開始後悔讓計程車先行離開。

原本應該是白色的外牆，此時不僅變成灰色，有龜裂痕跡。二樓有扇小窗子，但被髒汙的遮雨板擋住了。右邊陽台上有根晒衣桿，看上去早乾了的毛巾及四角褲在風中輕輕搖擺。雖然是經過改建的屋子，但改建後應該也經過一段不算短的歲月。

爲了確認今天白跑了一趟，相賀還是按下了山尾家的對講機按鈕。不一會，對講機傳出女人的說話聲：「哪一位？」相賀總覺得那聲音似曾相識，於是直接了當地問道：「請問這裡是垣內先生的府上嗎？」

「咦……？」女人顯得有些驚訝。那聲音再度刺激了相賀腦中的記憶迴路。

「敝姓相賀。」

相賀一報上自己的姓氏，對方突然陷入了沉默。

「我曾經在《大日新聞》擔任記者，與垣內是同時期進報社的同事。」

女人好一會沒有說話，但或許是察覺相賀不會輕易離開，最後終於說了一句「請稍等」並切斷通話。片刻之後，屋門開啓，身材矮小的婦人緊張兮兮地探出頭。

那婦人正是垣內靜子。

雖然她的臉上多了不少難以抹滅的歲月痕跡，但笑起來會瞇成線的細長眼睛及嬌小的嘴唇跟從前一模一樣。比起房子的外觀，人的臉及聲音更容易殘留記憶。兩人各自揣摩著對方的心思，維持一陣尷尬的沉默。

「突然來打擾，眞是抱歉。」

相賀低頭鞠躬，靜子走過極短的門前通道，在圍牆鐵門前停下腳步，臉上不帶絲毫笑意。那扇鐵門的高度只到兩人胸口附近。

「久疏問候。」

靜子還是沒有回話。只是繃著一張臉左右張望，彷彿在確認著什麼。

「妳是靜子小姐吧？」

靜子沒有望向相賀，嘴裡應了一聲「對」。記憶中的靜子雖然個性文靜，但比現在開朗得多。雖說三十年前的印象早已模糊，但可以肯定眼前的女人跟過去截然不同。

「請節哀順變。我完全不知情，沒能趕來弔唁，眞的非常抱歉……」

「相賀先生！」

靜子一臉凝重地打斷了相賀的話。相賀將頭歪向一邊，表達出心中的疑惑。

「我跟他已經離婚了。」

「離婚了？」

相賀吃驚地將靜子的話重複一次。化解尷尬氣氛，他拿出手帕擦拭脖子。

「大約三年前。」

認識的人離婚，原本對相賀而言不是什麼稀奇事。但一聽到這個消息，頓時感覺心頭彷彿壓了一塊重石，這也是因爲在相賀的記憶中，垣內實在不像是個會離婚的人。從前的垣內雖然一天到晚抱怨工作上的事，但不曾發過關於家庭的牢騷。

「那垣內過世的消息是……」

「是女兒跟我說的。」

「那告別式……」

「我也去了，不過僅限親屬參加……不好意思，請問你知道他過世的原因嗎？」

「我只聽到一點傳聞，但詳情並不清楚。」

「我也只知道是自殺。」

靜子說出「自殺」兩字時，特別壓低嗓音，但語氣中並不帶緬懷死者之意。雖說家務事外人不便干涉，但相賀還是對其冷淡態度感到不悅。

「這麼說來，垣內已經不住在這裡了？」

相賀明知故問，轉頭看寫著屋主姓氏的門牌。靜子有些不好意思地說聲「對」，沒再多說。光從陽臺上晾的衣物，就知道靜子過的不是獨居生活。多半是離婚後與姓山尾的男人再婚，依然住在從前與前夫一起生活的屋子裡。垣內智成的存在痕跡彷彿電腦檔案遭到覆蓋一樣消失無蹤，令相賀備感寂寥。

表達遲來的弔慰之意，相賀在西裝外套的內側口袋裡放了一個白包，但如今看來不用拿出來了。相賀與靜子的關係完全是基於垣內而建立，既然垣內不在，兩人就是非親非故的陌生人。今天出門時忘了戴上帽子，此時凝聚熱氣的頭髮在頭頂上熱得發燙。相賀不想多談，草草爲突然來訪表達歉意後便轉身離開。

「相賀先生！」靜子突然有些不好意思地喊聲。相賀再度轉身面對，她的臉上有一抹苦笑。「有個不情之請……」靜子仰望著相賀，輕輕鞠躬道：「能不能請你到垣內的住家看一看？」

「看一看？爲什麼我要去看一看？」

相賀的口氣不禁變得有些尖銳。

「畢竟……他是以那樣的方式離開人世，喪禮幾乎沒有人參加，後事也都還沒有著落……」

「後事是指什麼事？」

「例如納骨什麼的……」

「納骨？請問他的遺骨決定放在哪裡？」

「這個是我女兒負責，我並不清楚，但除此之外還有很多事……」

從靜子這幾句話，不難想像親戚之間互推遺骨的畫面，相賀心中不由得萌生一股怒意。

「聽說垣內原本在大正區獨居，現在他既然走了，房子得整理出來才行。」靜子接著說。

「妳指整理他的遺物？」

「是啊，但有些從前當記者的資料，我不知道怎麼處置，更何況是男人房間……」

「妳覺得不需要的東西，處理掉不就得了？」

相賀故意說得冷漠。靜子的心態，多半是認爲她沒有義務爲早就離婚的前夫整理遺物，但不管三七二十一全推給前夫的故友，未免太厚臉皮了。

「何況有些清潔業者也提供整理遺物的服務。」

「對不起……」靜子沒有反駁，只是低頭道歉。

「你們的女兒怎麼說？」

「她只說交給我處理。」

相賀見靜子只是繃著臉重複相同的話，不禁暗自搖頭嘆息。看來這一家人不僅父親跟女兒處不好，母親跟女兒的關係也很差。相賀這麼多年沒與垣內聯絡，沒想到他的家庭竟已支離破碎。

昭和年代的某個時期，相賀與垣內曾是搭檔，兩人每天都會見面。雖然稱不上是朋友，但至少是彼此值得信賴的工作夥伴。既然沒辦法在喪禮上見垣內最後一面，相賀想要以其它方式表達自己的弔唁之意。更何況相賀身爲《大日新聞》的退休記者，也不希望前同事的採訪資料外流。

相賀沉默了片刻，望著在圍牆鐵門內低頭不語的女人說道：

「好吧，我會去垣內的住所看一看。」

2

自己乾淨整潔的房間裡多了兩個大紙箱，顯得異常突兀。

房間約四坪大，只擺了書桌、椅子，以及佔據了西側整面牆壁的書架。不管是一整面牆的書架，還是能夠迎接晨曦的大窗戶，都是相賀的精心安排。相賀不喜歡與人來往，因此對生活環境更加講究。重要的不是住在哪裡，而是住在什麼樣的家裡。這棟房子算起來也有十五年歷史，但相賀對這裡的生活環境一點也不感到厭膩，反而鍾愛有加。

先將胡桃木地板擦拭得乾乾淨淨，將兩個大紙箱擺在地板上，接著把紙箱裡的資料一一取出放在書桌上。絕大部分是筆記本、檔案夾及小型記事本，此外還有一些警察的通訊錄，以及一些彩色及黑白照片。資料量遠比預期要少得多，而且垣內生活的公寓房間也比相賀想像得要狹小。

那棟公寓位在一處擁擠的住宅區內，必須先穿過JR大正車站附近一條長長的商店街，接著沿阪神高速公路的高架橋繼續往南走一會。公寓的旁邊有一家米店，對面有一家沖繩料理餐廳。附近全是櫛比鱗次的木造建築，年代一棟比一棟久遠。

公寓管理公司的職員事先接到靜子的聯絡，前來爲相賀開了房門，但開始整理不到十分鐘，那名職員就回辦公室去了。相賀一問之下，才知道垣內在這間房間裡只住了四個月左右。

由於門窗一直處於緊閉狀態，空氣汙濁，瀰漫著灰塵，令相賀連連咳嗽。但有兩點值得慶幸，第一是冷氣機能正常使用，第二是垣內並非死在這個房間裡。

一個房間加上餐廳兼廚房共約六坪大，整理得十分整齊，由此可看出垣內自我了斷生命的意志堅定，更是讓相賀心情鬱悶。房間裡只有一些生活上不可或缺的家電，別說是電腦，就連電話也沒有。就算是垣內將一些不再需要的東西事先處理掉了，房間還是顯得太過冷清，在在顯露出男人中年離婚後的淒涼晚景。

壁櫥內有一些紙箱，絕大部分的資料都收在裡頭，除此之外只有小書架及書桌抽屜裡還有一些照片及通訊錄。東西都拿完後，就無事可做了。相賀以自己帶來的推車將紙箱搬運到車上，接著走向對面的沖繩料理餐廳。時間還早，但這時先吃了午餐。下午，相賀取出靜子寄來的委任狀，讓提供遺物整理服務的清潔業者把房間清空，自己站在一旁觀看。大約一個半小時後，房間便清得乾乾淨淨。最後的工作，就只是把手表、照相機這些較值錢的遺物交給靜子。

原本正在將紙箱裡的資料進行分類的相賀，驀然停下了動作，抬頭環顧四周。房間內的擺設相當精簡，排除了一切無用之物。相賀的家爲四房兩廳格局，但平時會用到的空間只有這間房間，以及客廳、寢室而已。自從七年前妻子因腦溢血而驟逝，相賀絕大部分的時間都是一個人獨處。每年過年的時候，任職於東京廣告公司的獨生子會帶著媳婦及孫子回來，這個家大概只有那個時候會比較熱鬧。除此之外，每天都過著聽音樂、讀書及到醫院就診的生活。

相賀對這樣的生活沒有任何不滿。從小到大，他一直覺得與他人相處是一件麻煩事。年輕時，還會勉強自己與他人喝酒、聚餐，但在三十二歲那年，跟某個合不來的上司吵了一架。之後便決定增加獨處的時間，不再對他人強顏歡笑。

差不多就從那個時期開始，相賀在報社內被戲稱為「日耳曼」。多半是因為自己熟悉古典音樂，而且剛好五官輪廓很深，個性耿直嚴肅。雖然很少人當著相賀的面這麼叫，但那些同事們會在背後說些什麼，相賀心知肚明。只要工作做完了，相賀一到下班時間就會馬上回家，不會在乎他人的閒言閒語。整個社會部的眾多記者之中，只有相賀敢這麼做。

罹癌後，極少喝酒，只偶而喝點啤酒或威士忌摻水。但今天有股想喝烈酒的衝動。從廚房取來加了冰塊的玻璃杯及杯墊，走到書架前，從數瓶威士忌中挑出自己最喜歡的單一麥芽威士忌。

坐回椅子，他將杯子湊向嘴邊，微微濡濕嘴唇。接著輕含一口，感受酒精對舌頭與胃的刺激。對於疲憊的心靈來說，酒精正是放鬆的良藥。

相賀與垣內幾乎在同一時期當上記者，年老後都過著獨居生活。雖然兩人的人生軌道完全不同，前進的方向卻是大同小異。或許也因為個性截然不同，相處上特別融洽。雖然性格一個陰沉一個陽光，但共通點是朋友都不多。

《大日新聞》的相關人士到處傳著垣內過世的消息，卻沒有一個人知道垣內早已離了婚。這表示在這段期間裡根本沒有人實際到靜子家拜訪過，更別提大正區那間公寓。一個已經離職的人，重要性不過就是這樣的程度，更何況是死於自殺，更是無人聞問。

看著清潔業者整理房間，相賀回想起四十年前的一些往事。

原本靜子只是採訪對象之一。在某個以竊盜案為主題的企劃中，靜子是接受採訪的受害者。

當時垣內約二十五歲前後，某天他突然對相賀坦承他跟靜子開始交往，還提醒相賀別把這個祕密說出去。兩人結婚之後，相賀還跟他們一起吃過飯。相賀已忘記那一餐吃的是什麼，只記得當時的靜子是個愛笑、隨和的女孩。到了三十多歲，相賀拜訪過一次位於豐中市的那個家，見到靜子。除此之外，相賀與靜子並不曾見面。

筆記本裡寫滿雜亂無章的文字。內容包含採訪紀錄、提問事項、企劃構想、車牌號碼、流程圖、採訪對象的聯絡方式等等。像這樣的筆記本多達二十五本。此外還有十八本蒐集了剪報及相關資料影本的資料夾，以及將近三十張相關人士的彩色及黑白照片。

看著看著，相賀赫然發現紙箱裡的這些資料都圍繞著相同的主題，而且這個主題只有自己跟垣內才明白箇中緣由。這個偶然的巧合瞬間激起了好奇心。

資料的製作年份絕大部分是一九八四年。

當時隸屬於《大日新聞》大阪社會部的相賀與垣內，專門負責採訪調查造成社會動盪不安的「消費者信用貸款」問題。在此前一年實施的《貸金業法》（俗稱《消費信貸法》）對信貸業者採取了登錄管理制度，此外《出資法》的修正也將原本超過一〇〇%的年利率上限降低至七十三%。這一連串法律修訂的最大理由，就在於信貸業謀取暴利，以及業者討債的手法太過凶狠。多達二十三萬家的信貸公司，到一九八四年暴減至約三萬家。

在當時的社會，大型信貸公司倒閉、債務人因無力償還債務而舉家自殺、到信貸公司縱火洩憤、爲了還債而搶劫銀行等等悲劇時有所聞。有些信貸公司對員工招攬顧客的業績要求非常高，導致有員工應付公司而製作五百份假契約書。許多根本沒借過錢的民眾因而無緣無故收到催告狀。明明什麼事也沒做，一天卻突然變成消費者信貸的債務人，如此荒誕不經的情況竟然發生在現實中。

在那個年代，只要簽一紙契約，借個幾十萬日圓，就可以輕易毀掉一個人的一生。相賀讀著當時的資料，內心確實感受到時代變遷。如今不存在所謂的模糊地帶利率（註一），過度支付金追討訴訟（註二）的熱潮也泡沫化，大型信貸業者都由大銀行吸收合併。

因受債主逼債而遭公司解雇，轉眼之間淪落為街頭流浪漢的五十二歲男人……經常為了逃債而連夜搬家的無業母親及讀小學的女兒……經歷棒球社好朋友自殺的國中男生……比起懷念，佔據相賀內心更多的是採訪時萌生的憤怒、憐憫與無奈。

相賀從檔案夾中取出新聞剪報。或許太懶，有些報紙根本沒剪，只是整張摺起來塞在裡頭。不想再看那些由自己及垣內所採訪的新聞，於是將視線移到消費者信貸以外的新聞上。

好萊塢巨星伊莉莎白・泰勒與「水門事件」調查記者卡爾・伯恩斯坦陷入熱戀、第一隻無尾熊來到日本引發熱潮、崇拜的小說家楚門・卡波提去世……尤其是卡波提去世的報導，刺激相賀

註一：指高於《利息限制法》規定上限但低於《出資法》規定上限的利率。由於處在合法與違法之間的模糊地帶，債權是否有效往往須依個案交由司法判斷。這個現象在二〇〇七年因法規修正而消失。

註二：指信貸業者所設定的貸款利率高於法規，導致債務人支付了過多的利息，債務人因要求業者償還所提起的訴訟。

的記憶中樞。他回想起當年與垣內談論卡波提的小說《冷血》。剛開始的時候，兩人的談論主題圍繞在新新聞主義與寫實小說的差別，當時垣內說了一句「越是客觀的報導，距離眞相越遠」，在相賀的心中留下了深刻印象。

又隔一會，相賀在資料中發現安大成這個名字，忍不住停下了動作。那是關於「票據連開事件」的採訪筆記。事件的肇因，在於某纖維製造廠的股票遭操盤集團惡意大量搶購，安大成爲了「拯救」這家纖維製造廠，竟然利用「連開票據」的破天荒手法逼使股價下跌。這件事一直到現在都被視爲一起傳奇事件。

調查這起事件，相賀採訪過一次安大成。當時相賀守在一家據說安大成經常光顧的什錦燒餐廳附近，成功遇上獨自開著賓士車前來吃什錦燒的他。相賀還記得當時的感想是安大成比想像中要友善、親切得多。這個在社會上毀譽參半的話題人物，是少數讓相賀希望「能再多聊一會」的人物之一。

相賀又回想起了關於一九八四年昭和末期的回憶。當時電視新聞尚未成爲主流，任何人只要說起新聞，指的就是報紙新聞。這樣的現象尤其是在大都市以外的地區更加明顯。就連向來處事低調的相賀，也爲自己的工作感到自豪。

這一年二月，原本負責與大阪府警搜查二課聯繫的主任記者垣內因胃潰瘍而住院。由於日本的政治、經濟中心是東京，因此在大阪的報社內，社會部才是最受矚目的重點單位。尤其垣內更是犯罪事件記者中的王牌記者，在報社內無人不知、無人不曉。

沒想到垣內只不過是住院短短一星期，竟然引起了軒然大波。當垣內回歸職場時，主管早已找人頂替他的職務。畢竟在關西地區，有著「要看犯罪事件，就看《大日新聞》」的風評，不難想像報社內部的職務之爭多麼激烈。

雖然表面理由是「想讓垣內好好休息一陣子」，但說穿就是社會部長刻意排擠了不屬於自己派系的垣內。不管垣內再怎麼抗議，也無法得到善意回應。畢竟犯罪事件記者是個「踩著別人的頭頂往上爬」的工作，根本不可能期待他人會寄予同情。

剛好就在一個月後，發生了昭和時期最重大懸案之一的「固力果‧森永事件」。《大日新聞》的採訪團隊全由社會部長的人馬所組成。當時全國的記者都忙著想要查出犯案歹徒集團「怪人二十一面相」的眞實身分，根本沒有人想要聲援垣內。

大企業社長遭綁架、辦公大樓遭縱火、歹徒發出了目中無人的挑戰信……就在「森永案」的案情峰迴路轉的同時，犯罪事件王牌記者垣內及同時期進報社但最不適合採訪警察的相賀，竟然成了搭檔，負責以機動記者的身分採訪其它新聞。

「一定要讓他們刮目相看。」

每次喝酒，垣內總是會瞪著眼睛這麼說，不斷將酒往嘴裡倒。率先提議要調查「消費者信貸」相關議題的人，正是垣內。「森永案」在交付勒索金的過程中，警察和新聞媒體全被歹徒「怪人二十一面相」耍得團團轉，而在同一時期，相賀與垣內則是同心協力清查社會上的信貸業者及債務人，一步一腳印地挖掘出問題的全貌。

結束漫長的回想，杯中的威士忌也因冰塊融化而順口得多。相賀喝了一口威士忌，感覺不到剛剛的強烈酒精刺激。有些疲累，但今天精神狀況很不錯。

驀然，相賀想到了一個問題。爲什麼垣內唯獨留下了這些關於消費者信貸問題的資料？

畢竟存放資料的空間有限，大多數記者都會每隔一段時間就把資料統一處分掉。就連相賀自己也處理掉了絕大部分的東西，只留下極少數具有特殊意義的資料。光看那蕭條冷清的公寓，就知道垣內對人生不抱期待。一個死意如此堅定的男人，爲什麼要把從前工作上的資料留在身邊？

想到這裡，心中突然閃過一個念頭。

或許垣內不是不想丟掉這些資料，而是不敢丟。

從前的工作夥伴爲什麼一意尋死？一個原本完全沒想到的可能性，突然浮現在相賀的心頭。

或許能查出一些蛛絲馬跡……

從前擔任記者的經驗，令相賀有異常敏銳的五感。如果說這世界上有人能夠查出垣內輕生的祕密，那個人肯定是自己。相賀感覺到情緒越來越高昂。爲了更加激勵自己，他將杯裡剩下的威士忌一口喝乾了。

冰塊在杯中碰撞，發出細微的悅耳聲響。很想再倒一杯，但得先打一通電話，只好自我克制。

斬斷酒精的誘惑，相賀起身走出房間，來到廚房。將杯子放入流理檯時，視線偶然間移向客廳的電話機。電話答錄機的播放鍵正在閃爍。自從妻子過世，相賀就幾乎不接家裡的電話。一天到晚有人打來推銷東西，想拒絕也拒絕不完。久而久之，甚至連答錄機的錄音也懶得聽。

此時突然有種奇妙的預感，急忙走向電話機，按下了閃爍著紅燈的按鍵。

答錄機傳來陌生女人的聲音。相賀不禁嘆了口氣。果然是推銷員。刺耳的電子提示音一次又一次響起，每一次錄下的聲音都大同小異。

「第八件新留言，七月三日下午五點二十五分。」

「嗶」的一聲輕響之後，是一陣短暫的沉默。其他推銷員的錄音絕對不會像這樣有一小段時間不說話。緊接著是一聲男人的輕咳，相賀一聽到這個聲音，霎時全身緊繃。

〈呃……好久不見了，我是垣內……呃……你最近好嗎？〉

相賀仰望著天花板，因酒精而變得遲鈍的腦袋一時天旋地轉。

〈……這麼久沒見了，要不要一起喝一杯？我的手機號碼是……〉

垣內重複說了兩次手機號碼後，最後說了一句「再見」，掛斷了電話。

原來垣內曾經嘗試與自己聯絡……

這個事實讓相賀震撼。爲什麼沒有及時打電話給他？自己的孤僻性格令相賀深感自責，忍不住在大腿上重重搥了一拳。

這段來電錄音的日期是七月三日。

兩天後，垣內在兵庫縣的深山裡上吊自殺。

3

此時距離約定的時間還有大約二十分鐘。

但相賀已經因搭電車而感到有些疲勞，一點也不想在附近閒逛，於是乖乖走進了店內。

這是大阪梅田某百貨公司內的一家咖啡廳，明明是非假日的上午，店裡的座位卻幾乎坐滿。越接近中午，客人還會越來越多吧。幸好相賀提早到了，才能夠佔到一張兩人座的桌子。

今天是從整理遺物算起的第四天。或許是太過勞累，這幾天身體狀況都不太好。所幸今早醒來時精神還不錯，已經恢復到能夠外出的狀態。當然心理因素也是一大原因。

那段電話錄音深深殘留在相賀的心中難以忘懷。相賀可以確定那是垣內的聲音。但另一方面，卻又覺得那段聲音與自己記憶中的垣內聲音並不一致。垣內那個人從來不會以如此平淡溫和的口吻說話。他是一個遇上有趣的事就會哈哈大笑，遇上不平的事則會暴跳如雷的人。從前相賀一直很羨慕垣內能夠毫無顧忌地表達情感。

相較之下，那段電話錄音毫無情感可言。

「請問是相賀先生嗎？」

突然間的說話聲，將相賀的思緒拉回了現實。這時相賀才察覺自己攤開了桌上的菜單，但什麼也沒有看進眼裡。

「美枝子小姐？」

站在身旁的女人點頭行禮，臉上帶著尷尬的笑容。三十多年前，相賀曾經在豐中的那個家裡見過她一次。當時她還只是個小女孩，如今卻成了體態豐腴的中年婦女。看起來大約四十歲前後，但年齡當然不能問。臉的下半部，尤其是微微突出的下嘴唇，與垣內有幾分神似。

「相賀先生，我還記得你呢。」

兩人都點了一杯特調咖啡後，美枝子臉上漾起親切的笑容。

「我曾經到府上拜訪過，那時美枝子小姐還很小。」

「嗯，應該還在上幼兒園。我記得你還買了禮物給我。」

「是嗎？」

「《甜蜜小天使》（註）的玩具變身盒。我那時剛好很想要，開心得不得了。」

「原來如此……不過我今天帶來的東西，可不是變身盒了。」

相賀取出一個矮厚的小紙袋，遞到美枝子面前。美枝子見裡頭放滿了父親的遺物，一時有些不知如何是好。或許是相賀沒有先閒談幾句就直接進入正題，讓她有些難以調適。

「啊，我還記得這支手表。」

註：《甜蜜小天使》的原標題為「ひみつのアッコちゃん」，是漫畫家赤塚不二夫的漫畫作品，後改編成動畫。九〇年代曾在臺灣的電視上播出，《甜蜜小天使》是當時的譯名。

美枝子拿起一支品質粗糙的手表。她這麼說，但語氣平淡。今天相賀將垣內的獨生女約出來見面，名義上是交付「整理遺物時不知如何處置的值錢物品」，但袋裡都是些不值錢的東西。

「相賀先生，眞的很抱歉，竟然麻煩你整理父親的遺物。我沒想到母親會拜託你。」

美枝子往袋裡隨便看了兩眼，聳聳肩膀。光看她的態度，很難想像她的父親死於自殺。

「我也只是站在房間裡看著，沒做什麼辛苦的事。我已經跟靜子女士知會過了，令尊從前的工作資料都由我接手保管。」

「勞你費心了。關於父親的工作，我完全不清楚，有什麼重大的發現嗎？」

「我也沒有全部看完，只大概瀏覽一遍。我跟令尊三十多年前曾一起搭檔跑新聞，絕大部分都是當時的資料。」

除了遺物裡的「値錢物品」，美枝子還期待其它收穫。聽到相賀這麼說，頓時有些沮喪。

「不過我倒是發現了一件比那些資料更加重要的事。」

相賀故意稍稍賣個關子。美枝子揚起一邊眉毛，催促相賀繼續說下去。

「我接到了一通電話錄音。」

「……你是說，我父親打電話給你？」

相賀點點頭，將雙手放在桌上交握。

「他在電話裡只是問我要不要一起喝一杯，打來那天是七月三日。」

兩天後，垣內智成就離開人世。美枝子或許是理解這件事的重大意義，忍不住低下頭。

「雖說事實勝於雄辯，但我實在無法想像垣內那個人會自絕生命。」

美枝子瞪大了眼睛望著相賀，面色凝重地點了點頭。

「妳知不知道垣內到底遇上了什麼事？」

「我父親他……」

美枝子一面說，不自覺地輕摸放著遺物的紙袋。

「……他得了胃癌。」

相賀一聽到胃癌兩字，胃部彷彿也跟著隱隱發疼。在這個字眼的觸發下，相賀想起了垣內說過一句話。「記者的能力越好，越容易得胃病。」說這句話的時候，垣內正因胃潰瘍而住院。

「去年夏天動了手術。但切開肚子一看，癌細胞已經轉移了。」

「動過手術了嗎？」

相賀也在同一時期罹患胃癌並接受了手術。兩人乍看之下處境相同，一個人卻遭宣告不久於人世，另一個人如今還坐在咖啡廳裡喝著咖啡。人生起伏皆是由上天恣意決定，毫無道理可言。世人只須遵守一個規則，那就是任憑上天擺布。

「自從罹癌之後，他的身體越來越瘦弱。但他不想住進安寧病房，所以是在家裡養病。」

在那樣的健康狀態下，垣內怎麼會在電話裡提議「一起喝一杯」？一想到這點，相賀不禁露出苦笑。左思右想，只能作出一個有點牽強的結論。那就是垣內當時已一心尋死，什麼都看開了。相賀自己同樣年事已高，卻急著想要爲同事的辭世找出理由。

「我自己也有家庭，所以不太能去看他。」

美枝子跟丈夫之間育有一子一女，長男明年就要升國中了。相賀一聽，忍不住摸了摸自己的滿頭白髮，感慨歲月實在不饒人。

「警察還給我的遺物裡頭有一支智慧型手機，我著實嚇了一跳呢。或許你不知道，其實我父親是個相當跟不上時代的人。」

「我知道，當年他經常爲了電腦的問題而傷透腦筋。」

「我很想看看那手機裡有什麼資料，但被密碼鎖住了，我打不開。我試著在網路上用我父親的名字搜尋，想要找找看有沒有關於密碼的線索，沒想到發現了更驚人的事情……我父親竟然有臉書的帳號。」

「垣內會用臉書？」

相賀與美枝子互看一眼，各自露出心照不宣的微笑。現在這個年代，六十多歲的人會用社群網站或許並不稀奇，但是對於一個舊時代的犯罪事件記者而言，那實在是有些不可思議。

「他寫在臉書上的文章並沒有設定公開，所以我看不到，但是公開的個人資訊裡頭確實寫著『前《大日新聞》記者』。」

「所以他是眞的用過？」

垣內在臉書上到底寫了什麼文章，確實令人好奇。但相賀轉念又想，反正他一定用不好，裡頭大概也不會放什麼特別的文章。

「但最讓我驚訝的是他的債務。」

「債務？」

相賀忍不住拉高了音量。隔壁桌一個原本正在看書的男人朝兩人偷偷瞥了一眼。

「垣內欠了錢？」

「沒錯，而且是消費者信用貸款。」

完全出乎意料之外的狀況，讓相賀的腦袋瞬間停擺了。經過一瞬間的思緒空白之後，下一秒燃起的是一股遭到背叛的怒意。活到了這把年紀，相賀心裡已極少產生這種年輕人特有的情緒。

當然現在跟三十三年前相比，消費者信用貸款的性質截然不同。但即使如此，高利息的借貸依然是一件有如走鋼索的行爲。垣內跟自己一同採訪過那麼多陷入欠債地獄而無法翻身的案例，很難相信他會犯下這樣的錯誤。

「欠了很多嗎？」

「……很多。不過因爲是消費者信用貸款，親人沒有償還義務。」

美枝子見相賀一副無法釋懷的模樣，接著說道：

「我也是一頭霧水，他借的那些錢到底都跑到哪裡去了？」

相賀從來不在房間裡放置會破壞風格整體感的東西。唯獨這個星期，不得不破例。

除了垣內的紙箱，如今又多了兩個稍微大了一點的塑膠材質衣物收納盒。美枝子說她還有工作要忙，並沒有繼續與相賀閒聊。相賀回到家裡，吃了遲來的午餐，用推車從一樓的其它房間將這兩個收納盒運了過來。相賀自己所保留的記者工作資料都是依年份擺放，這兩個衣物收納盒裡放的是一九八三到八五年的採訪筆記及檔案夾，只簡單區分成幾個類別。

資料裡頭包含不少關於「森永案」或「豐田商事詐欺案」這些轟動一時的社會案件的未公開資料。每當看到這些資料，相賀總是會忍不住停下動作看得入神。但現在沒有時間沉浸在回憶。畢竟自己年紀大了，得把握身體狀況良好的寶貴時間。但另一方面，身體也在提醒著自己，維持良好狀態的最佳辦法就是累了趕緊休息。

相賀只從中挑出與消費者信貸有關的資料，並把其它資料都放回了盒子裡。總共找到了二十一本筆記本、二十本檔案夾、三本小型記事本，以及十四張照片。

其中一張照片吸引了相賀的目光。照片裡是個雙手交握在胸前的中年婦人，穿著看起來像居家服的棉質運動服及牛仔褲。最令人印象深刻的一點，是那婦人的表情彷彿隨時會掉下眼淚。事實上這是關於一起縱火案的照片。某個向消費者金融公司借錢的男人，無法忍受該公司的蠻橫討債行爲，憤而到該公司辦公室縱火。造成了職員三人死亡、八人重傷。縱火的男人也在現場引火自焚而死。照片中的中年婦人，是某個慘遭燒死的年輕女職員母親。當時的新聞記者不像現在那麼節制，經常闖進醫院裡拍攝受害者的照片。當時這名母親就在醫院大廳裡，坐在冰冷簡陋的長椅上，不斷向神祈禱。無能爲力的自責、對生命垂危的女兒的憐憫，以及母親的愛……全在一張照片中展露無遺。

相賀知道後來女兒還是死了，不禁有些鼻酸，不忍再看那張照片。採訪當時心中的怒火，時隔多年後再度油然而生。

金錢眞是一種人力無法掌控的東西……

就在這時，手機響起。

相賀拿起了放在書桌上的手機。來電者是從前的後進同事能見。剛剛相賀打了一通電話給他，但他沒有接，所以相賀在語音信箱裡留了言。

「抱歉，剛剛沒有辦法接電話。」

「別這麼說，是我打擾了你。是這樣的，我有件事想問你。」

「是關於垣內的事嗎？」

「對，我這幾天見了垣內的老婆跟女兒……」

相賀將一星期前接到能見電話後發生的事簡單扼要地說一遍。能見既不知道垣內已經離婚，也不知道垣內欠下了大筆債務。

「原來他們已經離婚了，難怪我問她關於喪禮的事，她只是隨口敷衍。聽說每次《大日新聞》的人打電話給她，她都愛理不理的……」

「離婚的事就別管了，我在意的是垣內怎麼會欠下那麼大筆的消費者信用貸款。」

「確實很讓人納悶，這件事我會查查看。」

「那就拜託你了。」相賀說完這句話後，將手機移開耳邊，準備要切斷通話。能見似乎察覺了相賀的動作，趕緊大聲呼喚相賀的名字。

「怎麼了？」

「抱歉，相賀，我也想請你幫個忙。有個錄音檔，我想請你聽聽看。」

接著電話另一頭傳來一陣摩擦聲，能見沒有多作說明，只是說了一句「我要播放了」。

〈身爲記者，怎麼沒有好好確認！〉

一聲怒罵鑽進了相賀的鼓膜。霎時激動得難以自已。但不是聲音太大，而是因爲熟悉。

〈搞錯死者的名字，你不知道是很失禮的事嗎？你身爲記者，難道沒聽過「訃聞絕對不能出錯」這個原則？雖然這是一則火災的報導，但既然有人死了，就應該跟訃聞一樣愼重！〉

男人氣急敗壞的怒罵聲到此突然中斷。

「你聽得出這個人是誰嗎？」能見問。

能見故意沒有多作說明就播放聲音檔，或許是不希望讓相賀有先入爲主的想法，也或許是不願意說出那個名字。但不論理由是前者還是後者，都不會影響相賀的答案。

「垣內。」

相賀說得斬釘截鐵，電話另一頭的能見似乎一時驚疑不定。

「這聲音檔是怎麼來的？」

「六月底的時候，大正區有一棟公寓遭大火焚毀。」

「大正區？」

垣內生前的住處也在大正區。這是單純的巧合嗎？相賀還來不及細想，能見接著說道：

「那是一棟老舊的木造兩層樓公寓，住在一樓的一名六十二歲婦人葬身火窟。」

相賀聽到葬身火窟這句話，回想起了剛剛那張醫院內的婦人照片。

「那名過世婦人的名字被搞錯了？」

「是啊，她叫赤西峰子，赤是紅色的赤……」

能見把名字的每個字都說得一清二楚。相賀拿起愛用的原子筆，記錄了下來。

過世婦人叫赤西峰子，但是報紙上的新聞把「峰」寫成了「峯」。

「打電話來抱怨的那個人，還提到其它報紙都用對了字，可見得不是警方給的新聞稿有誤……能說出這種話，一定是圈內人。」

「我敢肯定這個人就是垣內沒錯。那句『身爲記者』是他在教訓新進記者時的口頭禪。不過你們怎麼會剛好錄到他的聲音？」

「接到這通抱怨電話的人，是社會部的年輕記者。那篇新聞打錯字不是他的疏失，卻害他遭到責罵，他心裡一時氣不過，所以在聽到一半時偷偷拿出iPhone開始錄音。」

相賀一問詳情，才知道原來智慧型手機可以當作錄音機。仔細想想，垣內應該也不知道吧。正因爲兩個人都還活在過去的時代，才會發生在電話答錄機裡留了言卻沒有聯絡上的狀況。

「最近報紙上只要有一點疏失，網路上就會罵聲連連，說我們捏造或誤導。所以對於各種專有名詞，我們都很小心，但總不可能完全不犯錯。」

「人有失手，馬有亂蹄，天底下沒有一個記者能在退休前不寫一篇訂正啓事。」

「是啊，但因爲不久前《近畿新報》那件事，整個社會非常敏感。」

相賀一聽到《近畿新報》這幾個字，忍不住偷偷嘆了口氣。

桐野弘那魁梧的身材及留著鬍子的臉孔浮現在相賀的腦海。浮躁不安的心情，讓相賀伸出手指推了推玳瑁材質的眼鏡框。《近畿新報》的事件絕不僅是桐野的個人品格問題，更突顯出了新聞業界結構的根本缺陷。

記者俱樂部制度、再販賣價格維持制度（註）、逐戶配送制度……過去維持著報社營運的骨架基礎，如今正因資訊革命而搖搖欲墜。發行數量減少導致對社會的影響力降低，足以成爲新聞媒體的致命傷。

到頭來問題的癥結還是錢。據說《近畿新報》的桐野及那名主編，正是因爲對地方報與全國報之間的低利潤競爭感到疲累，再加上前所未有的高額預算帶來的沉重壓力，最後鋌而走險，做出了捏造假新聞的行徑。新聞業界的精神蕩然無存。

「如果這眞的是垣內的聲音，爲什麼他要打這種匿名抱怨電話？對垣內來說，要找到一個還在報社裡工作的熟人發牢騷，應該不是難事才對。」

「或是他明白自己呼風喚雨的時代已經結束了吧。與其找熟人發牢騷，不如以讀者的身分打電話抱怨，反而更能受到重視。畢竟報社也不希望讀者減少。」

「可是我記得垣內當年挖出許多獨家報導，但訂正啓事也寫不少。他自己也這麼說過。」

「更重要的是他爲何對這則報導的反應這麼激烈？這個赤西峰子到底何方神聖？」

「目前只知道她沒有工作，生活也稱不上寬裕，也沒有可以依靠的親人。」

「這場火災有沒有可能是人爲縱火？」

「現階段還難以斷定。不過起火點據說就是在赤西峰子的房間內。」

發生火災的五天後，垣內就上吊自殺了。而且垣內跟赤西都住在大正區，未免太過巧合。

這兩人一定有什麼關聯……

「聽說垣內得了胃癌。」相賀說道。

「咦？」

「這是垣內的女兒跟我說的。他女兒還提到了安寧病房什麼的，應該是日子不長了。他會打這通抱怨電話，或許這也是原因之一。」

「哇，又是一樁我不知道的事。」能見的態度還是一樣氣定神閒，回答也有些少根筋。

「垣內的欠債跟這個赤西峰子，如果你查到什麼，請告訴我。我也會盡可能調查看看。」

「我知道了。不愧是綽號『日耳曼』的相賀，做起事來縝密又有效率。」

相賀想，自己只是跟垣內的親人聯絡，以及回收遺物中的工作資料，這跟縝密扯不上邊。

「這是你取的嗎？」

註：指販賣出版物的零售商或中盤商，不得在未經出版社同意的情況下擅自調降出版物價格的制度。

「什麼？」

「『日耳曼』這個綽號。」

「不是，應該是垣內取的吧。」

「是垣內？」

相賀吃了一驚。原來「日耳曼」這個綽號是垣內起的頭。

「是啊，他說你做事很細心，很少犯錯。還說你一定是因爲常聽德國音樂，才能變得像精密機械一樣分毫不差……啊，你別誤會，這可不是壞話……喂？相賀，你在聽嗎……？」

4

梅雨季終於結束了。

這天從一大早就響起蟬鳴聲。光是往窗外看一眼，就有一種熱得頭昏腦脹的錯覺。陰晴不定的梅雨季讓人討厭，但不帶心機的夏季豔陽也讓人退避三舍。

每年到了炎熱的季節，相賀總是盡量減少外出。三餐食材也是讓業者送到家裡。但今年想不出門也不行。相賀在門口挑了一頂帽簷較寬的帽子戴上，揹上一個肩背包，打開了大門。

原本想徒步走到車站，但才走不到五分鐘就熱得受不了，一來到大馬路上立即攔了一輛計程車。原本以爲就算天氣再熱，走個十分鐘應該不成問題，看來還是太高估了自己。原來除了冷，熱也是老年人的大敵。相賀在開著冷氣的車內取出扇子，對自己的衰老搖頭苦笑。

計程車抵達市立圖書館的時候，相賀身上的汗也大多乾了。報紙雜誌區共七張桌子，每張桌子都搭配四張椅子，但這時幾乎所有椅子都坐滿了。相賀找到一張空椅子，放下肩背包，接著去取縮印版的《大日新聞》。光是一九八四年份的《大日新聞》，頁數就超過一千頁，相賀費了九牛二虎之力才拿回桌邊。

縮印版報紙上的字可說是名副其實的蠅頭小字。相賀又取來桌上型放大鏡，翻到卷首目錄頁，一頁一頁檢查是否有關於消費者信貸的新聞標題，卻沒有找到。如果能在目錄查到，只要記下頁數就可以找到那則報導，但是天底下沒有這麼便宜的事情。調查報導聽起來很偉大，但其實調查這件事情，基本上就是不斷重複枯燥乏味的作業。

能見提到的赤西峰子這個女人，確實出現在垣內留下的調查資料。相關案件發生在一九八四年九月前後。峰子當時二十九歲，在大阪市內某公立國中擔任英文老師。峰子有個相差三歲的哥哥，名叫赤西孝人。孝人任職的公司是未立案登記的信貸公司，也就是俗稱的地下錢莊。但後來孝人突然失蹤不知去向。筆記本上的紊亂字跡只傳達了這些訊息。除此之外還包含一些利息太高而無力還債的債務人，以及寵物販賣店業者的採訪對話，但整體案情不清不楚的部分太多，同一時期的檔案夾裡找不到相關文書，甚至連剪報裡也不包含這則新聞，相賀爲了查出這個案件的全貌，只好來圖書館查閱縮印版報紙。

不過《大日新聞》的縮印版只有東京版本，如果那則新聞當年僅刊登在大阪版本，如今就算查縮印版也查不到。雖然可能有漏網之魚，但相賀能做的事情，只是盡人事聽天命。所幸採訪筆記的日期是九月，只要尋找九月以後的新聞就行了。

九月下旬某天，早報社會版頭條的標題吸引了相賀的目光。

主標題是〈地下錢莊拿貓狗抵債〉，副標題是〈大阪寵物販賣店損失三十餘隻〉。內文不僅包含大張寵物販賣店的照片，而且涵蓋十五段中的九段，依文章規模應該是一篇獨家報導。

整起案子肇因於一家位於大阪市內的小型照相機販賣店。老闆是個五十七歲男人，他為了增加客源，打算將販賣店變更為照相館，還為此在市內安排了一間攝影棚。但他的經營計畫漏洞百出，不到一年就出現資金周轉不靈的情況。即使把原本的照相機店賣掉，還是留下了一屁股債。接下來的下場，就跟其他陷入欠債地獄的人大同小異。先是向消費者信貸公司借錢，等到因還不出錢而被列入黑名單後，就轉為向地下錢莊借錢。

地下錢莊看出男人無力清還，竟強逼他在誓約書上蓋指印，以弟弟經營的寵物販賣店作為抵押。當然就法律上弟弟沒有義務代為還債，但地下錢莊每天都派人到店裡騷擾，甚至曾在店門口放置鴿子屍體。弟弟警告那些前來討債的人，自己將會報警處理，沒想到就在那天晚上，原本睡在店內籠子裡的三十多隻寵物貓、狗竟遭那些人盜走，以極低的價格賣掉抵債。

報導中的地下錢莊「微笑金融公司」，就是峰子的哥哥孝人任職的公司。地下錢莊雖多，但經營壽命大多不長，幾乎沒組織性可言。由於職員通常不多，放置鴿子屍體的職員很可能就是孝人。報紙上的文章最後是以「警方正依竊盜罪嫌展開偵辦」作為結尾，但同一年的縮印版裡並沒有後續報導。相賀心想，這又是一樁與高利貸有關的案子，只是赤西峰子與案情並沒直接關聯。

相賀感到雙眼疲勞，點了眼藥水，接著動了動僵硬的肩膀。調查工作耗費體力，而且深刻感覺到集中力也大不如前。

沉思片刻，相賀從肩背包中取出垣內的筆記本。讀完報導後再來看筆記，或許能有一些新的斬獲。就連一排排意義不明的採訪對話，也可以大致區分爲「寵物販賣店」及「照相機店」的周邊居民，解讀起來容易不少。可惜絕大部分都是相賀不需要的訊息，將這些不要的訊息全部劃掉，什麼新收穫也沒有。不過調查工作就算繞了一圈又回到起點，也絕對不會是白費力氣。

蒐集資訊的最大重點，是排除不必要的資訊。當把雜音全部消除，就是自己想聽的聲音。

筆記本上記錄著大量大阪市內的地址，每一排地址都註記著屋主姓氏及採訪內容。相賀心想，這多半就是垣內在赤西家附近採訪時的紀錄。相同的採訪紀錄多達六頁，算一算垣內按過門鈴的屋子超過五十間。雖然大部分的屋主都拒絕表達意見，但在一次次的採訪之中，垣內還是問出了目標人物的家庭組成及職業。

最讓相賀在意的一點，就在於回答「不知道」的紀錄很多。由於這些詞句都沒有包含主詞，難以判斷當初的問題，但不難想像垣內一定問了很多次相同的問題。難道垣內到處詢問鄰近居民「知不知道孝人在地下錢莊工作」？如果是，這樣的採訪方式實在危險。

相賀察覺這件事似乎並不單純，胸中逐漸有種不祥的預感。

這個案子距今過三十年以上，就算照著筆記本上的地址尋找當年的赤西家，恐怕也不太可能有什麼收穫。更實際的調查方向，是調查垣內當初是以什麼手法查到赤西家地址。

當然答案就在那些資料之中。

正午之後，豔陽的氣焰更增。

一走出近畿鐵道的車站剪票口，頓時蟬鳴大作。灼熱氣溫讓車站前的圓環景象微微搖曳。

繼前往圖書館的去程跟回程之後，相賀搭上今天的第三輛計程車。雖然花了不少錢，但這也是沒辦法。身邊擺著一個紙袋，裡頭放準備要當伴手禮的日本茶葉。相賀轉頭望向窗外，看著不斷向後飛逝的景色。

他人的幸或不幸，相賀絲毫不感興趣。正因爲是這樣的性格，才適合過著每天讀書與聽音樂的平靜生活。許多男人在退休後因找不到興趣而苦惱，但相賀從不曾感到生活無聊。雖然生活中偶而也會看見一些摩擦與爭端，但相賀向來是保持置身事外的態度。唯獨這十天以來，心靈跟身體彷彿都不再受自己控制。相賀甚至感覺此時情緒有些高昂。

同時期進公司的同事不僅離了婚，而且上吊自殺。在得知這些消息後，相賀取得了同事遺留下的消費者信貸相關採訪筆記及資料。接著又聽到兩段錄音檔……一段在同事自殺前兩天進入相賀的電話答錄機裡，另一段則是對《大日新聞》的錯字提出嚴重抗議。再加上赤西峰子的存在，以及報導地下錢莊卑劣討債手段的新聞，讓這整件事變得更曲折離奇。

相賀也不知道自己是改不掉職業病，抑或只是想玩玩記者遊戲。但不論心態爲何，通往眞相的道路就像一條蜿蜒崎嶇的單行道，一旦鑽了進去就沒有辦法往後退了。

計程車停在一棟老舊兩層樓民宅前。一下車，相賀首先確認了門牌。一看見上頭的屋主姓氏寫著「戶崎」，相賀不禁鬆了口氣。但即使如此，還是不能過於樂觀。畢竟自己年事已高，就算自己要找的那個人並沒有搬家，也有可能早已不在世上。

相賀按下對講機的按鈕，不一會便傳出了慢條斯理的女人說話聲。

「抱歉，打擾了。我是《大日新聞》的退休記者，敝姓相賀。」

「《大日新聞》的……記者？」

女人似乎有些錯愕，但口氣依然溫和。

「對，不過我已經退休了。請問戶崎信三先生在家嗎？」

女人沉默了半晌，才以充滿戒心的口吻說道：「在。」

「今天前來拜訪，是想詢問有關前《大日新聞》記者垣內的事。」

「垣內先生嗎……你稍等一下。」

說話的女人應該是戶崎的妻子。他們應該認得垣內，但清不清楚垣內晚年際遇就不得而知。

戶崎信三是前大阪府警的警察，曾經是垣內最重要的消息來源。相賀不清楚戶崎這個人的個人經歷，只知道他在一九八四年任職於大阪市內某警署的防犯課。從前的防犯課就是現在的生活安全課，這是一個重要單位，主要處理以《刑法》以外的特別法爲依歸的案件，與刑事課同樣是很容易挖到獨家消息的單位。若單看與消費者信貸有關的案子，記者主要想挖的是基於違反《出資法》或《利息限制法》而舉發信貸業者的消息。根據來自垣內公寓的通訊錄及賀年卡，相賀研判筆記本內提到的「T府」（註）很可能就是戶崎的家。

一個身材矮小的男人打開了玄關大門。這個男人的頭髮稀疏，臉上有深深皺紋，看得出來雖然年紀沒有差到一輪，但應該比相賀大。

「請問是戶崎先生嗎？」

戶崎抓著門把點了點頭。他凝視相賀數秒鐘，低聲說一句「請進」。

狹小的圍牆門開啓，相賀踏著長滿青苔的石塊，沒幾步就已走到玄關處。這是一棟風格傳統的屋子，打掃得乾淨，但設計上沒有考慮到收納及高低差的問題。戶崎拉開紙拉門，將相賀帶進了距離門口最近的和室房間。

兩人隔著一張矮桌相對而坐。相賀說了幾句客套話，戶崎默默點頭。相賀看得出眼前這個人惜字如金，要問出重大線索恐怕不易。但反過來說，只要獲得信任，將可以建立深厚情誼。

剛剛隔著對講機與相賀對話的戶崎妻子，端著托盤走進房間，上頭擺著冰咖啡。相賀道了謝，將伴手禮遞過去，她恭恭敬敬地行了一禮，便離開房間。

「我是與垣內同一時期進報社的記者，請問戶崎先生是否得知關於垣內的事了？」

戶崎以單眼皮的眼睛凝視著相賀，緩緩搖了搖頭。

「他在這個月五日過世了。」

戶崎深吸了一口氣，只淡淡回答：「這樣啊……」

「死因是自殺。」

戶崎聽到相賀這句話，霎時皺起了眉頭，驚訝得合不攏嘴。

「《大日新聞》的相關人士通知我的時候，垣內已經過世一星期了。」

接著相賀把後來發生的事情簡單扼要說一遍。在聆聽中，戶崎逐漸變得面無表情，但看得出來他聽得認眞。

「垣內不僅聯絡了曾經跟他一起跑消費者信貸新聞的我，而且針對赤西峰子死於火災的新聞錯字，激動地打電話抗議，加上赤西峰子的哥哥是地下錢莊的職員……我總覺得這幾件事必定有牽連，但想像不出來龍去脈。」

相賀說到這裡，喝了一口冰咖啡，接著道：

「在垣內的採訪筆記裡，經常提到疑似戶崎先生的人物。但由於筆記內容不完整，難以看出事情的全貌。戶崎先生，請問你是否認識赤西峰子這個人？」

相賀雖然平常沉默寡言，但面對眼前這名退休警察，從前當記者時培養出來的溝通技巧逐漸重回心頭。何況相賀明白若不能從戶崎口中問出些蛛絲馬跡，要查出眞相恐怕會難上加難，因此表現得特別積極主動。

戶崎沉吟了半晌，忽然輕咳一聲，說了一句「失陪一下」便起身離開。他的臉上還是看不出

註：「T」爲「戶崎」的羅馬拼音（TOSAKI）的第一個字母。

絲毫表情。相賀在戶崎離開房間後，依然維持著抬頭挺胸的姿勢靜靜等待著。但等了許久，戶崎遲遲沒有歸來，心情逐漸焦躁起來。

大約十分鐘，紙拉門再度開啓，戶崎拿著一個經過包膜處理的大紙袋回到房內。他再度坐在相賀對面，從紙袋中取出一冊剪報收集本，放在桌上攤開。

「這是昭和五十九年七月的新聞。」

相賀愣了一下，心情就像是突然看見魔術師公布魔術手法。他趕緊在心中一換算，昭和五十九年正是西元一九八四年，也就是自己與垣內搭檔跑新聞的那一年。

〈偷偷入學的比例增加一倍　爲了逃債屢次轉學〉

相賀一看到這排新聞標題，心中突了一下。因爲自己也收藏著相同的剪報。

「這篇報導是我寫的。」

戶崎聽相賀這麼說，只是輕輕點頭，應了一聲「原來如此」。

國中、國小學生要轉學，必須先辦理住民票的遷移手續，並且繳交學校的在學證明書。但在從前的時代，住民票很容易被第三者取得，債務人就算搬了家，信貸業者也能夠立刻查出新家地址，派人前來討債。因此當時常有國中、國小學生才剛轉學一個月，馬上又要轉學的例子。有不少債臺高築的父母避免這種情況，會偷偷向當地政府的教育委員會懇求，讓他們的孩子在不辦理住民票遷移手續的情況下入學念書。

一邊是欠下債務的父母，另一邊則是無情討債的業者。夾在中間的孩子們，永遠是最可憐的弱勢族群。相賀每次看見那些任憑自私大人們擺布的孩子，便不勝唏噓。隨著採訪相關人士的次數增加，相賀心中的怒火也越來越盛，撰寫新聞時的用字遣詞也逐漸從溫和轉變爲激烈。

「赤西峰子正是與這一則新聞有關。」

「跟我寫的新聞有關……？」

完全出乎意料之外的新線索，令相賀心跳加速。

「這件事情，我本來打算對你守口如瓶。但你提到垣內臨走前跟你聯絡，讓我改變了想法。更何況垣內既然已經不在世上，我也沒有必要繼續隱瞞。」

戶崎這番話彷彿是在說服著自己。他翻動剪報收集本，找到一篇關於寵物販賣店的新聞剪報，正是相賀在圖書館影印的那一篇。

「這篇寵物販賣店的新聞出了錯。」

「咦？」

「從寵物販賣店盜走貓、狗的地下錢莊並不是『微笑金融公司』。」

相賀的心跳速度更快了。三十三年前的誤報……

「下手的是完全不同的地下錢莊。不過當時『微笑金融公司』也因爲其它案子而遭我們警方追捕，所以赤西孝人躲了起來。他當時自身難保，根本沒有餘力要求報社訂正。」

戶崎說起話來聲音沙啞，對於這件往事的記憶卻是一清二楚。

「大約一個月後，某天晚上垣內來找我挖消息，我把誤報的事情告訴了他，但是……」

相賀已猜到接下來會發生什麼事，胸口如壓了一塊大石。換作其他記者，多半也同感。不想寫訂正啓事……

「他堅持這件事沒有辦法向赤西孝人本人求證，而且警方還沒有抓到盜走貓狗的地下錢莊業者。說穿了，就是他不想寫訂正啓事。」

相賀的腦海裡浮現了垣內筆記本裡那一長串名字。

「垣內向赤西家附近街坊鄰居進行採訪時，提到了赤西是地下錢莊職員，而且還可能是從寵物店盜走貓狗的嫌犯。」

筆記本前半段那些拒絕提供訊息的採訪內容，原來就是這麼來的。垣內採訪不到可用的內容，一定很急。爲了讓那些受訪者願意積極表達意見，他竟以尚未求證的不確定消息爲誘餌。

「赤西孝人的妹妹峰子當時在大阪市內的國中當老師。」

戶崎頓了一下，接著說道：

「因爲垣內到處採訪居民，加上報紙刊登的那則新聞，當地每個人都知道了赤西峰子的哥哥是地下錢莊職員。你想想看，那可是距今三十多年前的事。」

相賀承受著戶崎的視線，微微點了點頭。不論是在工作上，還是在婚姻上，從前的人比現代人更重視血緣的意義。赤西峰子的哥哥竟然爲了抵債而奪走活生生的動物……不難想像在那樣的時代，連帶責任的枷鎖將會是多麼沉重。

「隔年，也就是昭和六十年的三月，赤西峰子在她任職的國中校園遭到兩個男人攻擊。」

「遭到……攻擊？」

相賀頓時更沮喪。原本以爲赤西家只會在當地遭排擠，沒想到還遭受直接的肢體攻擊。

「當時是畢業典禮的前兩天。那天傍晚，在沒有人的體育館附近，兩個蒙面的男人把赤西峰子壓住，以小刀割斷她的頭髮。」

相賀想像著頭髮參差不齊的模樣，心中極度難受。割斷女人頭髮這種行爲的背後，必定隱含著強烈的惡意。

「赤西峰子大叫且用力掙扎，那兩人馬上就逃走了，約二十公分長的頭髮散落一地。」

戶崎雖然惜字如金，但實際說起話來有條不紊。正因爲表達清晰，更加突顯赤西峰子的心靈創傷且震懾人心。

「那兩個男人是那所學校的學生？」

「……沒錯。」

相賀想起八〇年代的不良學生問題。頻頻發生的校園暴力新聞，以及當時描寫少女誤入歧途的熱門電影《推倒積木的人》（註）浮現在相賀的腦海。相賀自己也曾在教育問題方面的文章中提到這些現象，只是不明白這爲何會跟「債務人的子女偷偷入學」的報導扯上關係。

註：《推倒積木的人》（積木くずし）是八〇年代的演員穗積隆信根據其女兒誤入歧途的眞實事件所寫的小說，其後改編爲電影及電視劇。

「四月，警方鎖定了那兩名少年的身分。他們是那所國中的畢業生。其實峰子早就隱隱猜到，只是沒有告訴警察。當然一方面是站在教育者的立場，不希望毀了少年們的未來，但最大的理由，還是在於少年們的犯案動機並不單純。」

相賀察覺話題逐漸逼近核心，下意識地以手指抹著玻璃杯上的水珠。

「這兩名少年就讀國中二年級時，班上轉來一名女同學。這名女同學在兩個月後又消失了，沒有向任何人道別。」

相賀頓時恍然大悟。這就是峰子遭到攻擊卻選擇隱忍的最大理由……

「那名女同學的家裡是單親家庭，只有她跟父親兩個人。父親因爲欠債而丟了工作，爲了逃債而到處借住在熟人的家裡，所以經常搬家。」

「兩名少年知道她的家庭狀況？」

「嗯，我們並不清楚這三名少年少女實際上是什麼關係，但犯案動機顯然是血氣方剛與正義感。向女學生父親討債的信貸業者與赤西孝人並沒直接關係，但憤怒的少年們把矛頭指向了全部的信貸公司跟地下錢莊。」

「因爲垣內的採訪及報導，他們得知赤西峰子的哥哥是地下錢莊職員，襲擊了赤西峰子？」

「是啊。這年夏天，孝人的遺體在北海道被人發現。遺體漂浮在道南的海上，警方最後以自殺結案。不久之後，峰子也辭去了教師工作。」

垣內利用未經證實的消息作爲誘餌，提高採訪調查時的效果。不僅如此，還將沒有詳細確認的內容寫成了報導。但若要舉出垣內犯下的最大過錯，就在於事後不肯寫訂正啓事。原來挖掘社會問題的使命感背後，不是身爲新聞記者的信念，而是個人的面子問題。從垣內的行爲模式，可以很明顯看出與「森永案」採訪調查組的對抗心態。

戶崎接著從一枚透明文件夾中取出數張以迴紋針夾住的A4文件。

「這是平成四年的審判紀錄。」

年號從昭和變成平成，相賀趕緊計算。那年是一九九二年，也是峰子辭去教職的七年後。

相賀一看被告人的姓名，霎時倒抽了一口涼氣，正是赤西峰子。罪名是行使僞造私文書。

「當時垣內好幾次申請與峰子會面，但她全都拒絕了。」

「一直到最後都沒有見到？」

「是啊。這是起訴書與開庭陳述，這是論告書與最終辯論紀錄，比較厚的這份是判決文。我都交給你，你帶回家慢慢看吧。」

戶崎將那一疊紙放回透明文件夾內，最後說道：「我有點累了。」

相賀趕緊爲突然來訪道歉並告辭。

「眞是件憾事。」

坐在對面的戶崎低頭說道。他口中的憾事，可能指一篇報導毀了一個人的一生，可能指垣內不願意發出訂正啓事，也可能指垣內最後自殺了斷生命。

就在戶崎即將闔上剪報收集本的時候，相賀的眼角餘光偶然望向剪報邊緣的空白部分。那上頭有一串以黑色原子筆所寫下的數字，多半是該篇報導的刊載日吧。

剪報收集本內的剪報新聞有如照片一般殘留在相賀的腦海裡，勾引出了原本埋沒在內心深處的古老回憶。一時之間，相賀感覺心臟噗通亂跳。

報紙的邊緣空白處……

相賀勉強維持鎮定，慢慢起身。戶崎似乎已察覺訪客表情變化，但一句話也沒問。

離開了戶崎家，相賀快步前進，來到大馬路上，招手攔了一輛計程車。接下來要做的事，將是與三十三年前的自己對峙。

如今相賀終於明白垣內打電話給自己的理由了。

5

一九八四年十月八日……

相賀如唸佛號般在心裡不斷默唸這個日期，一面將房間裡的衣物整理盒內的資料全倒出來。雖然平時極度無法忍受凌亂，但此時管不了那麼多。在冷氣逐漸開始發揮效果的房間裡，相賀盤腿坐了下來，打開一本本的檔案夾。此時要找的不是剪報，而是一整張的完整報紙。

相賀按捺不住激動的心情，粗魯地翻找一本本檔案夾，卻偏偏找不到心中想要找的那張報紙。難道是被自己丟掉了嗎？僅存的狹小胃袋因焦躁心情而開始抽痛，相賀只能蜷曲著身子等待疼痛消失。痛楚逐漸消褪時，相賀察覺自己犯了一個很大的錯誤。

那張報紙根本不會在自己保存的資料裡，因爲當年就已經交給垣內了。

相賀立即轉身走向垣內的紙箱，把裡頭的檔案夾一本本抽出查看。驀然間，摸到了一本特別厚的檔案夾，被分類在「消費者信貸相關」以外的部分。拿起來從側面一看，裡頭夾著一整張報紙。相賀的直覺告訴自己找到了，趕緊抽出那張報紙。

一九八四年十月八日的《大日新聞》早報。一翻開頭版，相賀不禁仰天長嘆。

從正面的頭版到背面的電視節目表，欄外的空白部分寫著密密麻麻的字。其中包含寵物販賣店的店名、「微笑金融公司」的電話號碼、赤西孝人的姓名及大阪市內的地址……

全部都是自己的筆跡。

相賀就這麼盤腿坐著，低頭回憶起了這段陳年往事。看到了實物之後，原本模糊的黑白記憶瞬間帶有鮮豔的色彩。

三十三年前的十月八日早晨，某大阪電視臺記者打了一通電話給相賀。

這名記者曾經是相賀的同學，如今負責大阪府警本部的新聞。當時大阪府警對民營電視臺的記者俱樂部並沒有提供獨立隔間，只安排了一間大會議室，而且不舉辦共同發表會。所有的電視臺裡，唯有ＮＨＫ（日本廣播協會）擁有一間以薄博的隔板隔出的獨立空間。

那名曾經與相賀是同學的記者朋友，經常打電話向相賀詢問大阪府警辦案的內容細節。相賀雖然不負責向大阪府警本部挖新聞，但可以向垣內詢問，並且把其中比較無關緊要的消息告訴那個記者朋友。當然這不是單方面的給予。在資訊的業界裡，訊息交流通常都是互惠。相賀如果需要「人物特寫」之類的題材，或是向某個人提出採訪申請，往往也需要這名記者朋友的協助。

這天早上，包含《大日新聞》在內的新聞媒體都接到「森永案」歹徒集團「怪人二十一面相」的挑戰信。這封挑戰信的標題爲「給全國的媽媽」，內文如下：

〈食慾之秋　讓零食更加美味　說起零食　就想到森永　我們特別調製的　氰化鈉口味　可是有點辣〉

歹徒在前一天（十月七日）將摻有氰化鈉劇毒的零食放入了大阪、京都、兵庫三府縣共七家超市及便利商店內。接到挑戰信的八日，警察廳對外宣布在歹徒指定的零食內確實檢測出了氰化鈉，引發社會恐慌。各大報社也從當天的晚報開始激烈的報導競賽。

這天相賀原本值晚班，但一大早社會部主編就打電話到家裡來。

「立刻到箕面的大榮超市去看看狀況！」

散布有毒零食這種前所未聞的犯案手法讓報社也亂了方寸。記者人數徹底不足，連消費者信貸採訪組也無法置身事外。

掛下電話後不久，那個在電視臺當記者的朋友就打了電話來。那朋友今天不用值班，他將寵物販賣店有貓狗遭盜走的案子告訴了相賀，聲稱這是「從做週刊雜誌的朋友那裡聽來的」。當時相賀手上沒有筆記本，只有一份早報，只好將聽來的細節胡亂寫在欄外的空白處。此時相賀的內心早已完全被森永案佔據了。

「聽說森永的零食眞的驗出了毒素。」

相賀等那記者朋友說完後，便以這個消息作爲回報。那朋友說了一聲「感謝」，立即掛斷了電話。當時全國的記者都在尋找著那跨越禁忌之線的「怪人二十一面相」，尤其是關西的社會部記者更是爲這個案子如癡如狂。在眾多記者之中，唯獨一個記者沒有跳入這個戰場。

那就是垣內。從這兵荒馬亂的日子往前回推十八天，當時的垣內正因「森永製菓企業受勒索」的新聞遭競爭對手的報社搶先一步而氣得直跳腳。主編要他回來森永案採訪組幫忙，他卻以「不想幫你們收爛攤子」爲由，拒絕命令。這樣的任性做法引發主編的反感，導致垣內在報社內的立場更加孤立。爲了保住面子，垣內說什麼也要在消費者信貸案件上繳出漂亮的成績單。

奉命支援森永案採訪組的相賀，與垣內約在某個地方見面。垣內一出現，相賀立即將寫著潦草筆記的報紙交給他，對他說道：

「這陣子我可能無法陪你追信貸案了。」

「你可別忘了，高利貸的毒也會要人命。」

相賀避開了垣內那憤恨不已的眼神，回到氰化鈉的調查工作上。截稿期限迫在眉睫，相賀根本沒時間在意同事的冷言冷語。

這時候的相賀，完全沒想到自己交給垣內的一些消息，會毀了一名女老師的一生，而且讓問題的火苗持續悶燒超過三十年以上。在那濃煙另一頭發生的事情，關係到另一名同事的人生，而自己毫不知情。最後，火舌甚至延燒至赤西峰子所住的公寓。

相賀有氣無力地握住那張報紙，轉頭望向放置於書桌深處的ＣＤ架。傑利畢達克ＣＤ的盒子，就平躺在那裡。相賀不禁想著自己歷經漫長歲月，終於找到的這片音樂ＣＤ。這讓相賀深深明白，紀錄與保存有著無與倫比的重要性，而眞相的尊嚴沒有高下之分。然而從地底下挖掘出的眞相不見得總是受到歡迎。若以不同的角度來看，可能會因太過刺眼而無法直視。

垣內過於信任輾轉從他人處得來的消息，最後釀成無可挽回的悲劇。事情後，雖然就表面上看來，垣內在社會上依然有著傑出表現，但誤報的陰影從來不曾自他的心中消失。正因如此，當他得知赤西峰子遭逮捕時，他才會數次申請與峰子會面。

峰子辭去教職後，進入一家旅行社工作。但職務太過操勞，導致健康出了問題，不得不再度離職。這個時期後，峰子便陷入極度窮困。當她決定向消費者信貸公司借錢時，存在她心裡的是人生還能東山再起的樂觀，還是對人生絕望的悲觀，恐怕只有她自己才知道。這些就連最終辯論要旨及判決文也沒提到的內心感受，外人要揣摩只能全憑想像。最後她跟錯誤報導中的那名照相機店老闆一樣，淪爲地下錢莊的獵物，多麼令人感到諷刺。

地下錢莊介紹一個男人給峰子，那男人要峰子喬裝成另一個她不認識的女人，到銀行塡寫一張單據，拿到櫃檯領錢。雖然確實領到了錢，但其中大部分都被那些男人取走了。就連留在峰子手上的錢，最後也爲了繳利息而付得一乾二淨。

刑事法庭開庭時，垣內一定到場旁聽了吧。垣內不知作何感想？從戶崎那裡得來的資料，並不包含峰子曾遭學生割去頭髮的描述。但峰子對新聞迫害的怨恨極深，可說是無庸置疑。

——記者在我家附近胡亂散布消息，最後還在報紙上將完全不相關的案子說成是我哥哥幹的。因爲這件事，我丟了教師飯碗。如果沒有那一篇報導，現在我應該還在當老師吧。

最終辯論中這段峰子的陳述，想必如同一把利刃刺入垣內的喉嚨。最後峰子獲得緩刑，從此下落不明。

桌上的折疊式手機響了起來。打開一看，號碼上頭顯示著能見健一。相賀一按下通話鍵，能見那朝氣十足的聲音就傳入耳中。

「又在聽音樂嗎？」

「這次沒有。」

「抱歉，有個消息想告訴你，是關於赤西峰子住處那場火災的事。」

相賀早已猜到能見特地打電話來是爲了這件事，但沒有說出口。

「聽說很有可能是人爲縱火。」

結果不出相賀所料，他只簡短地問了一句：「凶手抓到了嗎？」

「聽說警方已經掌握幾個可疑人物，但還沒有決定性證據。你那邊呢？有沒有什麼進展？」

「沒什麼太大的進展。」

相賀毫不思索地說道。雖然這回答冷酷得接近謊言，但此時的相賀實在沒有力氣說明前因後果。從前的歲月痕跡對相賀而言太過沉重。

掛斷電話後，相賀想起不久前能見告訴自己的事。

想出「日耳曼」這個綽號的人，正是垣內……

留在電話答錄機裡的那段垣內聲音，依然清晰地在腦中迴盪。

相賀想到一個可能性。雖然聽起來有些愚蠢，但既然沒有其它選擇，這時顧不得丟臉了。

相賀拿起剛剛才掛斷的手機，點開了電話簿。遲疑數秒之後，按下了通話鍵。

冷氣完全不涼，但還不到熱得冒汗的程度。

滾燙的排骨拉麵吃起來太費事，相賀只吃了一半就放下了筷子。坐在對面的美枝子正津津有味地吃著燉豬肉。

這是相賀第二次走進這家沖繩料理餐廳。因爲這家餐廳位在大阪市大正區，就在垣內智成生前住的那棟公寓對面。但相賀心想，這應該是自己最後一次走進這家店了。

就在剛剛，租屋管理公司的職員前來檢查房間，相賀交出了房間鑰匙。垣內曾經活在這世上的證據又消失了一個。

相賀拿起了手邊的智慧型手機。這也是垣內的遺物。美枝子上次曾提過，這支手機被密碼鎖住了，沒有辦法確認裡頭的內容。密碼是由英文字母與數字所組成。

昨天相賀打了電話給美枝子，告知密碼可能是「german」（日耳曼）。當美枝子聽到這是垣內給相賀取的綽號時，忍不住笑了出來。但是沒過多久，美枝子便打電話來說道：

「手機鎖解開了。」

密碼原來相當簡單，就是「german」配上垣內自己的生日。相賀是曾經與垣內一同調查「消費者信貸」新聞的男人，是提供錯誤訊息的男人，更是垣內臨死前聯絡過的男人。如果赤西峰子的存在是垣內持有智慧型手機的唯一理由，相賀在這整件事裡絕對不僅是「配角」。

通話紀錄的對象幾乎都是赤西峰子。包含簡訊在內，垣內幾乎不曾使用過電話以外的機能。唯一的例外是臉書。

臉書在電腦上及在手機上的使用方式有些不同，美枝子試著向相賀詳細解釋。相賀越聽越是心煩，最後只明白了兩點。第一是以智慧型手機進入臉書可使用簡化密碼，第二是看臉書的非公開訊息並不需要密碼。至於ＡＰＰ軟體什麼的，相賀依然是一頭霧水。

「這個就是名叫Messenger的ＡＰＰ軟體，只要點進去就能看到訊息。」

美枝子不知何時已吃完了燉豬肉定食，正看著相賀手上的智慧型手機畫面。明明剛剛才看美枝子操作過，這時相賀已經全忘光了。

相賀依照美枝子的指示碰觸了畫面。

垣內與峰子的訊息對話，最早可追溯至一年前。垣內正是在那個時期接受了腹部手術，這顯然不是單純的巧合。

——赤西小姐，謝謝妳接受我的交友申請。我姓垣內，曾經是《大日新聞》的記者。很抱歉突然與妳聯絡。其實我有幾句話想對妳說。

這是兩人之間的第一則訊息。自此之後，兩人一直維持著適當的距離，以溫和平淡的口氣交談著。每次都是由垣內主動發出訊息，峰子作出回應。剛開始，峰子拒絕了垣內提出的見面請求。但就在兩人成爲臉書朋友的兩個月後，峰子答應見面了。

——垣內先生，昨天謝謝你請我喝咖啡。聊了昨天那些話，我才知道你是一個相當誠實的人，一直沒有忘記從前犯的過錯，這讓我的心情輕鬆不少。那篇報導對我的人生有著相當巨大的影響，今天能夠以這樣的方式跟你見面，我感到很欣慰。

從峰子的回應看來，垣內似乎在漫長的歲月後終於獲得了峰子的原諒。相賀讀了峰子的訊息，原本放下了心中大石，但下一秒旋即回想起現實的殘酷。沒錯，現實是峰子與垣內都不在世上了。一個死於烈火，一個勒頸而亡。

垣內購買智慧型手機，只爲了每個月兩、三次，像這樣透過文字與峰子進行平淡的交談。

「這眞是天底下最浪費智慧型手機功能的用法。」

不久前美枝子告訴相賀，智慧型手機對垣內而言就像是無法自由更換ＣＤ或唱片的音樂盒。一個盒子只具有一種功能的笨機器，在未來將逐漸從世界上消失。像垣內跟自己這樣的人註定要退出世界舞臺，就像水往低處流一樣理所當然。

就在今年二月，兩人的關係產生了變化。原本大多是由垣內先傳訊息，但從這個時期開始，峰子積極傳訊的情況變多了。

——女人果然是一種抵抗不了寂寞的動物。

——我常常想，我不願意就這麼遭到世間遺忘，連死了也沒人知道。

——好想待在某個人的房間裡，就算只是窩在角落也沒關係。

這幾句話明顯傳達出獨居的孤獨感。但相賀看了之後，總覺得有些不對勁。峰子身爲女人，不可能不知道向一個離婚的男人說這種話，是多麼危險。

垣內回應時的態度也有些把持不定。兩人不再只是單純的誤報受害者與加害者，字裡行間越來越多男人與女人之間特有的曖昧。相賀看著畫面上那些失去分寸的對話，越來越有種如坐針氈。到三月，垣內搬家至大正區的公寓，兩人的對話更是讓腦裡響起刺耳的警報聲。

四月後，峰子突然傳一句「有件事想跟你商量」。這個時期後，兩人見面次數越來越多。

——你眞的是我的救星。我保證一定會還你。眞的非常謝謝你。

峰子到底想「商量」什麼，答案呼之欲出。垣內不僅離婚，有病在身，照理來說經濟並不寬裕。他答應借錢給峰子，是覺得當年的誤報虧欠峰子太多，還是男人本性使然？峰子一次又一次開口要錢，垣內每次都表現得十分慷慨，在相賀眼裡，就像是垣內正逐漸被一條蟒蛇吞肚。

「我跟父親的感情雖然不好，但看了這些對話，還是覺得很不甘心。他當了一輩子的報社記者，最後竟然墮落成了一個好色老頭。」

美枝子苦笑著說道。相賀把視線移回了手機畫面上，沒有多作回應。

六十五年的人生遭親人一句話否定，令相賀爲垣內感到同情。垣內當初是在網路上發現峰子擁有臉書帳號，特地買了根本不知道怎麼用的智慧型手機，嘗試與峰子接觸。在垣內的臉書上，就只有峰子這個「朋友」。誤報之後相隔三十多年的歲月，垣內終於親口向峰子道了歉。

這裡恐怕是一個很重要的分歧點。垣內的行爲就好比走在薄冰。在他終於從多年來的內疚中解脫，他應該立即轉身離開。但他沒有這麼做，腳下的薄冰終於破裂，讓他墜入了萬丈深淵。後期，峰子經常將自己的照片附加在訊息中。甚至自餐廳對面的公寓內整理出的遺物中，也包含數張峰子年輕時的照片。

相賀認爲這兩人的關係並非僅是「垣內的罪惡感遭到利用」這麼單純。垣內心中長年對峰子的歉疚，很可能轉化成對峰子的崇拜心態。否則的話，過去採訪那麼多高利貸悲劇新聞的男人，怎麼會爲了峰子一而再、再而三地向不需要保證人的高利貸公司借錢？當然垣內很清楚自己的時日不多。若將這一點納入考量，垣內很可能是想對那些信貸業者報一箭之仇。

由於消費者信貸公司都由大銀行吸收合併，現在的借錢利息已比昭和時期低了許多。但取而代之的是審核條件寬鬆的信用卡貸款，在社會上創造出了另一片債務沙漠。單靠限制利息的上限，恐怕沒辦法解決問題。

〈身爲記者，怎麼沒有好好確認！〉

垣內的怒斥聲依然在相賀的腦海中迴盪著。隨著網路的普及，新聞媒體的誤報防杜機制也有了截然不同的變化。越早公布新聞的網頁，能夠獲得越多的瀏覽量，而越多的瀏覽量，能夠帶來越高的廣告收益。過度要求速度而忽略結果的正確性，訂正「網路速報」的內容成了家常便飯。

高利貸與新聞媒體的面貌都與過去截然不同，但本質沒有絲毫改變。

垣內在得知峰子的住處發生火災後，不斷向峰子發出確認平安的訊息。相賀以生澀的動作滑動手機畫面，讓最後一則訊息顯示在畫面上。

——峰子小姐，請一定要與我聯絡。我有幾句重要的話想跟妳說。

倘若眞如能見所言，峰子公寓的火災是人爲縱火，事情可能就更複雜了。峰子借的那些錢，真的進了她自己的口袋嗎？峰子會不會只是某些惡徒吸取金錢的工具，等到達成目的，那些惡徒就消失無蹤了？垣內當時或許也察覺這件事似有隱情。

至今，縱火凶手依然逍遙法外。

誤報造成的影響不會有時效性。

「這支手機能不能暫時借我一陣子？」

相賀舉起手中的智慧型手機。美枝子愣了一下，歪著腦袋沉吟半晌，最後低頭喝了一口冰水，以拇指抹去杯上的唇印，說道：

「如果查到了什麼新線索，請務必跟我說。」

相賀道了謝，用雙手手掌將手機包住。

一張寫著潦草字跡的報紙，換來一支智慧型手機。這就有如提筆寫稿的記者已從世上消失，看紙本報紙的讀者也大幅減少，但是社會上依然充斥著壞人、想知道壞人幹了什麼壞事的讀者，以及滿足讀者需求的記者。

誤報沒有時效問題，記者的退休當然也跟著失去意義。只要發現想調查的事情，就應該徹底查個水落石出。至於自己的年齡，就暫時別去想了。

「我們走吧。」

相賀拿著帳單起身說道。一走出店外，刺耳的蟬鳴聲與悶熱的空氣瞬間包覆全身。萬里無雲的晴空，彷彿已將梅雨的記憶徹底遺忘。

美枝子看著父親臨走前住過的公寓，發一會愣。如今這個有著圓餅臉及眼角皺紋的中年婦人，當年不過是四肢瘦削的少女。相賀只希望在她胸中流動的感觸，多少還帶一點幸福的滋味。

如果當初自己接了垣內的最後一通電話，跟他久別重逢且一起喝了酒，垣內不知道會對自己說些什麼？他是否會指責自己是導致他寫出錯誤報導的元凶？抑或從頭到尾只是閒話家常？相賀不知道答案，只知道此時就算撥打肩背包裡的手機，也聽不見垣內的聲音了。

美枝子見大馬路上停著一輛計程車，轉頭望向相賀。相賀搖頭道：

「我還有點事情要辦。」

兩人於是在大馬路上道別，相賀轉身走向與車站完全相反的方向。

採訪調查的基本原則，是多跑幾遍發生事情的地點。首先就從遭大火焚毀的公寓開始吧。

相賀戴上耳機，按下音樂播放機的按鈕，閉上眼睛。

不曾在記憶中褪色的布拉姆斯第四號交響曲。一頭銀髮的傑利畢達克對會場的寂靜十分滿意，雙眼朝管弦樂團一瞥，手中的指揮棒緩緩揮落。

但那穿透了蟬鳴聲、鑽入相賀耳中的聲音，並不是清澈嘹亮的小提琴高亢弦音，而是不知何處傳來的風鈴聲。

長年在Twitter上經營煩惱諮詢室的岸田光枝（七十六歲・居住於左京區）近來出版自傳《你想怎樣就怎樣》。

京都市出身的岸田，一直到六十五歲都在市內從事稅務師工作。她在六年前以七十歲高齡開始使用Twitter，同時也開辦了「無所不談諮詢室」。岸田聲稱當時設立諮詢室的理由，是因爲「自從開始使用Twitter之後，每天都不知道要寫什麼」。她所提供的建議有著稅務師特有的條理與邏輯，但最後又會拋出「你想怎樣就怎樣」之類的粗魯結論，相當受到「愛受虐」的大人們歡迎。如今岸田每天仍要處理大約二十件「諮詢案」，對象的年齡從八十多歲到二十多歲都有。

岸田的父親在戰爭中喪生，她與母親及姊姊三人相依爲命，熬過了戰後的混亂時期。在這本自傳中，她描述了自己波濤洶湧的一生。內容包含對含辛茹苦養大女兒的護理師母親的感恩、對二十九歲突然逝世的姊姊的懷念、兩次的結婚與離婚、在三十二歲考取稅務師執照時的波折，以及爲了將獨生子扶養長大所付出的心血等等。此外還介紹了任職於稅務師事務所的期間，所遇上的種種有趣的顧客及令人莞爾的插曲。幽默風趣的詞藻更是增添了文章的魅力。

岸田表示：「就算是沒什麼傲人成就的人生，只要活著總能給他人幫上一點忙。歡迎心中抱著煩惱的人讀一讀我的書，除此之外你想怎樣就怎樣吧。」

大文堂出版社發行，定價一三〇〇日圓（含稅），於京都市內各大書店販售中。

1

拇指指甲濕了。

原本賞心悅目的銀色亮片，隨著指甲油剝落而不見一半以上。當然不是只有右手拇指才這樣。其它指甲上的亮片也掉了不少，宛如得了傳染病一般。疏於呵護的指甲彷彿象徵著現在的生活，令心情更鬱悶。

野村美沙抹去拇指上的水滴，將手掌放在額頭擋光，抬頭仰望天空。不知從什麼時候開始，天空變得白茫茫一片，西方的遠處飄著深灰色的烏雲。一想到可能又要下雨，心情沉重莫名。今年從夏天一直到入秋，幾乎沒一天放晴，簡直像是梅雨季的總雨量被平均分配到了每一天。

美沙沿著有遮雨棚的大馬路旁人行步道往右轉，進入了小巷裡。京都的飯店一整年幾乎都是客滿狀態，鬧區即使是平常日也是人滿爲患。一對背著大背包的年輕白人情侶與美沙擦肩而過。最近這一陣子，幾乎每天都能在街上看見外國人。雖然明顯感覺到觀光客變多了，但對於在外語學校工作的人而言，卻沒有什麼實質的好處。

來自天空的雨滴越來越頻繁，美沙不由得加快了腳步，朝著前方一棟泛黑的白色五層樓建築前進。這棟綜合商業建築本身就給人一種窩囊感，就像是上課時怕被老師點到而一直低著頭的學生。跟以前上班地點的總公司大樓比起來，可說是天壤之別。

美沙走進簡陋樸素的入口大廳，來到一座電梯前。按下表示上樓的正三角形按鈕之後，看了一眼手表。上午十點半，距離開始上課還有三十分鐘。

父親曾任職於貿易公司，美沙讀國小時有四年是在韓國生活，而且在韓國就讀的不是當地的日僑學校，而是首爾的一所小學，這當然是父親的刻意安排。美沙的父親擁有外語大學學歷，能說四國語言。美沙如今自己有了孩子，才深刻體會到當年父親一定很爲自己擔心。日本人在韓國或多或少會受到一些歧視，但是住在韓國的這段經歷，對美沙後來的人生有著重大影響。

回到日本，美沙還是常常前往韓國拜訪朋友。大學時代也曾以交換留學生的身分前往首爾的大學留學了一年。有一段時間，美沙甚至交了韓國籍的男朋友。鄰近日本的韓國對美沙而言充滿青春回憶，其中也包含些許失戀的苦澀。

走出電梯，美沙不由自主嘆氣。微弱的日光燈讓狹長的走廊灰暗陰森。太低的天花板，也是這棟建築物讓人特別鬱悶的原因之一。四樓共分三區，其中一區爲無人承租的閒置狀態，另一區是一家完全沒有客人上門的代書事務所。第三區就是美沙任職的「K外語中心」。

「早安。」

爲了提振自己的精神，美沙一如往常擠出了開朗的聲音。一進門的左手邊是一排相當矮的櫃檯，櫃檯後頭是外語中心的辦公室。下林亞矢子從辦公室內探頭出來，說道：

「哎呀，美沙老師，妳來得眞早。」

亞矢子有張圓餅臉，戴一副黑框眼鏡。她一邊說話，不斷動著下巴，似乎正在吃零食。美沙走進辦公室，將沉重的肩包放在中央的長桌上。仔細一瞧，桌上有一盒開封的巧克力。

「亞矢子，妳不是正在減肥嗎？」

「是啊。」

亞矢子說得泰然自若，又抓了一把巧克力塞進嘴裡，看來是連藉口也懶得想了。下林亞矢子是這家「K外語中心」的元老級職員，負責事務性工作，不會講韓語。「K外語中心」的老闆是旅日韓國人，亞矢子爲他工作了十五年，是他的得力助手。從會計到公關都是亞矢子負責的工作，「K外語中心」幾乎可說是由亞矢子一個人扛起，但這個女人不僅年齡是個謎，而且難以捉摸。包含講師在內，只有亞矢子及美沙是日本人。

「不愧是曾經當過記者的美沙老師，做事眞是認眞，總是這麼早來。」

「我不是認眞，只是到現在還沒習慣而已。而且大部分記者其實都很懶散。」

「眞的嗎？記者總是給人工作忙碌的印象呢。」

「忙是忙，但都是瞎忙。因爲工作自由，太認眞做事就吃虧了。」

美沙故意說得謙虛。雖然語氣誇張，但亞矢子只是隨口應答，並不特別感興趣。美沙在「K外語中心」已任職兩年，類似的話至少說了五次以上。美沙取出上課用的課本，攤開放在桌上。

亞矢子突然又在旁邊說了一句：「等等是谷崎的課，對吧？」

美沙見亞矢子的眼神中帶著調侃的笑意，不禁皺起了眉頭。

「上次他還向我打聽妳的電子信箱呢。」

「咦？」

美沙一聽，霎時五官扭曲，背上竄起一陣涼意。谷崎有著矮矮胖胖的身材及輕佻的性格，美沙的腦海裡浮現他那猥褻的笑容。

「別擔心，我已經警告過他了。」

亞矢子搖頭晃腦地說道。不愧是經驗老道的職員，露出一副「我辦事妳放心」的表情。

谷崎是不動產公司經營者的第三代，家族在京都市內擁有三家店面。這個人任性又刁鑽，上課時美沙只要犯了一點小錯，馬上就會遭他取笑個不停。說穿了就是個典型的紈褲子弟。

「我實在不懂，谷崎為什麼會來學韓語？」

谷崎的課每週一次，到目前為止上三個月，但幾乎沒進步。他既不預習也不複習。

「他說工作上要用到……但我猜那只是藉口。他真正的目的是妳吧，美沙老師。」

「妳別說這種話。」

這惡劣的玩笑讓美沙打了個哆嗦。

「話說回來，他也是我們的客人，請妳多擔待些。」

亞矢子的態度帶著三分取笑及三分不講情面的商場嘴臉。

這一天谷崎在上課時依然插科打諢，一點也不認眞聽課。美沙不禁感慨認眞準備上課內容的自己簡直像個傻子。谷崎一下子說起在網飛上看的韓劇感想，一下子聊起韓國女性偶像團體的新單曲，雖然說得眉飛色舞，但不難看出他其實是在發洩心中的鬱悶。他在自己家族的公司裡，應該是眾人眼中的燙手山芋吧，這點他自己應該是心知肚明才對。平日單純基於興趣而到外語學校上課，身邊也沒有需要他負起責任的妻小，他心裡其實很孤單也不一定。

「美沙老師，有沒有人說妳長得像瑯晶？」

美沙不記得那個人是誰，只記得好像是某偶像團體的團員。但美沙活到現在三十四個年頭，很清楚自己的外貌並不出眾。這種假惺惺的吹捧引起反感，美沙沒有回應，只是翻開了印有豐富插圖的課本。

「我們先複習一下上週的內容，關於否定形……」

「美沙老師，請問這上頭寫的是什麼？」

谷崎打斷美沙的話，遞出了幾張以釘書機釘起的A4用紙。美沙拿來一看，原來是一篇以韓文寫成的網路報導，內容只是無聊的演藝新聞。五十分鐘的上課時間，有三十分鐘都會耗費在這種無意義的對話上。雖說付錢的人最大，但教一個不想學的學生實在痛苦。

美沙壓抑下怒氣，看著紙上的文章。「他也是我們的客人」亞矢子那冰冷的聲音迴盪腦海。這所外語學校的老闆是個一聽到有學生抱怨就會臉色鐵青的男人，要是谷崎中途不念了，老闆不知道會要求自己如何負起責任。

「韓流」的熱潮早成往事，學韓語的風氣也跟著低迷。「K外語中心」節省人事成本，規定星期二、四的上午並不上課。任職於這樣的職場，當然無法奢望有工會保護自己。當初在報社時抱怨職場風氣太過守舊，如今轉換至小規模的外語學校，又擔心公司隨時會經營不善而倒閉。

「這上頭寫什麼？」

眼前的谷崎露出賊兮兮的微笑。他的惡作劇已越來越不知分寸了。紙上的文章，寫的是關於韓國藝人靠陪睡走紅的新聞。谷崎多半很清楚文章的內容，他拿這種接近性騷擾的文章給美沙看已經不是第一次了。

就在美沙再度低頭望向紙面的時候，忽感覺到一股猥褻的視線朝自己射來。

他在看我的胸部……

——上次他還向我打聽妳的電子信箱呢。

美沙回想起亞矢子說過的這句話，一股厭惡感隨著雞皮疙瘩傳遍全身。原來他拿出這篇報導文章，只是毫無顧忌地滿足偷看的慾望。

特別豐滿的胸部，令美沙從國中之後就一直抱著自卑感。當然身爲一個容貌稱不上出色的女人，美沙在結婚前也曾有一段時期把胸部當成自己的武器。但在生了孩子之後，美沙的胸部變得更大了，就算盡量穿遮掩身材的衣服也難以不被人發現。來自周圍的無禮視線，引發了慢性的神經質性格。每次洗澡時照鏡子，美沙都會對鏡子裡那對變形的大乳房感到無比厭惡。每當看到「巨乳」這種毫不顧忌當事人感受的字眼，美沙總是會心情浮躁。爲了解決這個困擾，美沙甚至認眞地研究過縮胸手術的介紹網站。

美沙心中對谷崎的怒意越來越強。明明不想學韓語，卻跑到這種地方來胡鬧。他不知道是在家裡還是在職場上印了這種下流的文章，只爲了滿足心裡的齷齪幻想。

「站住！」

外頭突然傳來男人的吆喝聲，令美沙吃驚地抬起了頭。一陣乒乒乓乓的腳步聲奔過走廊，接著又是一聲男人的怒吼。

美沙嚇得動彈不得，谷崎卻突然衝出了上課的隔間。

「等等……」

美沙逼不得已，也跟著站了起來。心臟噗通亂跳，腳步也跟著加快。來到隔間外一看，外頭一個人也沒有，但是出入口的門呈開啓狀態。

美沙戰戰兢兢地走出門外，發現亞矢子就站在旁邊。沿著亞矢子的視線往前望，前方有三個男人，其中兩人是谷崎及穿制服的警衛。第三人被谷崎及警衛壓住了，但兩條腿不斷掙扎。

「別想逃走！」警衛大喊。

滿臉興奮之色的谷崎也以古裡古怪的口氣大叫：「再動就報警處理！」

男人的嘴裡發出呻吟，兩腳終於不再掙扎。他的身體徹底被壓制住，臉頰貼在軟膠地板上。

「站起來！」警衛大聲喝令。

男人不肯乖乖聽話，反而放鬆全身力氣，整個人故意癱倒在地。這是個滿臉鬍碴的男人，頭髮中分，鼻樑高挺且五官端正，但臉色很難看。

「乖乖束手就擒吧！」

谷崎跟著罵了一聲，接著朝美沙偷偷看了一眼。

他只不過是幫警衛一點小忙，卻因爲有機會做出「抓壞人」這種非日常的行爲而雀躍不已。那一對蘊含笑意的雙眼，表現出幼稚心態。美沙心裡湧起一股被迫成爲同伴的不舒服感。

「抱歉，能不能幫我把他帶到下面的警衛室？」

谷崎聽到警衛的請求，連連點頭答應，伸手按了電梯的下樓按鈕。

美沙原本想要建議他們乖乖在這裡等著，聯絡其他警衛前來協助或直接報警。但還來不及說話，三個男人已搭著電梯下樓去了。

「眞是嚇死我了。」

美沙驚魂未定地按著胸口。

「美沙老師，谷崎剛剛又看了妳一眼呢。」

「咦？」

「就在谷崎把那個男人拉起來之後。」

美沙心想，怎麼又是這種話題。剛剛才發生那樣的事情，至少不該開口第一句話就說這個。

「他應該是想要在美沙老師面前表現一下吧。」

亞矢子表現出一副樂在其中的態度。美沙實在難以判斷亞矢子這個人到底是少根筋，還是故意以言語促狹自己。一想到亞矢子可能是討厭自己才這麼做，美沙就感到心裡發毛。

「那個人到底做了什麼？」

「偷拍。」

「偷拍？」

美沙回想起了剛剛谷崎的視線。此時背脊那股涼意，就跟剛剛沒有什麼不同。但美沙的心裡同時也產生了一個疑問。爲什麼亞矢子會知道這件事？

「聽說他在女廁裡偷裝了攝影機。其實這個人長得挺帥，眞是可惜了。」

原來亞矢子早已知情……

既然如此，爲什麼亞矢子沒有事先告知？有可疑男人潛藏在這棟毫無維安機制的建築物裡，那是多麼可怕。亞矢子身爲女人，應該很清楚才對。

「別擔心，聽說攝影機只拍到了他自己的臉。」

亞矢子說完這句話，便轉身走回辦公室。

美沙抱著難以釋懷的心情看了一眼手表。上課的時間只剩下不到十分鐘。今天還有另一堂一對一的課。爲了轉換心情，美沙雙手扠腰，閉上了眼睛。

好想見女兒……美沙這麼想著。

2

上次喝義式濃縮咖啡，已不記得是多久以前的事了。最近身體對濃郁飲料的需求特別強烈。

美沙將小咖啡杯放回杯碟上，看了一眼手表。差不多該到幼兒園接女兒了。「私人的時間」

總是過得特別快。

「美沙，妳怎麼老是在看表？」坐在對面的繪里取笑道。

由於看表只是下意識的動作，美沙笑著說了一聲：「有嗎？」但是下一秒，美沙又看了一眼手表。這支手表是丈夫新一在結婚前送給美沙的禮物。兩人結婚到現在已過四年，新一在結婚後送給美沙的禮物少得可憐。就連美沙的生日，也被新一以全家出遊及上餐廳吃飯打發掉了。

「我覺得一天過得好快。早上起來要準備早餐，送阿杏到幼兒園後就得趕著上班。下班要先買菜，回家煮好米飯，再到幼兒園接阿杏，然後做晚餐……算了，不想了，想也想不完。」

「新一完全不做家事嗎？」

「也不至於……他偶而會洗碗，早上也會照顧女兒……啊，假日他其實做不少家事。」

「但妳還是覺得不公平？」

「我知道他當記者很忙。」

「是嗎……？」

繪里露出不以爲然的表情，端起咖啡杯喝了一口。美沙看著繪里，內心不禁讚嘆。繪里那張姣好的臉孔，連身爲女人的美沙也不禁看得入迷。繪里是美沙從大學時期到現在經常往來的少數朋友之一，但性格跟美沙截然不同。繪里就像其他美女一樣有股傲氣，想到什麼就說什麼。美沙雖然很羨慕她的美貌，但最近也深深體會到她遲遲無法結婚的理由。

「美沙，妳眞是人生的贏家。」

「贏家？妳看過每天累得半死的贏家嗎？」

繪里笑著搖了搖頭，解釋道：

「首先，妳找工作順利，當上了全國性報紙的記者，不是嗎？《大日新聞》的薪水很高，妳老公當然也是高薪一族。你們生了個可愛的女兒，女兒順利進入第一志願的幼兒園。更何況妳還有外語作爲一技之長，眞是太完美了。」

繪里嘴裡天花亂墜，臉上卻絲毫沒有羨慕或嫉妒。那表情在訴說著她深信自己的人生會比美沙更好。但就算沒有明顯的妒意，隨著年齡增長，繪里或多或少也該開始感到有些不對勁了。

過去繪里與美沙的關係，一直有如陰陽兩面。別的不提，光是戀愛這檔事，大部分時候都是繪里把自己的經驗說給美沙聽。但是在「就職、結婚、生產」這人生三大轉捩點上，都是美沙搶了先機。如今兩人都已三十多歲，繪里要追回這個差距已很困難。雖然兩人是多年來的好朋友，但關係難免逐漸變質。

然而繪里一直深信自己還有反敗爲勝的機會。她認爲只要找到一個好對象，就能讓自己恢復從前的耀眼奪目。

「這年頭連找個工作穩定、溫柔體貼的男人都很難呢。」

繪里將手提包放在膝蓋上，無奈地嘆氣。但她嘴上這麼說，實際上遇到對象時卻又嫌東嫌西，這是她的老毛病了。

「我反而羨慕妳當個美甲師，待在報社只會讓我加速老化而已。更何況要一邊當記者一邊帶孩子，那根本是天方夜譚。」

美沙看著剛剛在美容院裡讓繪里塗得漂漂亮亮的指甲，這麼告訴繪里。男人的話題是禁忌，美沙故意把話題拉到工作上。

「這年頭美甲機精準度越來越高，我這工作快混不下去了。雖然技術還不至於輸給機械，但機械又快又便宜，差距如果繼續縮小，客人都會選擇機械吧。我得在之前趕緊找個好男人。」

前陣子確實有網路文章指出美甲師在「即將消失的職業」名列前茅。但繪里一提到工作，就把剛剛提到的家事分配問題忘得一乾二淨，滿腦子只想依賴男人。她的價值觀裡，似乎不存在「研究出機械無法取代的美甲技術」或「開始準備找其它工作」這些讓她一個人也能活得很好的選項。美沙在報社那種大男人主義環境吃足苦頭，對於同為女人的依賴心特別難以忍受。

直到現在，美沙依然難以忘懷當初遭質疑「工作與家庭無法兼顧」的委屈感。如今離開了記者崗位，美沙才發現記者這個工作帶給自己的人生價值及尊嚴遠超想像。

今天由於要在外頭吃晚餐，不用急著先回家處理食材。與繪里道了別之後，美沙到車站前牽了電動腳踏車，便直接前往幼兒園接女兒。低頭瞥一眼抓著握柄的手指。泛著光澤的指甲讓心情輕鬆了不少。繪里不愧是專業美甲師，雖然滿口抱怨，畢竟技術不錯。但另一方面，不禁感嘆今天跟好朋友出來喝咖啡聊天，對於紓解壓力似乎沒有太大的幫助。仔細想想，上一次跟繪里見面已是一個半月前。如今即使只是跟朋友閒聊，對美沙而言也是珍貴的時間。

在美沙的心裡，繪里確實是重要的好朋友。但與繪里聊天時的「禁忌話題」一年比一年多，越來越讓美沙覺得與繪里聊天很不自在。比起繪里這種多年好友，反而是能夠分享育兒酸甜苦辣的「媽媽友」更讓美沙覺得聊起天來沒有壓力。

看著前方路口的紅燈，一面按下煞車，想著阿杏今天在學校不曉得開不開心。明明只是幾小時沒見，卻想她想得不得了。實際當上母親前，美沙不曉得原來對家人的愛遠比戀愛深刻。

驀然間，美沙回想起了繪里說的「人生贏家」這個字眼。

由於丈夫的收入還不錯，自己確實不用爲三餐溫飽而操心。但除了應付房屋貸款及女兒的教育費，還得存下夫妻年老後的生活費，經濟狀況基本上還是很吃緊。倘若自己因外語學校倒閉而丟了工作，女兒也會喪失上幼兒園的資格。大都市裡幼兒園名額搶破頭的現象，從來不曾改善過。自己不想跟公公婆婆同住，卻也不想一天到晚把自己的年老雙親叫來家裡幫忙照顧孩子。何況若是要一邊照顧孩子一邊找工作，那更是難上加難。

剛剛美沙提到「母親的一日行程」時，繪里似乎有些難以理解。

打從早上一起床，就開始忙碌的一天。首先得將女兒送到幼兒園，接著在家裡洗衣、洗碗，結束後匆匆出門上班。下班後得先到超市買菜，爲晚餐的食材預作準備，把晒乾的衣服收下來，接著到幼兒園接女兒回家。然後要煮晚餐、幫女兒洗澡……

美沙每天都在爲女兒不聽話及丈夫滿腦子只有工作生悶氣，當然晚上也沒時間出門跟朋友喝酒。就連上美容院，往往也擠不出時間。

這算什麼「人生贏家」？

只不過夫妻都有工作，小孩也上了幼兒園，在他人眼裡竟成了不得了的事情，口口聲聲說著「妳眞好運」。美沙不禁納悶，難道自己佔了天大的便宜，還要爲此心虛？

若是如此，爲什麼自己會活得喘不過氣來？

美沙將電動腳踏車停在停車場，豎起沉重的腳架。走在幼兒園旁的道路上時，遇到不少熟識的孩童家長，美沙一一打了招呼。每天一到傍晚，園方就會把孩子們從教室帶到一樓大廳，讓孩子們在裡頭遊戲、唱歌，等著家長來接回。

美沙在門口脫下平底鞋時，心裡突然想到，不曉得阿杏現在雙手乾不乾淨。今天自己身上這套衣服實在不想弄髒。自從有了孩子之後，自己幾乎每一件衣服都是斑斑駁駁，有時放了太久，就算送洗也洗不乾淨。能夠搭配的選擇變少，每次出門都很煩惱。假日有時會出門購物，但小孩在旁邊，根本沒辦法慢慢挑衣服。

一大群孩子們在大廳裡自由地追逐、嬉戲。美沙站在遠方尋找自己的女兒，負責女兒班級的保姆笠原美月看見美沙，轉頭喊了一聲「阿杏」。原本正在玩著磁鐵的阿杏立即抬起頭來，望向美沙。美沙一看，阿杏的上衣換過了，多半是今天吃午餐時又把上衣弄髒了。

「媽媽！」

阿杏放下磁鐵，全速奔了過來。美沙蹲下來張開雙手，阿杏撲進了美沙的懷裡。望著女兒發自內心的笑容，一股疼惜之情在胸口油然而生。

「今天我們畫了圖。」

聽說剛大學畢業不久的美月老師臉上帶著年輕洋溢的笑容。美沙偷偷朝阿杏的手掌瞄了一眼，幸好沒有被蠟筆弄髒。

「我畫了游泳池，畫了爸爸跟媽媽，還練習了跳舞。」

阿杏說完，突然跳起了即將在運動會上表演的忍者之舞。長到三歲，阿杏不管是說話還是肢體動作都更成熟了。

「阿杏的上衣都沒有了，再麻煩媽媽準備一下。」

美月老師指放在園裡備用的上衣都穿完了。最近這陣子每天都下雨，待洗衣物積了不少。

阿杏與美月老師擊掌道別，美沙牽著阿杏的小手走向園外。

「今天我們上餐廳吃漢堡排。」

阿杏大聲歡呼，突然拔腿往前跑。前方的電動鎖大門是開啓狀態，美沙一面追趕一面呼喝。難保阿杏不會就這麼衝到馬路上。

美沙抓住阿杏，緊緊握住手。這時，一名剛從門外走進來接孩子的父親與美沙擦身而過。

「再見。」美沙轉頭打了招呼，但一見那父親的側臉，頓時有種強烈的似曾相識感。記憶中的影像在腦海裡瞬間浮現。

她急忙轉頭望向那男人的背影。那男人微微跛著右腳，背對著美沙逐漸走遠，最後身影完全消失。雖然看見那男人的臉只是一瞬間，但美沙確信自己並沒有認錯人。

「媽媽！好痛！」

牽著阿杏的手，不知不覺竟握得太用力了。

「對不起。」

美沙蹲下來看著阿杏，身體卻不由自主地微微顫抖。

阿杏一臉納悶地看著自己的母親，下一秒忽然將美沙緊緊抱住。美沙任由女兒抱著，視線再度移向男人消失的方向。

絕對不會錯，他就是上次那個偷拍的傢伙。

3

美沙走出位於二樓的寢室，走下樓梯。

一走進客廳，便見到新一坐在沙發上看著平板電腦。

「今天她一直纏著我不肯睡。」

美沙開啓了放置在沙發前桌子上的兒童房監視器電源，轉身走進廚房。

「上次阿杏說的夢話是什麼來著？」

原本看著平板電腦的新一突然抬頭笑著問。

「有開始就有結束——」

「啊，對！對！」

夫妻兩人同時笑了起來。大約一個月前，兒童房監視器傳來阿杏在睡夢中唱的歌。一個三歲小孩竟會唱出這麼有深度的臺詞，令父母不禁莞爾。

「大概是幼兒園裡有人說出這句話吧。」新一說道。

美沙一面點頭，望向廚房的餐具架。霎時之間，心情輕鬆不少。晚餐餐具都整整齊齊地排列在餐具架內，餐具上頭還沾著水滴。

「你幫我洗好了？謝謝你！」

新一再度看起平板電腦，只是輕輕應了一聲「嗯」。報社記者大多脾氣暴躁，新一算是性格相當溫厚的一個。

美沙對現在的家事分配狀況並沒有不滿。畢竟真正的「男女平等」實在太不實際，多計較只會讓人心煩。何況每一對夫妻的工作時間、每一個家庭的生活模式都不一樣。當然如果丈夫抱持著舊時代的大男人觀念，美沙也不會乖乖服從。但基本上美沙並不排斥煮飯及做家事，唯一的壓力來源只是每天都被時間追著跑。

美沙在丈夫身旁一坐下，原本正專心看著平板電腦的丈夫一如往昔微微挪身，與美沙拉開了約兩根手指的距離。這或許只是下意識的動作，但每次都讓美沙有點難過。同樣的情況也發生在臥房內。明明是夫妻獨處的甜蜜時間，氣氛卻有些尷尬。

新一視線從畫面上移開，仰頭面對天花板，以手指按摩眉心。美沙光是坐在新一的身旁，就能感受到他的疲勞。《大日新聞》會定期推出關於地方銀行合併的新聞特集，在大阪本社負責經濟新聞的新一，是採訪地方銀行的主任記者。

「工作很累嗎？」

「嗯，我這個人實在不適合玩偵探遊戲。」

偵探遊戲。新一沒有提過工作細節，但美沙大致知道狀況。

關西地方銀行的合併舉動，已經引起了週刊雜誌的注意。新一根據東京本社經濟部傳來的消息進行調查，發現活躍於泡沫經濟時期的風雲人物安大成似乎扮演著舉足輕重的角色。安大成是長期居住在大阪的旅日韓國人，有「泡沫紳士」之稱，手中掌握龐大資金流動而小有名氣。主管多半是要求新一找出安大成的下落吧。

爲了調查關西地區的旅日韓人圈子，新一也曾找美沙幫忙。美沙在遇上「K外語中心」老闆的時候，曾就這件事情探聽對方的口風，但結果是一問三不知。過半年，新一只知道安大成好像在韓國，卻依然查不出確切的下落。新一每天除了原本的職務外，還得負責找出這個神祕人物的行蹤，當然會忙得焦頭爛額。

「你在看什麼？」

美沙故意改變話題，指著平板電腦問道。雖然心裡想問另一個問題，但見丈夫滿臉倦容，實在問不出口。

「妳說這個？妳還記得相賀嗎？相賀正和。」

美沙的腦海浮現了相賀滿頭白髮、戴著玳瑁鏡框眼鏡的臉孔。當初美沙還任職於《大日新聞》大阪社會部時，曾在辦公室遇上過幾次。雖然沒有直接說過話，但聽說他是個怪人。

「我只記得他很喜歡古典音樂，好像有個音譯的綽號……」

「日耳曼。」

「對，日耳曼！他的五官輪廓很深，確實像個外國人。新一，你跟他有交情？」

「剛進報社的時候，他是我的主編。」

「那應該對你很照顧吧？」

「他是個不喜歡交際的人，但經常帶我上分局附近的關東煮餐廳。或許是因爲我跟他一樣喜歡看松本清張的小說，他對我特別照顧。」

美沙想像年輕時的新一在關東煮餐廳裡跟上司聊得口沫橫飛的畫面，不由得露出微笑。

「我以前只知道他是個怪人，沒想到還是個好人。」

「與其說他是個好人，不如說他是個正直的人。雖然不苟言笑，但說話總是一針見血，從不提出無理要求，我要請假他也不會刁難。對我來說，他是個理想的上司。」

「《大日新聞》要找到這樣的人可不容易。」

報社的工作環境本來就是著名的男性主義當道，《大日新聞》的社內風氣尤其古板。職員們習慣把某某派系稱爲「○○軍團」，而且女性職員的離職率長年居高不下。美沙剛進去的時候，還是「職權騷擾爲違法行徑」的觀念尚不普及的時代，下屬須對上司的指令絕對服從。美沙曾經遭上司強迫向消息提供者進行好幾次無意義的「事實確認」，導致失去對方的信賴；也曾經因一場誤會而遭主編破口大罵，事後主編發現是誤會卻也沒道歉。至於接近性騷擾的經驗，更多得難以計算。但令美沙決意離職的關鍵事件，是因爲與新一訂婚而遭調離原單位。

那年冬天，美沙進入社會部近整整兩年。不論是工作還是生活都十分充實。至於當時的新一，則是以一年爲期，轉調到東京經濟部幫忙。新一向美沙求婚的當下，美沙正在調查一個名爲「德蘭」的網路集團。這個團體的主要戰場在網路，他們不會將帶有歧視意味的集會影像上傳到YouTube上，最大特徵是一個人有數個帳號，經常在社群網站或新聞網站的意見留言板上重複發表排外性的言論。

剛開始，美沙以爲那純屬個人行爲，直到某個提供消息的韓國人告知「背後有個互通聲氣的集團」，美沙才開始深入追查，想要揪出這些利用網路匿名性胡作非爲的傢伙。

主編讀了美沙提出的企劃書後覺得很有意思，還爲此成立了一個採訪小組。剛好就在這個時期，她接獲一個重要的祕密消息。美沙有個在東京某私立大學教媒體學的副教授朋友，告知有個住在岡山縣的男人曾經是「德蘭」成員，但已經洗手不幹了。那位副教授朋友透過電子郵件再三交涉，終於說服對方接受採訪。

包含美沙在內，所有同事都深信這個新聞將引發社會關注。美沙跟副教授原本約好了要在倉敷市內的咖啡廳碰面，但就在約定日的三天前，主編突然將美沙叫進了會議室。

「這次的採訪，讓望月去。」

望月此時雖是機動記者，但擔任過聯繫大阪府警搜查一課的主任記者，在報社內算是數一數二的實力派人物。但這次的企劃是由美沙提出，副教授願意提供消息更完全是美沙的功勞，此時卻要讓一個從來沒有參與過這個企劃的人前去接收成果，實在是沒有道理。

「妳下個月會轉調到文化部的生活小組。」

這突如其來的人事異動，更是讓腦袋亂成了一團。

「這個企劃應該還會有很多後續發展，我希望妳盡早完成交接。」、「畢竟是社內職員結爲夫妻，人事安排上也得重新考量。」主編絮絮叨叨地說著各種藉口。

美沙一直以爲主編很清楚自己對這次的企劃抱持多大的熱情。沒想到才不過一天的時間，主編竟然完全換了一副嘴臉，她的心裡產生一股難以言喻的厭惡感。

因爲結婚，所以要調離原單位？現在都什麼時代了，怎麼還會有這種觀念？

美沙雖然性情溫和，此時也不禁以強硬的口吻表達抗議。主編剛開始還試圖安撫，但後來也動了怒氣，兩人越吵越凶。沒想到就在這時，那位副教授又打了電話來。

——今晚最好立即採取行動。

副教授表示該名居住在倉敷市的前「德蘭」成員突然對採訪一事表現出了反悔之意。如果等到對方徹底反悔，要再加以說服就很困難了。

美沙身為記者的直覺在告訴自己「必須立即與對方當面溝通」。副教授接著又說那個男人的老家似乎是一間老字號的日式糕餅店，雖然不知道店名，但從過去數封電子郵件的內容，應該可以分析出這家店的大致位置。

只要立刻趕到他家，應該有辦法讓他回心轉意。

主編聽完了美沙的說明後，無奈地咂了個嘴，拿著手機走出了會議室。為什麼主編不直接在會議室裡打電話？美沙感覺這背後一定有不為人知的內部政治操弄，心情更是焦躁不安。

「明天一大早，望月就會趕過去。」

主編回到辦公室後如此告知美沙。美沙不敢相信耳朵。明天才出發，肯定來不及。

「你這算什麼新聞記者！」美沙扯開喉嚨大罵，連會議室外也聽得見。「妳這是什麼態度！」主編也大聲回罵，場面一發不可收拾。好幾名社會部職員趕緊進來打圓場，卻沒辦法讓美沙消氣。

美沙被帶進了另一個房間調適心情。她一直發著愣，直到社會部的同事提醒「該回家休息」時，精神狀態早已糟得沒辦法再進行採訪工作。那時美沙還沒有結婚，回到了位於大阪的狹小公寓套房後，一直哭著不停。想來想去，總是無法釋懷。為什麼結婚之後，只有女方會被調離原職？為什麼自己此時此刻還是社會部記者，卻連採訪也遭到禁止？等到關於「德蘭」的文章順利上報，社會部那些男人一定會當成是自己的功勞，美沙能想像那些人的嘴臉。

進入報社至今已過六年，每次遇到不合理的事情，美沙都只能忍氣吞聲。這還是第一次打從心底憎恨男性主義社會築起的厚牆。

這是性別歧視！

美沙哭了一整晚，完全沒有辦法闔眼。最後決定以「性別歧視」來解釋自己遇到的事情。美沙沖了個澡，穿上套裝，收拾了過夜用的行李，便動身趕往新大阪車站。她暗自下了決定，在找出那名居住在倉敷市的「德蘭」前成員之前絕不回來。對美沙而言，這是一場戰爭，一場同時對抗「外部」歧視與「內部」歧視的戰爭。前者指「德蘭」，後者指《大日新聞》。

但剛在岡山車站走下新幹線列車，便聽到無情的戰敗消息。社會部同事來電告知最新進展。

「被搶先一步了……」

美沙頓時像洩了氣的皮球，整個人癱坐在地上。果然昨天晚上就應該立即動身。但除了懊悔之外，還深刻感受到新聞媒體面臨的時代趨勢。早一步與倉敷市那男人成功接觸的記者既不是報社記者也不是週刊雜誌記者，而是網路新聞記者。

美沙坐在車站的長椅上，掏出智慧型手機，點入《眞相新聞》的網站。那篇搶先一步上報的採訪文章長達六頁，內容詳細說明了該集團如何崇拜排外主義、有著什麼樣制度、其他素未謀面的集團成員特徵、接受採訪者如何察覺自己身邊的人所遭遇的不幸及自身的過錯，以及強烈的悔意……內容非常充實，如果是報紙的話肯定塞不下。而且文章有專業水準，令人不得不佩服。就連增加閱讀性的排版方式及具有畫龍點睛效果的象徵性照片，也在在顯露出了過人的才能。

徹底敗北……

昨晚就算自己連夜趕往倉敷市，多半也無濟於事。美沙全身虛脫般垂著頭，一動也不動。回程的新幹線列車內，美沙找起外語學校的職缺。最後找到的學校，就在新一老家在的京都……

「真讓人吃驚。」

新一的話讓美沙回過了神。美沙隨口應了一聲，新一看著平板電腦接著說道：

「一個六十五歲的男人，竟然能追出這麼多事情。」

畫面上顯示著一篇由相賀所寫的文章。

同時期進《大日新聞》的記者同事自殺，相賀就展開調查。藉由整理遺物時找到的昭和時期「消費者信貸」採訪筆記，以及留在相賀家裡的一通電話錄音，他查出奪走獨居婦人性命的縱火案內幕，以及背後操控的詐騙集團。原來詐騙集團一直透過婦人向自殺的退休記者榨取金錢。

相賀察覺前同事的死因與自己並非毫無瓜葛，於是一面向《大日新聞》的後進記者及舊識編輯尋求協助，一面獨自調查，最後成功查出詐騙集團成員之一的身分。美沙自己也有過追查「德蘭」內幕的經驗，深知這絕對不容易。

不難想像年事已高的相賀頂著豔陽東奔西走，到處打聽消息的景象。文章中還提到相賀去年動過胃袋切除手術。雖說他曾經是一名記者，但退休記者無法持有報社記者名片。失去報社作爲靠山，他依然能追查眞相，這樣的執著令人嘆服。唯一的遺憾，是找到的嫌疑犯已經不在世上。

「報紙不可能挖到這樣的新聞，只有網路新聞才做得到。」新一說道。

美沙回想起了《眞相新聞》，感覺心中的舊傷口又開始隱隱作痛。直到如今，美沙依然深信報紙的力量。但當年在岡山車站受到的衝擊，已讓美沙對自己徹底失去了信心。

「我的採訪調查能力不夠強」、「如果留在報社會給丈夫添麻煩，我寧願辭去工作」、「能夠發揮專長的工作才是最好的工作」……美沙想出許多辭去報社工作的理由，每一個理由聽起來都很有道理。如今回想起來，美沙依然不認爲這些理由有半點虛假。但一股殘留在胸口的心虛感，說什麼就是拋不開。到頭來，或許自己只是選擇了逃避。

「阿杏纏了很久才睡著？我還以爲她今天很累呢。」

新一關掉平板電腦的電源，端起馬克杯，喝了一口奶茶。相賀的話題已經結束了。

「眞不曉得她爲什麼那麼喜歡忍者。」

「這次的運動會，她要跳忍者之舞呢。」

「噢，我想起來了，她說過。眞令人期待！今天的採訪調查應該讓她收穫不少吧。」

今天是星期六，美沙與新一帶了阿杏前往太秦電影村遊玩。夫妻在那裡租了一套忍者服裝給阿杏穿，阿杏開心得不得了，一整天都穿在身上。如果只是夫妻兩人前往那種地方，大概一點也不會覺得有趣，但多了一個孩子，那裡瞬間變成了充滿魅力的遊戲天堂。有人說「空腹」是最高級的調味料，同樣的道理，「孩子」是遊樂園裡最快樂的要素。

這時夫妻之間的氣氛比剛剛融洽得多。美沙心想，要提那件事，現在是最佳時機。雖然知道丈夫很累，但該問的事情總是得問。

「新一，關於上次偷拍那件事……」

「啊……」

新一露出想起某件事的表情，將馬克杯放在桌上說道：

「那案子啊，警方那裡查不到紀錄呢。」

「查不到紀錄？」

當初警衛跟谷崎都信誓旦旦地說已經把那個男人交給警察。但就在兩天後，那男人竟然行若無事地走進幼兒園。如此想起來，偷拍案可能根本沒有成立。

「雖然我還沒有深入調查，但這案子連紀錄也沒有，讓我有些不知從何下手。美沙，當然我不是不信任妳。」

新一曾經負責從京都府警本部挖消息，在府警內應該多少有些人脈。但他現在除了平日的工作，還得負責調查安大成的行蹤，或許對這件事一點也不積極。今天他幫忙洗碗，多半也是爲了彌補心中的歉疚。

自從在幼兒園看見那個男人，至今已過三天。對一個將女兒送到那所幼兒園的母親而言，光是有個偷拍狂在那裡出入，就是想起來會背脊發涼的噩夢。無論如何這件事得立即解決才行。

「報紙也沒有報出來，眞是古怪。」

偷拍狂遭逮捕的新聞，照理來說地方性報紙的地方版面應該會刊載。但美沙在圖書館翻看報紙，完全找不到相關報導。

「如果不是公眾人物或是手法特別高明，或許不會上報也不一定。外語學校的人不也說過，攝影機裡什麼也沒拍到嗎？」

「光是偷拍行爲本身就違法了，何況攝影機裡拍到了那男人的臉。新一，你不覺得讓這種人在幼兒園裡走動，是件很可怕的事？」

「確實挺可怕……我會再花點心思調查清楚，但妳要給我時間。」

新一吐了長長一口氣，一臉疲倦地轉動脖子。從他的態度看來，他似乎並不認爲這是多麼嚴重的事。美沙心想，難道是自己太過神經質了嗎？但左思右想，最後的結論還是一樣。逮捕的偷拍現行犯是與女兒就讀同所幼兒園的孩童家長，新一得知後爲何還能如此冷靜？

美沙趁著丈夫不注意時偷偷嘆了口氣，腦袋裡開始整理起可用的「男人」名單。

4

美沙正低頭看著手表，不遠處忽傳來一聲喇叭聲。

她吃驚地抬頭一看，一輛老舊的國產車停在附近的府道上，正閃爍著警示燈。美沙走了過去，隔著副駕駛座的窗戶朝車裡的人點頭打了招呼，接著打開車門。

「好久不見了。」

駕駛座上的長島宗男笑著。他的年紀明明比美沙大兩歲，但外表依然年輕，皮膚帶著光澤。

「對不起，我知道你很忙，實在不應該給你添麻煩。」美沙說道。

「木下記者找我幫忙，我是絕對不會拒絕的。」

美沙聽到自己的舊姓，不禁感到有些懷念。

「好一陣子沒聯絡，你現在負責的是京都市公所？」

「是啊，不過下一次人事異動如果沒有調單位，差不多該升副主編了。」

「時間過得眞快。」

美沙剛進報社的時候，被分配到滋賀縣的大津總局。長島由於年紀相近，成了美沙的指導者。與警察接觸及街頭採訪的技巧，都是在那個時候由長島教給了美沙。

「木下現在也爲人母了，眞不敢相信。」

「長島哥，你結婚了嗎？」

「還是單身，正指望妳介紹呢。」

「我身邊的女性朋友也都結婚了。」

其實自己身邊的女性朋友大多單身，但美沙只是笑著敷衍，並沒有說實話。一來照顧自己的孩子都沒時間了，哪能管他人的閒事；二來長島這個人也不值得自己幫什麼忙。

進報社時，美沙與長島私下吃過一次飯。離開了餐廳之後，又到酒吧喝了酒。走回車站的路上，長島突然要求想牽手。由於是直屬的前輩記者，美沙不敢拒絕。自此之後，長島便經常邀美沙出去，美沙婉拒了幾次，長島的態度變得非常冷淡。那是美沙第一次爲人際關係的問題而煩惱。過了不久，長島被調到其它單位，才終於鬆了一口氣。其後兩人維持了很長一段時間的尷尬關係，直到在大阪社會部再次共事，關係才逐漸好轉。

「木下，妳當初辭職搞不好是正確決定。」

「怎麼說？」

「現在人手不足，大家都累翻了。有些女記者甚至沒化妝就來上班。」

「應該不可能有人沒化妝吧？」

「跟那些三十多歲的女記者相比，妳看起來還比較年輕。」

從長島的讚美中，不難看出他的好色心態，就連生過孩子的別人家老婆也想染指。美沙一如往常給了個「我已經是個伯母」的老套答案，內心不禁感嘆長島這個人死性不改。

「說真的，野村能娶到妳，實在是個贏家。」

長島似乎還不肯放棄這個話題，美沙卻開始不耐煩了。「贏家」這個字眼更是讓美沙覺得不自在。美沙再次體認到自己跟長島這個人實在是合不來，但今天有事相求，也只能暗自忍耐了。

「我老公娶了我似乎並沒有特別開心。」

「真是不知珍惜。」

「我跟他最近發生了一點事……」

美沙故意說幾句讓對方心生期待的話。長島嘴角微上揚，美沙抓住機會趕緊切入正題：

「對了，上次那件事，有什麼進展嗎？」

「這個嘛……實在有些讓人摸不著頭緒。」

長島從後座的背包中取出一枚透明文件夾。

美沙從報紙地方版面的署名報導中，得知了長島目前轉調到京都總局。雖然長島是個麻煩的男人，卻也是個很「有用」的男人。美沙長年待在男性主義社會的收穫之一，就是發現只要將男人從「組織」之中獨立切割出來，就很好操控。

從美沙第一次與長島聯絡，到今天不過三天，長島似乎查出一些眉目。

「……初審稿？」

所謂的初審稿，指只由主編檢查過的第一階段原稿。列印出來的初審稿會先交給記者再次確認上頭的事實陳述正確無誤，接著由主編將稿子送至負責排版的整理部。

「這不是逮捕現行犯的原稿嗎？」

「是啊，這就是妳說的那起偷拍案的稿子。」

美沙心想，那男人果然被逮捕過。

「正田昌司……」美沙唸出了原稿第一段所公布的嫌犯姓名。知道名字後，那個頭髮中分的男人帶來的威脅更沉重地壓在心頭。年紀爲三十七歲，與新一相同。

文章中指出嫌犯的職業是經營餐飲店。但新聞報導所稱的「餐飲店」範圍十分廣，有可能是咖啡廳，也有可能是色情酒店。關於案情的部分，這名男子涉嫌侵入京都市內一棟綜合商業大樓，在女廁內裝設偷拍用的攝影機。所幸大樓內部人士發現攝影機並將其拆除，指示警衛在男子前來回收攝影機時將其壓制送警。男子在落網後已坦承在女廁裝設攝影機。

這篇報導寫得簡單扼要，或許是因爲攝影機沒有拍到任何女性受害者，文章裡完全沒有提到違反《滋擾行爲防止條例》（註）之類的字眼。美沙心想，文中提到發現攝影機的「大樓內部人士」，會不會就是亞矢子？至少在當時她應該已報警處理，卻對美沙沒隻字片語的說明或提醒。「K外語中心」的學生有八成都是女性，業者不想聲張或許是害怕影響聲譽，但連老師也不告知，實在是讓人很不舒服。

「這則新聞已經上報了嗎？」

長島聽到美沙的詢問，不知爲何竟笑了起來。

「我說的摸不著頭緒就是這點。這篇原稿一直留在主編的電腦裡，並沒有送出去。」

「沒有送出去？你指沒有送交給整理部？」

「沒錯，而且警方發布的新聞稿裡也找不到這一條。」

美沙不禁皺起了眉頭。只要發生犯罪事件或有嫌犯落網，警方就會以FAX向各大媒體發送新聞稿。如今時代快速變遷，但做法不曾改變。負責與警察聯繫的新進記者，有一項重要的任務就是爲這些FAX新聞稿建檔留存。長島應該就是檢查了新聞稿的建檔資料。

註：《滋擾行爲防止條例》原文作「迷惑行爲防止条例」，包含偷拍、猥褻、性騷擾、強行推銷或拉客等等涉及滋擾其他民眾的行爲都在其禁止的範圍之內。

「但既然有人寫了這則新聞，代表警方一定曾發布新聞稿，不是嗎？」

「是啊，這個也可以作證。」

長島又從透明文件夾中抽出一張A4的紙。

「這是當天的京都版出稿清單。妳看看最下面的次要新聞一覽。」

五則候選新聞當中，有一則的標題是〈商業大樓偷拍　男子遭逮〉，但這排標題被人畫了兩條線代表刪去，並有一條箭頭指向下面的另一則〈退休女稅務師　出版自傳〉。

「這是……臨時更換新聞？」

長島從後座取來一份報紙，攤開地方版，遞到美沙面前。

「出版自傳的新聞就在這裡，而且這一則新聞還是我寫的。」

偷拍案的新聞，被替換成了幾乎沒有話題性的「人物特寫」新聞……雖然只是地方版面的次要新聞，但兩者的新聞價值差距太大，這樣的變更絕不合理。負責聯繫警察的記者當初交出偷拍案的稿子時，預定是會刊載出來的。

美沙低頭看一眼初審稿右側角落的出稿時間。下午二時十分。從這時到地方版面校對完畢的數個小時，一定發生什麼事。偷拍案的稿子沒送到整理部，代表事態在總局內部就被掩蓋了。

爲什麼那些人要讓這份偷拍案的稿子從世界上消失？

就在這時，手機響起來。美沙正有種探頭望向黑暗淵藪的緊張感，電子鈴聲卻在此時鑽入耳中，她嚇得全身劇震。一看來電者是幼兒園。

「對不起，打擾了……」

電話另一頭傳來保姆美月老師的聲音。美沙以手掌擋在通話孔旁邊，下意識地低頭鞠躬。

「阿杏發燒了。我量了左右耳的溫度，都在三十八度以上。」

「謝謝妳的聯絡，我馬上去接她。」

美沙結束了通話。長島揚起一邊眉毛，露出疑惑的表情。

「我女兒好像發燒了。」

「那可不得了，要不要我送妳到幼兒園？」

「不用了，我的腳踏車就停在附近。」

美沙拿起文件夾及報紙，開門下了車。

「下次我會找機會報答你。」

「別這麼客氣，畢竟這也是我們內部的問題。不過下次我若要採訪與韓國有關的新聞，或許會請妳幫忙。」長島在話中暗示了未來的回報。「請儘管說別客氣。」美沙笑著回答，轉身走向機踏車停放場。

幸好今天外語學校不用上課。辭去記者工作，美沙終於不必戰戰兢兢地接上司的電話，沒想到現在得戰戰兢兢地接幼兒園打來的電話。

一踏進幼兒園的教室裡，便看見角落鋪了一張墊被，阿杏就躺在墊被上。雖然很可能只是單純的感冒，但看見孩子不舒服的表情，心彷彿糾結在一起。

「阿杏！」

美沙喊了一聲。阿杏一看見母親，立即跳起來，臉上笑逐顏開。她朝母親走來時，腳步相當平穩，不太像發燒。美沙將她抱起，她不斷將小小的臉龐在母親胸口摩擦，表現出撒嬌的態度。

「她今天的食慾也不太好……」美月走了過來，手上拿著幼兒園的制式黃色書包。「最近呼吸道合胞病毒十分流行，我有點擔心……」

「謝謝妳，我會帶她到醫院檢查。」

美沙抱著阿杏，將書包揹在肩上，向美月道別。她走向門口，心裡盤算著得先回家拿健保卡及就診卡才行。走到放置拖鞋的鞋櫃前，阿杏突然喊一聲：「掉了！」

美沙低頭一看，鞋櫃前方的木板平臺上有一張小紙片。

「阿杏，這是妳的？」

阿杏在美沙的手腕裡做出了想要下去的動作。美沙於是蹲下來，放開阿杏。阿杏一屁股坐在平臺上，拾起那張摺了兩摺的紙片，抬頭交給美沙。

「這是阿杏收到的信。」阿杏說道。

「原來是這樣，眞好。」

「阿杏不舒服，阿陸寫了信。」

「阿陸？媽媽怎麼不記得阿杏的班上有個同學叫阿陸？」

「不是阿杏的班上，是紅班。」

紅班是比阿杏大兩歲的班級。雖然年級不同，但每天父母較晚來接的孩子會被聚在大廳一起遊玩，多半是因為這樣變成了好朋友。

「媽媽能看嗎？」

確認女兒點頭同意，美沙才攤開紙片。上頭歪歪斜斜地寫著幾個大字：「趕快好起來。」阿陸大概今天看阿杏病懨懨的，寫了這麼一封信。孩子的溫柔體貼令美沙大受感動。但除了內文，還有一排字跡拙劣的署名。美沙一見阿陸全名，登時全身凍結。

——紅班　正田陸……

5

射向胸口的視線令美沙渾身不對勁。

美沙抬起原本面對課本的臉，便看見谷崎急忙移開了視線。

「谷崎，你完全不記單字，只是學文法是沒有用的。」

「嗯……是啊，抱歉。」

谷崎不像以前那樣說些「我快四十歲了，記性很差」之類的藉口，反而老老實實地低頭道歉。美沙有些意外，放下了課本，盯著谷崎說道：

「如果你覺得我發的那些講義對你的學習沒幫助，我們可以試試其它教法。」

「不，沒那回事……對了，美沙老師，我能問一個不相關的問題嗎？妳會不會說英語？」

這突如其來的問題讓美沙愣了一下。

「……這個，雖然不像道地英美人士那樣流利，但溝通不成問題。」

「電影的內容也看得懂嗎？」

「嗯，只要不是太專業的術語。」

美沙認爲自己的語言天賦是來自父親的遺傳。小時候美沙上過英語補習班，自然而然地記住不少單字及文法。高中的時候，美沙曾到澳洲短期留學三個月，當地人的英語有一種特殊腔調，但習慣了之後，溝通上便完全沒有問題。成爲記者之後，美沙常常靠外國的新聞網站蒐集資訊，以及在臉書上與英語圈的「朋友」積極交流。

「其實……因爲工作上的需要，我得學英語才行。」谷崎說道。

美沙完全不相信谷崎口中的「因爲工作上的需要」這種話。一個有錢人家的大少爺，到了快四十歲才開始學英語，哪能有什麼作爲？美沙在心裡竊笑。

「今天是我最後一次上美沙老師的課了。」

「咦？」

谷崎的驚人之語讓美沙一時傻住了。美沙原本以爲谷崎絕對不會輕易放棄自己這堂課。

「可是……這個月還剩下一次上課呢。」

「不用再上了。」

雖然是個討厭的學生，但突然表現出這種冷漠的態度，還是讓美沙有些不知所措。原本以爲像這樣毫無進展的課程會一直持續，因爲谷崎的眞正目的只是想接近自己。難道完全只是自作多情？一想到這點便羞慚不已。

不論眞正的原因，外語中心將減少一名學生是不爭的事實，老闆跟亞矢子大概會擺臭臉。

「你不想再學韓語了？」

美沙開門見山地問道。一想到谷崎學三個月韓語的結果是白忙一場，就覺得有些過意不去。

「我本來記性就不好，年紀也不小了，那些韓文符號在我眼裡都像是鬼畫符。其實我也試過努力記住老師給我的講義，但最後還是放棄了。」

美沙一時拿不定主意，不曉得該不該相信他。或許他眞的嘗試過也不一定。美沙不禁有些鬱悶，因爲這代表自己是不及格的教師。

「老師，我很感謝妳，雖然妳有時很可怕。」

美沙不禁苦笑，看了一眼手表問道：

「這堂課還有不到十分鐘，你還要上嗎？」

「算了吧，我放棄韓語了。對了，上次那個偷拍狂，後來怎麼了？報紙怎麼完全沒報？」

谷崎其實只是在警衛與正田纏鬥時，出手幫點小忙，但說起來也算抓住歹徒的正義之士。他或許很希望警察能頒發一張獎狀給他。

「這年頭偷拍不是什麼稀奇的犯罪，或許是因爲報紙版面有限，所以沒有報出來吧。」

美沙並沒有提及長島說的那些話，裝出一無所知的表情。

「那個變態眞的被逮捕了嗎？眞令人擔心。」

「沒有拍到受害者，眞是不幸中的大幸。」

「不，這可不是他第一次犯案。他還有其它罪嫌呢。」

「其它罪嫌？」

霎時，美沙太陽穴的血管隱隱抽搐。從谷崎這番話聽來，那天正田似乎對谷崎坦承些什麼。正田還會在什麼地方出沒？腦中第一個地點，就是幼兒園。

「他跟你說過他曾經做了什麼？」

「沒有，但是他想要把自己的手機砸爛，被我阻止了。我猜他的手機裡一定有東西，他才會急忙想要湮滅證據。」

「你的意思是說，他的手機裡可能有他偷拍的照片或影片？」

「最後他自己也承認了。這傢伙根本是個慣犯。可惜除非是正在緩刑期間，否則犯這種罪幾乎不可能被關。一想到他被逮捕後馬上就會獲得釋放，我就渾身不舒服。不幸中的大幸，是他大概不會在男廁裡裝攝影機。」

美沙聽了谷崎最後這句玩笑話，勉強擠出敷衍的笑容，一顆心七上八下。照理來說應該遭到逮捕的正田，竟然在兩天後就回歸正常生活，還能到幼兒園裡接小孩。就算是園生家長，在某些特定的時間還是有機會獨自待在教室或走廊上。換句話說，正田還是有可能偷裝攝影機。

谷崎的最後一堂課就在平淡的氣氛中結束了。下課之後，美沙前往許久不曾涉足的鬧區。雖然再過不到一小時，就得接回阿杏，但心情陰霾不已，決定在街上逛一逛再走。

亞矢子得知谷崎不再繼續學韓語的消息，毫不掩飾地皺起眉頭。外語中心的經營狀況慘澹，這點美沙自己也心知肚明，但除此之外，更讓美沙感到無奈的是亞矢子一年比一年難相處。偏偏現在要重新找工作可說是難上加難，除了安於現況之外別無辦法。

提包裡的手機突然震動一下。拿起手機一看，原來是長島傳來一則簡訊。內容只有一句故弄玄虛的「妳應該看看這個」，美沙正盯著畫面瞧，長島又傳來一張照片。

美沙內心的預感在訴說著「事態有了新的進展」。點開那張照片一看，原來是警方新聞稿的近距離特寫。

標題爲「侵入罪嫌犯落網」。

內文除了逮捕嫌犯的日期、時間、嫌犯個人資料及案情梗概，連記者寫在新聞稿上的調查筆記也印出來。基本內容與當初初審稿並無不同，但記者潦草筆記中，有一句話吸引美沙的目光。

——律師正田則夫的次子。

律師正田則夫……

霎時之間，赫赫有名的「高山案」浮上了美沙的心頭。

京都某大學教授遭人殺害，警方認定名叫高山兼的無業民眾涉嫌重大。但這起案子打從一開始就沒有自白也沒有物證，檢察官要起訴都有困難。後來警方在嫌犯主動到案說明的期間所進行的偵訊錄音檔外流，在那段錄音檔裡，刑警使用各種難聽的字眼辱罵高山，高山卻只是畏畏縮縮地不斷否認犯案，形成了明顯以強凌弱的狀況。全國性實錄節目針對此案深入探討，該集的主題命名為「逮捕疑雲」，更讓社會對這起案子的看法徹底逆轉。後來又傳出警方的現場模擬勘驗紀錄竟有造假之嫌，更是讓這起案子的一審宣判受到世人密切關注。

遭到逮捕的正田昌司，竟然是正田律師的兒子……

美沙立即撥了電話給長島。

「妳等我一下……」

電話另一頭傳來長島的腳步聲，或許他正在記者室裡吧。

「看到新聞稿了嗎？」

「那個人是正田律師的兒子？」

「沒錯，『高山案』的那個正田律師。」

「他是『高山案』的主任律師，對吧？各大報社不敢報他兒子的事，是因爲怕正田律師不再提供消息？」

「報社怕的可不是只有『高山案』而已。」

長島先下了這個註解，大致說明約十五年前一起涉嫌違反《毒品取締法》案子，嫌犯最後獲判無罪。

那原本只是一起單純的黑道人物涉毒案，就連當地報社也沒留意，記者俱樂部在事前並沒有要求法院分發判決文的影本，之後地方法院及地方檢察廳都拒絕提供判決文，成爲最後希望的辯護律師又因爲討厭媒體而不肯幫忙。倘若沒有辦法報導這場無罪判決，對新聞從業人員可說是莫大的恥辱。就在這時，有個人物出面仲裁，說服辯護律師提供判決文，那個人就是正田則夫。

就算是律師，在如今這個時代如果沒一點商業頭腦，可能連中等水準的生活也過不了。尤其是刑事案件的律師，根本賺不了錢。由於日本社會對官方文書的開示意願並不高，新聞媒體要報導法院審判過程往往會遇到困難。正田則夫深知記者弱點，因此能把媒體玩弄在股掌間。

「簡單來說，各大報社一旦遇上麻煩，就會找正田律師幫忙。正田就像是各大報社共有的消息提供者。」

「正田不僅是疑似冤枉好人的『高山案』主任律師，更是媒體業者倚重的眼線，所以記者俱樂部裡的所有記者沆瀣一氣，一同掩蓋消息？」

「大致上是這樣沒錯，但有一點讓我想不透。」

長島可能是激動的緣故，越說越快。

「剛剛那張新聞稿，其實各大報社都沒有收到傳真。」

美沙雯時有如丈二金剛摸不著腦袋，一臉狐疑地問道：

「但是……那張新聞稿上有記者寫的筆記。」

「那只是試印的草稿，還沒有送交府警本部公關課審核。」

「你的意思是說，正田昌司遭逮捕的消息，警方根本沒有發布新聞稿？」

「沒錯，這是負責與警察聯繫的新進記者親口跟我說的，絕對不會有錯。只有直接在警署內進行採訪的當地報社記者俱樂部，才知道這案子。而且據說主編還指示那個新進記者『不用理會這個案子』。」

「這不等於是封口令嗎？」

美沙頓時腦袋一片混亂。正田律師的兒子遭逮捕，當地記者俱樂部擔心影響往後採訪工作而知情不報，這還可以理解。但爲什麼連警察也成了一丘之貉，幫助新聞媒體隱匿這個案子？警察與維護辯護人清白的律師，在立場上不應該處於敵對關係嗎？

「警察該不會是爲了『高山案』而企圖攏絡正田律師吧？」

「如果眞是這樣，那可是天大的醜聞。雖然記者俱樂部立場可疑，但我也不敢輕舉妄動，但我會繼續調查看看。」

如果警察與新聞媒體互相勾結而縱放偷拍狂，受害的必定是婦女、孩童這些弱勢族群，如此沒有天理的事情絕對不能坐視不管。

更重要的是如今嫌犯就在女兒的附近。

6

根據網站上的記載，「正田法律事務所」共七名律師。正田則夫本身是負責刑事案件的律師，但他的事務所也經手民事案件。

美沙在電話中要求與正田面談，遭電話另一頭的女辦事員以堅定的口吻拒絕。女辦事員表示會安排另一名律師爲美沙服務，由於這樣的回應早在意料中，美沙心想先答應再說，便以「遭丈夫家暴」的名義提出了申請。

正田的律師事務所位在與鬧區隔了一個車站的某辦公大樓內。由於京都市中心地狹人稠，從美沙所任教的外語學校可以徒步前往。這天美沙結束了下午第一堂課，便沿著大馬路往北走，朝著商店街前進。今天新一休假，美沙拜託他接送阿杏。

談判的時候，該以什麼作爲底線呢？

美沙走在拱廊商店街上，依然猶豫不決。街頭隨處可見粗暴蠻橫的腳踏車，以及迷了路的外國觀光客。但對此時的美沙而言，這些通過眼前的景象宛如只是毫無意義的靜止畫面。

這幾年過的是一天到晚看手表的忙碌生活，在一家小小的外語學校裡兢兢業業地做著一成不變的工作。或許自己只是對這樣的生活感到厭倦了而已。維護女兒的安全當然是最重要的前提。但眞的只要做到這點就該滿足了嗎？

我的目的是什麼？

這樣的自問自答，總是會帶出相同的疑惑。自己追求的到底是什麼？為什麼要費心追查那起偷拍案？是因為想要揭穿警察與媒體勾結的醜陋行徑？抑或只是想除去眼前的威脅？

當初在報社當記者，美沙或多或少對自己的工作自豪。但昨天與長島通完電話後，驚覺記者再怎麼神通廣大，也逃不出如來佛祖的手掌心。這讓美沙感覺心中的信念遭到扭曲。

還在當記者，美沙不曾對記者俱樂部制度的正當性產生絲毫懷疑。但仔細想想，這些記者隸屬的報社或電視臺絕大多數是民營企業，他們憑什麼「資格」壟斷第一線的消息？訊息發送者與接收者直接聯繫是如今這個時代的趨勢，雙方互動性及透明性皆受到嚴格要求，在這樣的潮流之下，記者俱樂部這種中介組織的存在意義實在令人存疑。

但從另一個角度來想，以「資格」來評斷採訪的正當性，這樣的概念本身也很危險。畢竟從稅金的用途到是否與他國開戰，政治家的每一個決策都與民眾的生活息息相關。有些人明明沒做壞事卻因為警方搜查行動上的疏失而遭逮捕，有些人則可能因為政府變更一條法律而無法維持生計。政府本身就是決定「規則」的一方，倘若只有官方記者才有「資格」進行採訪，新聞報導馬上就會淪為「大本營發表」（註）。避免陷入這種恐怖的情況，有必要讓民營記者在官方機構內建立穩固的採訪據點，牽制那些掌握強權的政府官員。

記者俱樂部或許在「正當性」上有待商榷，但若說「沒有存在價值」，卻又不盡然。美沙感覺自己就如同走在沒有表裡之分的「莫比烏斯帶」上，光是為了找出符合自身能力與社會地位的理想目標便已感到無力。

直到穿越了商店街，美沙還是沒有找出答案。

陽光耀眼得幾乎不像秋天。美沙橫越大馬路，來到一棟有著玻璃外牆的辦公大樓前。那棟矗立在信號燈旁的壯觀大樓，正以懾人的氣勢反射著陽光。抬頭仰望，兩腿不禁有些疲軟。一想到等等可能會遭聲色俱厲地逐出事務所，便再次深刻體會到失去報社名片的自己多麼渺小。如果沒有辦法與正田則夫一對一交談，將連談判的機會也沒有。

入口大廳寬廣得令人咋舌。右手邊有一扇細長的窗戶，嵌著層層摺疊的玻璃，深處則設計了一座小小的碎石庭園。大廳的沙發幾乎坐滿了人，不論男女皆身穿醒目的西裝，外人難以臆測他們正在討論什麼樣的議題。放眼望去看不到手扶梯，至於電梯則在服務櫃檯的後頭。

美沙朝板著臉孔的警衛瞥一眼，向櫃檯內的女服務員說明了來意。女服務員立即打內線電話進行確認，接著交給美沙一張入館證，說道：「請上二樓。」這是美沙生平第一次遇上必須有入館證才能進入的律師事務所，不禁暗自慶幸自己事先打了電話預約。

搭電梯來到二樓，依著樓層指示走向事務所。掛著「正田法律事務所」的大門是一扇深色木製門板，上頭嵌著直線條透明玻璃。以律師事務所而言，實在美觀過頭，彷彿是訴說著「不是每

註：「大本營發表」指的是二戰時期日本軍方對外公布的戰況發表。隨著戰爭後期日軍節節敗退，「大本營發表」的內容逐漸變得虛僞不實。因此「大本營發表」引申爲掌權者爲了自身利益而發布虛假訊息。

個人都能成爲本事務所的客戶」。

門內是一塊等候區，左手邊有一座諮詢櫃檯。坐在櫃檯裡的女辦事員一看見美沙，立即站了起來。那女辦事員有一張秀麗的臉孔，只是妝化得有點濃。等候區的後頭還有一扇門。

「我姓野村，預約了兩點見面。」

「野村小姐，律師已在裡頭等著您。」

美沙一聽那女辦事員的嗓音，便知道她就是接電話的那個女人。女辦事員正要拿起手邊的話筒，美沙趕緊將她喊住。

「抱歉，我想找的是正田律師。」

女辦事員一臉詫異地放開了原本抓住的話筒。

「我在電話中就跟您說過了，正田律師有其他客人……」

「但他現在就在事務所裡，對吧？」

從女辦事員不知所措的表情，美沙確信自己猜得沒錯。

「其實我今天來找正田律師，是爲了談與他的家人有關的事。」美沙直接了當地說道。

律師是一種專門處理糾紛的工作，雖然事務所有嚴密的維安機制，但委託人本身不見得全是善良百姓。美沙見女辦事員遲疑不決，心裡明白若要見到正田，這名女辦事員正是最大的難關。女辦事員如果擅自將美沙帶到正田面前，事後可能會遭到嚴厲責罵。

「請妳對正田律師說，是關於他兒子的事，這樣他就明白了。」

美沙又往前踏一步。察言觀色是採訪基本技巧，隨便一個眼神都可能帶有重要意義。

女辦事員鼓起勇氣拿起了話筒，戰戰兢兢地告知了美沙的來意。

「……是的，她說是關於令公子的事……一位姓野村的小姐……對，是小姐……好的，我明白了。」

女辦事員放下話筒，一臉僵硬地走出櫃檯，說道：「請隨我來。」

美沙想，順利闖關了。

第二扇門後頭的辦公室約國小教室那麼大，靠牆排列的一整排書架上擺滿了大部頭的書籍，沒有一絲縫隙。辦公室內擺著幾張辦公桌，大部分的桌上都有著堆積如山的訴訟資料。一名中年的男律師吃驚地站了起來。他大概就是原本要接手處理「家暴案」的律師吧。

「這位小姐是正田律師的客人。」

中年律師聽女辦事員這麼說，又一臉納悶地坐下。美沙在心裡為自己的假預約道歉。靠正常手段根本見不到正田的面，自己是逼不得已。

來到最深處「所長室」前，女辦事員在門上敲了敲。算起來這已經是這間事務所的第三道門了。「請進。」門內響起沉穩的說話聲，美沙不禁打直腰桿。

「請。」

美沙依著女辦事員的指示開門入內。首先看見一張辦公桌，一個男人坐在辦公桌的另一側，正是在照片上看過許多次的正田則夫。正田有著寬厚的體格及一頭側分的銀髮，雖然已六十六歲年紀，皮膚依然帶有光澤，散發出一股健康感。

所長室並不大，但裡頭只擺一組待客用的沙發桌椅，因此不顯得擁擠。

美沙行一禮，正田起身說道：「請坐吧。」美沙一看，原來正田不僅體格寬厚，而且也高。

兩人隔著矮桌面對面坐下。正田的臉上帶著做作的笑容，就在女辦事員退出門外時，正田突然粗魯地喊了一句「不必送茶進來」。美沙霎時感覺腹部隱隱作痛，彷彿胃袋遭人捏了一把。

「外表只是位漂亮的小姐，沒想到手段這麼蠻橫。」

正田仰靠在沙發椅背上，大剌剌地翹起了二郎腿。

「很抱歉，我知道這麼做很失禮，但我有非來不可的理由。」

「妳到底是誰？我看妳不像是法界人士，多半是自由記者吧？」

「算猜中了四分之一。」美沙回答。

正田輕輕一笑。

「我當過報社記者，三年前離職了。」

「我就知道，一般人可做不出這麼厚臉皮的事情。妳從前在哪一家報社工作？」

「《大日新聞》。」

「原來如此。報導犯罪事件是《大日新聞》的看家本領，我在那裡也有不少熟人。好吧，妳今天來找我，到底有何貴幹？」

正田應該早猜到美沙來訪的目的，卻顯露出泰然自若的模樣。

「是關於你的二兒子，昌司先生的事。正田先生，昌司先生那案子，你應該很清楚。」

「什麼案子？」

正田故意裝傻，臉上笑容沒有一刻消失。美沙並不理會，接著說道：

「昌司先生因偷拍罪而遭到逮捕。正式的罪嫌是違法侵入建築物。」

正田的表情瞬間沉了下來，目光如電地瞪著美沙。美沙趁著氣勢繼續追擊，從提包中取出透明文件夾，抽出裡頭的警方新聞稿影本，輕輕放在桌上。正田低頭拿起新聞稿，默默讀了一遍，又將新聞稿放回原處。他應該注意到上頭由記者寫的「律師正田則夫的次子」一語。

「這份新聞稿並沒有傳到各大新聞媒體，甚至沒有送交府警本部公關課審核。更奇怪的一點，是報社內部明明知道有這則消息，卻沒有報導。」

正田目不轉睛地凝視美沙的眼睛，連頭也不曾點一下。雖然散發出震懾人心的氣勢，但美沙既然已來到這裡，就不會輕易退縮。

「我目前任職的外語學校就在這起案子的大樓內，而且攝影機就裝在學校旁邊的廁所裡。我親眼看見昌司先生被警衛抓住。」

美沙毫不畏懼地以尖銳的視線回望正田，正田放下了腿，坐起上半身。

「看來……我兒子給妳添麻煩了。」

正田一臉凝重地鞠躬道歉，態度與剛剛截然不同。

「今天我以非常手段闖進來見你，當然是有原因的。在發生那起案子的兩天後，我在我女兒的幼兒園裡看見了昌司先生。」

即使是高高在上的正田，聽到這句話也一時目瞪口呆。

「這麼說來，妳的女兒跟阿陸就讀同一所幼兒園？」

美沙確認過紅班的園生名冊，確實有正田陸這個名字。正田見美沙點頭，重重嘆了口氣，整個人再度仰靠在沙發上。

「警衛逮捕昌司先生的時候，我的學生也在一旁幫忙。這名學生後來跟我說，昌司先生試圖毀掉他自己的智慧型手機。」

正田身為律師，一定馬上猜到那是湮滅證據。「原來如此……」他低聲呢喃，仰望天花板。

「我就開門見山說了，我很擔心女兒也是受害者。請問昌司先生到底受到什麼懲罰？」

「……基於微罪（註）不舉的原則，我兒子當天就釋放了。」

「但他確實遭到逮捕，是嗎？」

「偷拍如果是初犯，當天釋放是常有的事。這案子一來偷拍地點是非特定人士皆可自由進出的建築物，二來影像中沒有任何受害者，符合微罪不舉的原則。」

美沙看著低頭為兒子辯解的正田，依然遲疑不決。自己追究的到底是什麼？不，或者應該說，到底該追究到什麼樣的地步？

「你兒子當天獲釋，這我可以理解，但我無法理解警察跟新聞媒體的態度。你是『高山案』的辯護律師，照理來說應該是檢警單位的眼中釘。請恕我直言，只要把你兒子的事公諸於世，就能讓你信譽掃地。更何況知名大律師的兒子犯了罪，一般來說媒體應該會爭相報導。但是這次的案子卻沒有。案發兩天後，昌司先生竟然若無其事地走進幼兒園裡。」

美沙咄咄逼人地說完這串話，兩人的立場已徹底逆轉。美沙今天闖進了正田的事務所，最大的目的當然是保護女兒。但除此之外，美沙也單純地想要知道警察、媒體、正田這三者之間到底有著什麼樣的利害關係。徹底釐清前，美沙不肯妥協。

「正田律師，你能不能告訴我，你到底做了什麼？」

正田閉著眼睛陷入沉默，不時皺起眉頭，露出痛苦的表情。他心裡想必正在猶豫著到底該不該說出實情。在短短的時間裡，他必須決定出保護兒子及孫子的最佳手段。

「好吧，我就老老實實地告訴妳。以下我會說出所有的內幕，請妳要有心理準備。」

正田將雙手放在膝蓋上，故意不與美沙視線相交，侃侃說道：

「這得從三個月前說起。那天，京都某警署與當地記者俱樂部的記者舉辦了一場交流會。」

「你指的是『警新會』？」

「沒錯。」

所謂的「警新會」，是警署的課長以上主管與負責聯繫警察的當地記者們共同舉辦的酒會，

註：「微罪」指的是罪狀輕微而經司法機關認定不須起訴的情況。但臺灣與日本在「微罪」的認定方式上頗有不同，臺灣的「微罪」必須由檢察官認定，但日本的「微罪」僅由警察認定，不會移送至檢察官。

目的在於增進雙方情誼。美沙出席過數次。那不僅是理解警察組織現況的絕佳機會，在酒會上也能認識許多警界人士。

「酒會結束之後，部分警察主管與記者提議要續攤。聽說他們相約一起到小酒吧裡喝酒及唱卡拉ＯＫ。每個人都喝得醉醺醺，一直留到最後的兩個警察主管更是爛醉如泥。」

美沙點了點頭。警察工作壓力相當大，尤其是老一輩的警察，愛喝酒及唱歌的人很多。

「結束之後，他們開車回家。」

「咦？」

美沙大吃一驚。

「難道是酒後開車？」

「所有人分乘兩輛車，其中一輛的駕駛是沒喝酒的記者，但另一輛是喝了點酒的記者。」

這年頭竟然還有警察敢酒駕，令美沙驚愕不已。自從法規加重對酒駕的處罰，原本認爲酒駕沒什麼大不了的社會風氣早有改變。在美沙進入報社工作時，酒駕已被視爲嚴重的犯罪行爲。更何況警察竟然與記者一同幹下這種惡行，荒唐得令人匪夷所思。

「其中一輛被巡邏中的警車攔了下來，員警發現駕駛身上帶有酒氣。但是攔下車子的地域課員警又發現車上坐著同課課長，於是立即通報了本部。當時的時機不巧，大約一個月前發生一起酒駕肇逃車禍，逃走的凶嫌還沒抓到。」

「所以警察決定隱匿這件事？」

「但就在這時候，有幾個男人拿著攝影機走了過來。」

男人與攝影機……這出乎意料的事態，讓美沙皺起了眉頭。

「那幾個男人都是以阻撓警方取締超速爲宗旨的組織成員。」

「有這樣的組織？」

「其實就只是數人規模的不入流左派組織。他們會故意找警察麻煩，用攝影機把過程拍下來，上傳至YouTube。」

美沙驀然想起從前繪里說過的往事。她的男友開車載她兜風時，曾因超速而被警察攔下。車子剛被警察攔下不久，就有兩個男人走近，企圖妨礙警察，還朝著車內說：「這種取締已經違法了，請不要在罰單上簽名。」繪里跟她的男友不想惹上麻煩，趕緊在罰單上簽名後發動車子離開……

雖然這兩起事件中向警察挑釁的男人或許並無關聯，但社會上有不少人對警察抱持怨恨是無庸置疑。美沙當年負責跑警察單位的時候，也見過故意到案發現場冷嘲熱諷的無聊男子。

「我曾經爲那個組織的成員之一辯護過，因此那個男人會定期把他拍到的影片拿給我看。」

「他沒有把那次的影片上傳到YouTube？」

「說起來有些愚蠢，他根本不知道被攔下來的車子裡頭坐警察跟報社記者。他只是單純想找攔檢員警的麻煩。不過他這個人的直覺很敏銳，已經發現那些員警的態度有些不尋常。當然坐在車裡的警察跟記者都是我認識的人。另一輛沒有被攔下的車子裡的人，也都跟我熟識。」

美沙聽到這裡，恍然大悟。原來警察跟新聞媒體聯手隱蔽案情，是害怕正田則夫的影像檔。

「正田律師，簡單來說就是你幫忙擺平了這件事，警察跟新聞媒體都欠你人情，是嗎？你成功讓警察與記者的酒駕案從世上消失，所以你兒子的偷拍案也順利從世上消失了。」

在男性主義社會裡，狼狽為奸是普遍現象。不管是在報社，或是世上任何地方都一樣。美沙的心中同時湧起強烈的鄙視感與怒火。

一群擁有特權的人，竟然擅自扭曲應遵守的規則。雖然正田提到的酒駕行為沒有發生車禍意外，美沙遇上的偷拍案也沒有婦女受害，但那只是單純運氣好而已。在這些犯罪行為中，很可能會出現犧牲者。而這些缺乏職業道德的男人所建立的，正是隨時可能有人受害的環境。

美沙終於釐清了自己的行動目的。

「知情不報」也是一種誤報。

那篇「出版自傳」的文章浮現在美沙的腦海。原本放在那個位置的文章，應該是針對正田昌司遭逮捕的報導。像這樣掩蔽真相、湮滅事實的行徑，絕對不能原諒。

「正田律師，請你讓我看看那段影像檔。」

正田不禁有些遲疑，美沙對著他低頭鞠躬。

如今美沙滿腦子只想著要求證這件事的真偽。那位綽號「日耳曼」的記者，已屆六十五歲高齡，如今依然以老邁的身軀奮力不懈地追查真相。那位曾經待在同一家報社的老前輩，憑藉著毅力寫出了大報社寫不出來的新聞。美沙想，唯有將這起勾結醜聞赤裸裸地攤在陽光下，才能毫無遺憾地放下「記者」這個身分。

正田終於屈服於美沙的堅毅眼神。他起身走向辦公桌，從抽屜中取出一枚ＳＤ記憶卡，插進桌上型電腦的插槽。接著他點了數次滑鼠，將螢幕畫面轉向美沙的方向。

影像是以手持方式拍攝，手震嚴重。畫面中是一輛閃爍著紅色警示燈的警車，一名穿制服的年輕警察站在警車前，以資料夾之類的物體擋住了臉。

「你在拍什麼?快關掉！」

「我在採訪新聞，拍什麼是我的自由。」

「你這麼做是侵犯了我的肖像權!你向警察單位提出申請了嗎？」

「採訪本來就不必事先提出申請。請問你們在取締什麼？」

正如同正田的描述，現場除了警車，還停著兩輛私家車。周圍站著幾個身穿西裝的男人，看起來應該是記者。手持攝影機的男人當著一群記者的面聲稱自己在採訪，聽起來實在有些諷刺。

畫面的另一頭，還有幾個圍觀群眾正拿出手機拍攝照片。

這段影像檔不僅畫面嚴重搖晃，警察還跟那來歷不明的攝影男子以不堪入耳的骯髒字眼互相辱罵，令美沙極不舒服。

「接下來的影像，就只是一直像這樣吵個不停。」

正田抓住滑鼠，準備要關掉影像。美沙也因爲畫面搖晃太劇烈而有些暈頭轉向，不想再看。

接下來的問題，在於要如何說服正田交出這段影像檔。記者在進行採訪時，能不能取得證據資料正是最大的難關。

「正田律師……」

美沙正要發話，忽看見畫面上的兩輛私家車中，距離較遠那輛的駕駛座車門突然開啓。一名身材修長的男人下了車，朝著攝影機走近。男人身形讓美沙異常熟悉。美沙的一對眼睛完全被搖曳的畫面吸引住了。下一瞬間，影像中不再傳出爭執聲，畫面也不再搖擺。

「我可以關掉了嗎？」

正田話聲傳入耳中的同時，那瘦削男人的臉孔也清楚地映入眼中。

美沙登時倒抽一口涼氣，一句話也說不出來，只能以顫抖的雙手摀住了嘴，並且爲了逃避現實而緊緊閉上雙眼。但影像沒有消失，宛如烙印在眼皮背面，令她痛苦地不住喘息。

「爲什麼……」美沙暗自呢喃，內心呼喚著那個男人的名字。

新一……

7

活動用帳篷的頂蓋隨風搖擺，印著比賽時間表的紙張從長椅上飄落。

美沙還沒有蹲下身子，新一就搶先一步撿起了紙。

「應該帶外套來才對。」

新一打著哆嗦，頻頻以手掌搓著裸露在外的手臂。

幼兒園每年都會租借附近國小的運動場舉辦運動會。到昨天爲止的氣象預報都說這天會下雨，所幸上午天氣還算好。依照事先規劃，如果運動會當天下雨，會改在體育館裡舉行。但體育館內狹小悶熱，很多比賽及活動都會縮短時間，如果要改在體育館裡舉辦，孩子們就太可憐了。

美沙從帳篷的縫隙仰望灰濛濛的烏雲，不禁感慨今年眞的是多雨的一年。

陰霾天空下颳起的風，彷彿正訴說著秋天的到來。阿杏感冒剛治好，美沙擔心她又著涼，憂心忡忡地轉頭望向園生等待出場的集合區。

運動場的另一頭有一群穿五顏六色忍者裝扮的孩子，大多數都乖乖地坐著。但太遠了，無法分辨每個孩子的相貌。

「啊，找到了！找到了！」

手持雙筒望遠鏡的新一似乎發現了阿杏。

「她看起來很緊張！」

美沙從新一手中接過望遠鏡，湊到眼前，迅速找到穿粉紅色服裝的女兒。果然表情非常僵硬。阿杏在家裡練習了很多次，每次都跳得很開心，但此時正式上場的壓力讓她彷彿快掉下眼淚。雖然只是運動會的餘興表演之一，還是不禁讓人爲女兒擔心。

「原來三歲小孩也會緊張。」新一氣定神閒地道。

美沙將望遠鏡還給新一，拿起水壺喝了口水。

一歲班級的「零食賽跑」結束了。有些孩子跑得很好，有些孩子哭著撲向父母。兩年前自己的女兒剛參加過這個比賽，今天卻要在所有人面前跳舞了。

「接下來請欣賞桃班的舞蹈！」

桃班的園生在音樂聲中陸續穿過手工製作的拱環，來到家長們面前。人數約三十人，美沙及新一趕緊從中找出阿杏。新一負責拍照，美沙負責錄影，當然兩人手上都拿智慧型手機。美沙朝阿杏揮了揮手，但阿杏似乎沒有發現。

孩子們各就各位後，蹲在地上進入準備動作。不一會樂曲響起，小小的忍者們擺出變身的姿勢，一同站了起來。美沙收緊腋下，高舉手中的智慧型手機，以畫面的遠近功能巧妙捕捉阿杏的身影。孩子們丟完了飛鏢，輕輕一跳，接著小跑步。阿杏表現得跟練習時一樣好。

看著努力隨著旋律舞動身體的女兒，美沙嘴角不禁上揚。以前聽外語學校的女學生說過，現在的國小運動會都只是制式化流程，孩童也不會跟父母一起吃便當。比較起來，幼兒園的運動會有趣多了。既然是這樣，當然得好好享受才行。

最後孩子們聚集在中央，又擺出一次變身的姿勢，音樂結束。會場響起了拍手聲，美沙也很想拍手，又不想結束錄影。直到所有孩子都退場，她才按下停止鍵，確認錄影成果。

驀然間，正田昌司的身影浮現在腦海。

難得的運動會，美沙不想打壞心情，一直刻意不想這件事。但看著錄影的畫面，腦海總是忍不住閃過「偷拍」這個字眼。接著在連鎖反應的作用下，腦海又浮現另一個眞相。

美沙轉頭望向身旁正在確認照片的丈夫。

三天前，美沙匆匆離開了正田的律師事務所，狼狽得幾乎跟倉皇逃走沒兩樣。雖然正田沒有察覺新一是美沙的丈夫，但他應該看出美沙的神情不太對勁。像正田這種身經百戰的老狐狸，一定會把這個「自稱前《大日新聞》記者」的女人調查得一清二楚。正田最後一定會知道美沙跟新一的關係，只是時間早晚。

在大阪本社負責經濟新聞的新一，照理來說不會參加京都警署所舉辦的警新會。多半是新一拜託在京都總局負責聯繫警察單位的記者刻意安排，等到警新會結束後才參加他們的續攤活動。新一這麼做的理由，應該是京都警備課之類的單位裡有他想要挖新聞的對象。新一從前也當過聯繫京都府警本部的記者，當時他的職務是輔助主任記者，負責警備及公安單位。

號稱泡沫時期最後一個重量級調停人的安大成，與京都有著極深的地緣關係。新一為了掌握安大成的行蹤，連警署的酒會也要設法參加。這樣的採訪精神值得嘉許，但最後的行為糟蹋了他的所有努力。就算新一是兩個開車的記者中沒喝酒的那一個，他也一定知道開另一輛車的同件記者是酒後駕車。

當初新一還很佩服「日耳曼」在採訪調查時腳踏實地的做法，如今卻淪為權勢勾結的幫凶。

「這張拍得不錯吧？」

新一興高采烈地遞出手機。照片裡的阿杏露出燦爛的笑容。「這張寄給我。」美沙一邊說，一邊朝丈夫的臉偷偷望一眼。

到底該不該把自己發現的事情告訴新一呢？

新一很耿直，聽到後很可能做出極端的決定。甚至可能坦承一切，辭去報社工作以示負責。如此一來，一家人的生計馬上會出問題。房屋貸款還沒有繳清，最後大概也保不住房子。

但另一方面，美沙卻又極不願讓眞相就這麼埋沒在黑暗。在那些任由男人們爲所欲爲的扭曲結構中，隨時可能出現另一個被迫離開報社的記者。

當年那位副教授，如今依然與美沙有著電子郵件的往來。前幾天，美沙在信中提到「日耳曼」的事，竟換來了對方的一句驚人之語——因《近畿新報》的假新聞事件而聲名大噪的新聞造假教學網站《造假新聞》，聽說與「德蘭」的殘黨有著密切關聯。

美沙想到上次繪里提到的美甲業界現況。產業存亡的危機，絕非只發生在美甲業界。一邊是自動化美甲機器取代了人工，一邊是網路媒體的出現讓資訊流動完全失控。雖然乍看是截然不同的現象，但本質如出一轍，那就是「基本架構的瓦解」。

放棄如今掌握在自己手中的眞相，就等於放棄救治整個新聞業界。

「媽媽！」

阿杏奔進了家長們聚集的帳篷內。

「阿杏表現得眞好！」

美沙揉了揉阿杏的頭，阿杏整個身體貼在母親身上撒嬌。新一也張開雙手在一旁等著，卻遲遲等不到女兒投懷送抱。

周圍的桃班孩童逐漸增加，不一會自然而然地變成零食交流大會。像這種幼兒園舉辦的活動，父母依慣例一定要準備一些能讓孩子分送給朋友的零食，否則會讓孩子在同儕面前蒙羞。

「我拿這個給小新！」

阿杏抓著一小袋糖果，從美沙的膝蓋上跳了下來。阿杏的這些朋友從未滿周歲就跟阿杏每日相處，就連身爲母親的美沙也能清楚看見他們的成長。在爲人母前，美沙不曾想過看著一群孩子長大是這麼開心。

會場響起了歡呼聲。運動場內正在進行紅班的障礙賽跑。美沙一看到時間表上的「紅班」兩字，腦中登時浮現「紅班　正田陸」那幾個拙劣的字跡。不過美沙從未見過正田陸這個孩子。

現在這個瞬間，正田昌司很可能正在會場上拿著攝影機拍攝……

一想到這點便背脊發涼。當然昌司也是孩子的父親，但他同時是偷拍狂，這是不爭的事實。當他拿著攝影機的時候，鏡頭眞的只對準兒子嗎？如果他心懷不軌，就算受害的不是自己的女兒，也會是在場的某個孩子。

一想到接下來數年都得活在這樣的恐懼中，美沙內心便湧起強烈的不滿。

果然這件事不能就這麼撒手不管。

新一正專心望著運動場。美沙凝視著新一的側臉，耳中忽聽見後頭有兩個桃班的母親在閒談中提到了「正田」。美沙心中一突，差點就要回頭。

「聽說轉學了呢。」一名母親說。

「妳說的是正田陸嗎？」

「是啊，家裡開什錦燒餐廳的那個阿陸。」

「天啊，我好驚訝。那家什錦燒餐廳就在我家附近，我常常去吃呢。他們搬家了？」

「好像是搬家了，昨天我經過店門口時……」

正田搬家了……

美沙不斷提醒自己保持冷靜，努力整理著紊亂的思緒。

三天時間裡，正田則夫很可能已經掌握自己的身分。如今他手中握有新一的把柄，不知心裡正打著什麼算盤。他絕對不是樂於息事寧人的人。或許他只是在兩個選擇中作出了抉擇。一邊是恐嚇一個有膽子闖進律師事務所的女人，另一邊則是排除一個母親心中的隱憂。前者需要冒風險，後者只需要花勞力。在尋找最佳妥協方案的過程中，正田則夫作出一個風險較低的決定……

那就是讓正田昌司離開這裡。

想通了這個環節之後，美沙頓時放下心中大石。不用再為阿杏的事情擔心了。胸中的憂愁徹底煙消雲散，一股安心感在胸口擴散。

原來阿陸的家裡是什錦燒餐廳……

明明已查出地址，卻一直沒有親自走一遭。美沙不禁自嘲是個不稱職的記者。就在這時，那串「紅班　正田陸」的拙劣字跡再浮上心頭。

那是從未見過面的男孩，美沙只能在心中想像他的模樣。他曾經在阿杏感冒時，寫了一封加油打氣的信給阿杏，足見他是個心地善良、溫柔的孩子。一想到這點，美沙便感到胸口有些沉重。當阿陸突然被大人告知搬家，甚至跟朋友道別也來不及，不知心裡多麼悲傷。

如果那起酒駕事件遭公諸於世，阿杏恐怕也得面臨相同的命運。

無數的惡意攻擊將會在社群網站上無限增殖。美沙想像阿杏一個人孤伶伶地站著，沒有人願意跟她分享零食就不由得忐忑不安。如果自己一家人在這個社區待不下去，能搬到哪裡？阿杏還有辦法順利進幼兒園嗎？不，在煩惱這些問題前，或許該先煩惱如何才能維持生計。

放下心中大石時，強烈的恐懼也迅速蔓延。

驟然間，女兒撲了上來，美沙嚇得差點大叫。

「我拿到了這個。」

阿杏將一袋零食舉到母親面前。美沙聞到一股草莓甜香。疼惜女兒的強烈感情，瞬間在胸口炸開。無法壓抑這股突如其來的激動情緒，忍不住緊緊抱住女兒。

不論發生什麼事，我都要守護這個孩子……

美沙不禁感謝上天讓自己成爲一個母親，擁有平凡的人生。不管是呵護孩子的心，還是對現實的無能爲力，都轉化成寄託在孩子身上的希望。美沙接納了自己引導出的最後答案。

美沙緊緊抱著阿杏，趁著還沒有被人發現前抹去了淚水。

——請問這是幾年前的事？

「差不多十年前。」

——那時候他是關西的劇團團員？

「嗯，而且是當家小生，在關西很受歡迎。」

——妳也是他的仰慕者？

「對，雖然還稱不上追星族，但經常到劇場看他表演。」

——他怎麼會跟妳聯絡？

「我寫了封信交給他，裡頭有我的聯絡方式。不久後他就用電子郵件跟我聯絡了。」

——聽說他對妳伸出狼爪，是在你們第一次約會的時候？

「對，我跟他一起吃了飯，到酒吧喝了酒，我本來想要回家，他卻說『訂好房間了』。」

——所以妳就跟他去了？

「他很蠻橫，我拒絕不了。而且我很仰慕他，所以心裡多少有些興奮。不過我從來沒想過要跟他突然發展出親密關係。現在回想起來很笨，但我那時是想跟他正常交往。」

——既然是這樣，妳跟著男人進旅館，不擔心男人會誤解？

「那時我還沒有交往經驗……不知道怎麼做才好。」

——進了房間之後，發生了什麼事？

「我實在是不願意回想……剛進去的時候，我們閒聊了一下，但氣氛變得很古怪，他突然親了我。我拚命抵抗……但他把我的衣服一件件脫掉，還摸我的身體。」

——最後妳跟他發生了關係？

「沒有做到最後。過程中我一直哭個不停……他可能也覺得沒意思，就叫我走。我趕緊穿上衣服，逃出了房間。」

——後來他還有跟妳聯絡嗎？

「完全沒有。」

——有沒有向妳道歉？

「沒有。」

——現在妳看他在電視上這麼活躍，心裡有什麼感受？

「我每次看到他就會想起從前的恐怖回憶，所以總是趕緊轉臺。但現在連網路新聞也會看到他的名字，想避也避不了。雖然已經過了十年，我還是經常夢到那件事。」

——有沒有什麼話想對他說？

「我希望他向我道歉，但又不想見到他。總而言之，我希望不要再有其他女性受害。」

1

一打開總局後側的沉重門板，霎時一股強勁而冷冽的寒風撲面而來。

不久前佔據頭頂上的淡灰色雨雲已消失無蹤，取而代之的是清晰可辨的滿天星辰。今天是街上第一次下雪。原本眼前的樓梯間平臺也積了一層薄雪，如今全成了老舊鐵板上的不規則水漬。

「OK了。」

稍遠處傳來年輕女人的呼喚聲。吾妻裕樹輕輕關上門，轉頭一看，荒井瑞穗正揮舞著一枚A3尺寸的試印紙。吾妻緩緩舉起右手，應了一聲「知道了」，身體不由得打了個哆嗦。

「號稱自然發熱機的吾妻哥，今天也會覺得冷？」

坐在副主編座位的佐久間健如此調侃。

「沒錯，即使是人稱活暖爐的我，也敵不過雪的威力。」

吾妻拍著突出的大肚子回應。

「唉，其實我也沒資格取笑你，人一旦到了接近四十歲，身上的脂肪就很難甩掉了。」

「我可是打從一出生就是這個體格，從來不認爲脂肪是能夠甩掉的東西。」

吾妻將碩大的臀部擠進主編的椅子，拿起老舊電話機的話筒。另一頭是負責爲地方版原稿進行排版的「地報部」人員，他簡單扼要說一句「試印沒問題，可以開始印了」便掛電話。

吾妻輕撫著幾乎遮住半張臉的大鬍子，朝掛在分局柱子上的時鐘望一眼。快要晚上十點了。今天的工作終於告一段落。

「確認花了太多時間，對不起。」

手裡拿著寶特瓶裝綠茶的瑞穗來到主編座位旁，朝吾妻低頭道歉。

「沒關係，這常有的事。有一則好的頭條新聞，能增加版面的氣勢，眞是太謝謝妳了。」

瑞穗喜孜孜地走向接待客人用的沙發桌椅組，在沙發上坐下來。

上岡總局負責的範圍包含核心都市上岡市在內，合計三市三町。在縣級報紙《近畿新報》的組織裡，是僅次於本社及分社的重要採訪據點。吾妻從今年夏天起，升任上岡總局的編輯主任，也就是俗稱的主編。四十二歲的年紀，比歷代主編小了大約五歲。

總局裡除了吾妻，共七名記者。佐久間是副主編，但也兼任機動記者，經常外出採訪。這幾名記者需要跑的地點包含市公所、町公所、警署、地方法院分院，以及挖得到新聞的大街小巷。作爲地方性報紙《近畿新報》的總局，這樣的人力要完全掌握地方新聞有些不足，但現在這個年代，職場人力不足是家常便飯。在現代的報社裡，要當一名好主編，最重要的能力就是妥善運用有限的記者，將效益發揮至最大。

「這陣子漸漸習慣夜晚的寂寞了。」

佐久間從剛剛就一直敲打著鍵盤，撰寫週末活動資訊。他突然嘆了口氣，嘴裡如此咕噥。如今編輯室裡冷冷清清，只有三個人。

「現在的報社已經不像從前那樣，每天都得超過十二點才能下班了。」

佐久間的工作除了輔助主編，還得採訪及寫稿。總局內職員裡，他的工作量大概可以跟聯繫警察單位的新進記者相提並論。深深嘆息的背後，有著「三十八歲了還在包辦雜務」的埋怨。

如果是在從前，負責跑警察單位的新人在每天從刑警的家門口離開後，必須先回到總局，向各警署一一打電話確認是否發生了犯罪或意外事件，直到社會版原稿送印爲止。但如今這個工作變成值晚班及大夜班的記者一同完成。

這些年來職務的細分化成了報社內的趨勢。由於人手不足，如果不這麼做根本撐不下去。吾妻對這一點心知肚明，但每當看見前輩記者還在打著確認電話，新進記者卻紛紛下班回家，總是有些不是滋味。以工作的方式而言……不，甚至是站在刻板印象的人權立場上，現在的職場是較妥善的工作環境。但吾妻的腦袋深處，依然會懷念起從前熟悉的傳統思維。

記者的工作本來就是一種磨練……

同事或後進新人如果得知吾妻抱持這樣的想法，一定會大吃一驚。吾妻這個人很少發脾氣，也從不自吹自擂，這樣的性格在報社記者裡很罕見。在大學畢業之前，吾妻一直是重量級柔道選手，長得虎背熊腰，臉上笑容卻不曾消失，因此有個綽號叫「吾妻惠比壽」。不過像這樣一個「性格溫厚的關西人」，卻又與「惠比壽」（註一）的另一層涵義「東夷」的意思截然相反。

「現在大家下班的時間，比我剛進公司時還要早。」

「荒井，妳今年第幾年？」吾妻問道。

瑞穗面對著電視回答：「第四年。」吾妻看著瑞穗那下巴曲線清晰可辨的側臉，內心不禁感慨「眞是年輕」。不過吾妻自己即使在二十多歲時，下巴也早堆滿脂肪。

「難保電通的事件（註二）不會發生在我們身上……好了，今天差不多可以輕鬆一下了。」

佐久間伸了個大大的懶腰，彷彿滿腔的怨言都消失得無影無蹤。他走向電視旁邊的冰箱，取出了三罐啤酒。三人就這樣喝起了酒，各自在沙發上找了適當的位置坐下。以總局內準備的柿種（註三）當下酒菜，一面閒聊一面看電視。

「我才不要呢。打完最後一通確認電話，我就要回家了。」

「今天是佐久間值大夜班、荒井值晚班？那應該可以安心了。」

「最近大木那傢伙不曉得在走什麼霉運。上個月遇上殺人案，兩星期前又遇上搶案。」

大木是負責市政新聞的中堅記者。記者中，總有幾個像他這樣常在大夜班時遇上重大事件。

「還不是普通的搶案。遭搶的民宅竟然是馬場的家……」

馬場是知名的職棒選手。當時有兩名搶匪侵入他家，搶走現金及珠寶，價值高達兩億日圓。如此驚人的事件，報社當然須連夜派人前往現場進行採訪。所幸沒有人在這起案子中受傷，兩名搶匪馬上就落網了。

只要在報社工作，永遠不缺聊天的話題。

註一：「惠比壽」（えびす）是日本傳統信仰中的七福神之一，特徵是手持釣竿及鯛魚，臉上掛著笑容。因此常被用來比喻為個性溫和、笑容滿面的人。但「えびす」同時也具有異邦者之意，例如日本古代朝廷便將東方的異族稱為「えびす」，漢字寫作「夷」，或作「東夷」（あずまえびす）。此處是刻意強調「東夷」的「東」與「關西人」的「西」所形成的對比。

註二：電通公司員工曾因過勞自殺。

註三：「柿種」是以糯米粉燒製而成的細粒狀米餅，並非真正的柿子種子。

「好久沒在總局喝酒了。」

吾妻將柿種一把又一把塞進嘴裡，配著一口口啤酒，不一會心情感覺放鬆了不少。地方版送印不知不覺也過了一小時，電視上播起了關西地區限定的深夜綜藝節目。

「啊，是谷垣徹！我以前很喜歡他呢！」

大量的鎂光燈對準畫面中的一名男子，他閃身坐上一輛大箱型車。男子臉上戴著墨鏡跟口罩，仍能一眼就看出是演員谷垣徹。箱型車的後座窗戶以黑色布簾擋住，車外看不到車內的狀況。

「谷垣先生！」

「請說句話吧！」

「請問你跟島田小姐聯絡了嗎？」

箱型車響起刺耳的喇叭聲，以略顯粗暴的方式往前行駛，原本圍繞在車邊的媒體記者紛紛閃避。畫面右上角的字幕寫著「谷垣性騷擾受害者陸續增加」及「獨家採訪最新受害者」。

「怎麼看起來像時事節目？」吾妻一臉錯愕地問。

瑞穗點了點頭說：

「這節目就是這樣。雖然是綜藝節目，但開場時會介紹當前的時事新聞，或者是讓人印象深刻的舊新聞，然後在攝影棚裡搞出一些跟那則新聞有關的名堂。」

「跟那則新聞有關的名堂？」

「如果是較輕鬆的新聞，可能會以幽默短劇的方式呈現。但如果是較嚴肅的新聞，就會播出一大堆模擬影片，讓特別來賓發表感想。」

畫面上終於跳出了節目名稱的電腦動畫。這個節目叫作「萬事通新聞」。

「荒井，妳每星期都看這節目？」

「沒有，只看過幾次。上星期的主題是『從前著名人物的現況』。」

主持人是個經驗老道的女性搞笑藝人。她先喊出了節目名稱，接著介紹負責發表感想的特別來賓和寫眞女星，其中既有在全國擁有高知名度的藝人，也有只在關西電視節目上亮相的年輕藝人。女主持人依著節目劇本，大致介紹發源於好萊塢的性騷擾揭發運動「#MeToo」。畫面上出現到目前爲止遭揭發的好萊塢大牌影星及製作人，負責解說的藝人播報員在一旁說著近來經常可以聽見的相關新聞。

「根本是時事節目。大概是做這種節目最不花錢，最近的電視一天到晚都是類似節目。」

佐久間唸了幾句了無新意的電視節目批評言論，吾妻跟瑞穗都只是輕輕點頭，沒多回應。

最近這一陣子，谷垣徹連續遭三名女性指控性騷擾。節目先以簡單的影片介紹他的生平經歷。谷垣徹出身於關西的某個小型劇團，長相正是近來最流行的「鹽臉」（註）。兩年前谷垣徹在NHK的晨間連續劇中扮演配角，人氣瞬間扶搖直上，如今有時會在民營電視臺的連續劇擔綱副

註：「鹽臉」（塩顔）一詞源自於以調味料比喻五官的流行文化，大致上指的是皮膚白皙、雙眼修長、具有斯文氣質的長相。

主角。就像其他關西人，他的口才不錯，在談話性節目中表現出色，最近在電視上也經常可看到由他所拍的家庭調味料廣告。

遭他性騷擾的受害者之一，是前女性偶像明星島田奈央。她在Twitter聲稱谷垣徹在演出晨間連續劇期間，曾在大阪梅田某家卡拉ＯＫ的包廂內「把手伸進她的內褲裡」。這段話一出，整個社會頓時一片譁然。

如今這個節目似乎找到除了那三名女性的第四名受害者。畫面上正在播出匿名採訪影片。由於是匿名採訪，攝影機不會拍出受害女性的臉，聲音也會加工。採訪的宗旨明明是揭穿性騷擾惡行，受害女性身上卻穿著明顯強調胸部曲線的編織毛衣，畫面鏡頭還固定在女性的胸部上。吾妻不禁感慨這個節目的製作團隊手法實在太粗糙猥瑣。

女性聲稱自己是任職大阪市內的美容師。距今十年前，谷垣還是關西的小劇團團員時，這名女性是他的仰慕者。女性指證當年在某家位於大阪的城市旅館內，谷垣徹「把我的衣服一件件脫掉，還摸我的身體」。此時畫面角落小框框裡，擔任特別來賓的寫眞女星誇張地皺起眉頭。

「都過了十年才說。以現在的價値觀評斷從前發生的事，實在不太公平。」佐久間咕噥。

「不管經過幾年，犯罪就是犯罪。」瑞穗嘟著嘴反駁。

「我總覺得『#MeToo』的風氣很危險。絕大部分除了當事人的記憶外沒有證據。」

「『#MeToo』的揭發是以使用眞實姓名爲原則，說謊對當事人沒有好處。而且若不這麼做，很難改變社會的認知。」

「這前提我當然明白，我想表達的是直接把受害者的證詞當成鐵證的風潮十分可怕。就算揭發了醜聞，要證實可說是難上加難。但謠言在網路上一傳開，永遠都不會消失。任何人像這樣被人指名道姓地告發，很可能一輩子都無法在社會上立足。」

「但現況是很多加害者已經坦承自己的惡行惡狀了。」

佐久間將啤酒罐擱在桌上，閉著眼睛沉吟道：

「唔，該怎麼說呢……我覺得不管是性騷擾、職權騷擾或金錢糾紛，最可怕的是無辜者因姓名遭公布而成爲受害者。」

「但相較之下數量差太多了！性騷擾是普遍存在的問題，『#MeToo』帶來的正面效果絕對遠大於負面危害。」

「但如果變常態，很多當事人可能嫌麻煩而跳過溝通調解的階段，直接在網路揭發。」

「大部分的情況都是溝通協調沒有成功，才會以『#MeToo』作爲最後手段吧。」

「我說過，如果這種做法變成常態，到時候最後的手段可能會變成最初的手段。」

瑞穗一臉不耐煩地以長指甲敲打桌面，發出刺耳聲。吾妻假裝在看電視，其實一直專心聽著兩人這段毫無共識的對話。

「受害婦女也不是自願做這種事。實在是沒有辦法，只好在網路上凝聚共識。」

「但我認爲這麼做會造成很沉重的輿論壓力，而且把自己從前的私事拿出來在社會上炒作的做法實在有點沒品。」

「眞正沒品的是性騷擾的傢伙吧。」

佐久間一時語塞，默默苦笑。事實上佐久間的擔憂確實有道理。未來如果連性騷擾以外的事情也發展出「#MeToo」運動，很可能會演變成私刑文化。

在這個議題上，吾妻認爲「性騷擾問題」與「資訊迫害問題」不該混爲一談。瑞穗與佐久間無法達成共識，原因在於雙方聚焦的問題點不同。吾妻身爲一個負領導責任的主管，當然必須重視「性騷擾問題」；但既然在新聞媒體業界工作，「資訊迫害問題」當然也不能小覷。

如今網路已成爲都市基礎建設的一環，但民眾對於姓名遭公布的毀謗中傷及媒體誤報的警覺心依然太低。網路的匿名性一旦遭到惡用，資訊擴散速度及紀錄保存能力反而會成爲最可怕的武器，個人的人權可說是不堪一擊。

「要是從前做過的事情都要像這樣被挖出來清算，我們報社高層那些人可能沒一個有好下場。吾妻哥，你說是吧？」

佐久間向吾妻露出求援的笑容。「這麼說也有道理。」吾妻撫摸著鬍子，一副置身事外。

「報社的職場環境實在太古板了。都什麼時代了，員工男女比例還差那麼多。」

吾妻默默喝著啤酒，漫不經心地看著電視畫面，並沒有參與爭辯。節目中的美容師聲淚俱下地訴說著過去的悲慘遭遇，但在吾妻心中留下深刻印象的卻是那一頭亮棕色直髮。若仔細看，會發現髮梢似乎受損嚴重。

畫面一變，鏡頭轉到攝影棚內。節目邀請的律師開始說明性騷擾的定義，其中穿插了一些特別來賓的插科打諢。吾妻打了個呵欠，繼續將柿種塞進嘴裡。

「大家辛苦了……」

門口的方向忽然傳來了說話聲。吾妻急忙轉頭一看，大門竟然被打開了，門口站著一位意外的訪客。吾妻吃驚地抬起沉重的身軀。

「安田哥……」

2

豐田PRIUS靜靜行駛在夜晚的國道上，有如在冰上滑行。

十二月的一天正邁入尾聲，街道飄盪著寒意與靜謐的氛圍。吾妻看著身穿大衣、手握方向盤的安田隆，內心不禁感慨時光飛逝。

當年吾妻來到《近畿新報》應徵工作，安田正是複試的面試官。內定錄取後，當時擔任社會部主編的安田在一場餐會上向吾妻說了一句話，令他永生難忘。

「到頭來組織還是得靠像你這樣的人來維持。」

同時期進報社的記者共十五人，不論男女都帶有獨自的特色。「我想當犯罪事件的記者」、「我想在體育賽事的最前線進行採訪」……餐會上每個新人都大談理想抱負，唯獨吾妻縮起魁梧的身子，低著頭默默喝著啤酒。

有著熊一般體格但性格溫厚和善的吾妻，在職場上人見人愛。但吾妻一直很自卑，因爲跟那些人相比，自己並沒有特別突出的長才。正因爲吾妻抱持著如此心態，安田這句話更是令吾妻感銘肺腑。當年那些一起進公司的新人，如今走得剩一半左右。所有職員中，只有吾妻會跟已經離職的前同事保持聯絡。

「安田哥，謝謝你這麼累還特地送我回家。」

吾妻低頭道謝，安田搖了搖頭，笑著說道：

「今天我見了不少老朋友，碰巧來到這附近，臨走前想到你在上岡當主編。」

去年吾妻才驚覺自己的年紀已經跟安田當年擔任面試官時相同，今年這位大恩人卻準備要辦理退休了。安田說他今天一整天東奔西跑，就是要向多年來的消息提供者道別及致謝。

燈號由紅轉綠，安田一面踩下油門，一面無奈地說道：「報社現在正値多事之秋，我卻要離開了，想想實在有些過意不去。」

「這逆境不知道會持續到什麼時候。」

《近畿新報》在今年二月遭揭發造假醜聞，批評聲浪有如排山倒海般湧來，令這創刊超過百年的老字號報社搖搖欲墜。如今已過十個月，依然沒有脫離危機。

報社最高層直接下令提撥編輯預算，在萬眾矚目下成立調查報導小組「ＩＪ計畫」，沒想到開始運作後卻連調查方向題材也找不到，而且整個計畫實質上只有一名責任主編及一名記者在支撐。最後甚至遭網路新聞揭發醜聞，「出馬參選市長」及「肇逃案」皆假新聞。

一家擁有悠久歷史的報社，竟然會縱容記者利用假新聞教學網站提供的技巧，寫出一些子虛烏有的報導，光是這一點就足以引發社會全面撻伐。報紙的發行量及廣告贊助當然大幅縮水，導致工會也只得同意凍結定期調薪制度並且大幅刪減獎勵津貼。

雖然報社已委託律師及報導作家成立第三方委員會，定期公布詳細的會議紀錄，但在這網路盛行的時代，要重新喚回失去的讀者是難如登天。

「吾妻，我記得你跟中島是同時期進公司？」

中島有一郎正是「ＩＪ計畫」的主編。醜聞爆發後，吾妻數次嘗試聯絡，但到目前爲止不僅電話打不通，寄電子郵件也沒收到回信。與中島一同遭到解雇處分的記者桐野弘同樣音訊全無。

「不曉得他現在在做什麼。」

「似乎沒有搬家，也沒聽到離婚的消息……但也沒聽說他找到了什麼新工作。」

吾妻還記得當年在那場內定錄取者的餐會上，還是學生的中島眉飛色舞地說著「想要以地方報記者的身分對自己的故鄉有更深的瞭解」。當時在場的大多數新人都是在全國報的徵試中遭到淘汰才進入這種地方報，唯獨中島打從一開始就抱著與他人不同的志向。

「或許是一年兩百萬的預算壓力把他壓垮了。」

「他其實相當認眞，那幾篇關於地方經濟的連載就寫得很好，還讓他獲得社長獎。」

「後來還出了書呢。今年一月的時候，我相信連中島也沒想到自己會淪落到這個下場吧。人生眞是禍福難測。」

吾妻重重嘆了口氣。安田一面向右轉動方向盤，點頭同意。

「主編的工作做得還習慣嗎？」安田換了話題且微微抬高了音量。

「說不上來。」吾妻歪著腦袋道：「不過其他同時期進公司的同事，每次喝了酒就會大喊『這工作會悶死人』，我倒是沒這種感覺。我很喜歡看那些一同打拚的後進同事逐漸成長。」

「吾妻，像你這種人不論到哪裡工作都能吃得開吧。」

「但我不像其他記者擁有『不輸給他人』的專長。」

「其實這也算是一種優點。」

「安田哥，你坐在辦公室裡時，會不會有一種想要到事件現場進行採訪的衝動？」

「我的年紀太大了。」安田笑著將車子停在停止線前，又說：「話說回來，我最近倒是聽到了一個有趣的消息。」

「噢……？」吾妻傻裡傻氣地應了一聲。

安田有好一會沒有說話，似乎是在整理思緒，半晌才道：

「我是旅日韓國人的第二代，這你應該知道吧？」

「嗯，我知道。」

「前陣子，我看見電視上在播關於安大成的特集。」

「安大成？好令人懷念的名字。」

安大成是泡沫經濟時期的風雲人物，素有「地下社會的帝王」之稱，在財政界擁有雄厚人脈。同爲旅日韓國人第二代的安田竟然會說出這個名字，吸引了吾妻的興趣。

「我記得他曾經在審判過程中逃亡？」

「沒錯，他以『想到韓國參加親戚喪禮』爲藉口，取得特別出境許可，到了韓國卻突然生病住院，不久後就從醫院裡消失了。」

安大成在韓國神祕失蹤，竟回到日本躲藏，還幹下其它經濟犯罪。最後他在東京的飯店裡遭到逮捕，並遭法院判處徒刑。

「他現在應該在韓國，不是嗎？」

「照理來說應該是吧。他服刑到一半就被遣送回韓國，特別居留資格也被取消了。」

「照理來說？」

「前陣子有電視節目播出安大成在日本國內遭人目擊的特集。」

「有這種事，我竟然不知道。」

「安大成是我的親戚。」

吾妻驚訝得說不出話來，好一會後才含糊說道：「原來如此……」

「如今我要退休了，加上跟安大成是親戚，我希望以這個大人物當作退休前的最後一個採訪對象，但不知道他在哪裡。」

背後傳來喇叭聲，安田才察覺前方的燈號變了。車子再度往前行駛，吾妻才對安田來訪的目的恍然大悟。

「吾妻，你以前在文化部負責與電視臺聯繫，對吧？」

吾妻心想果然沒錯，於是直接了當地說道：「其中有幾個人，我到現在還是保持著聯絡。」

「我知道你很忙，但你願不願意撥空幫我打聽看看？」

一個當了幾十年記者的人，當然不可能毫無遺憾地說退休就退休。何況安田與赫赫有名的安大成是親戚，吾妻能夠理解他想要設法採訪到安大成的心情。何況當年安田在餐會上對吾妻說的那句話，讓吾妻多年來一直把安田視爲恩人。

「剛好我也正想到外頭跑一跑。」

吾妻說出了眞心話。「謝謝，我不會忘了你這個恩情。」安田低頭道謝。

安田這個人向來謙沖低調，如今年過花甲，性情依然沒變。吾妻聽了連連揮手。

車子抵達吾妻家公寓門口，正想打開副駕駛座車門，忽想到有件事得問清楚，於是道：

「啊，對了。我想先看看那個以安大成當主題的節目特集。請問那節目叫什麼名稱？」

安田正關掉警示燈，嘴角漾起微笑道：

「『萬事通新聞』，聽說是個綜藝節目。」

3

那雙指節突出的粗獷手掌竟然能如此靈活，吾妻不由得暗中佩服。

戴著黑框眼鏡的男人將包著高級外橫膈膜牛肉的萵苣塞進嘴裡，心滿意足地頻頻點頭。
「對了，我不久前才跟『吱吱嘎嘎』（註）的內田一起吃過燒肉呢。」
「你跟他一起作節目？」
「星期天早上的『太陽迴旋曲』。」辻義昭說，拿起啤酒杯。
「吱吱嘎嘎」是某大型搞笑藝人經紀公司旗下的兩人組，爲新生代搞笑藝人，本來在關西發展，數年前轉移戰場至東京。兩人組的搞笑藝人通常是一人負責裝傻，另一人負責吐槽。「吱吱嘎嘎」裡負責裝傻的那一個由於表演風格鮮明逗趣，近來獨自登臺亮相的機會越來越多，更成了網路新聞的常客。剛剛辻義昭提到的內田，是負責吐槽的那一個。
「那一次可眞不得了。原本只是演藝人員與節目製作團隊在錄完節目後舉行的慶功宴，內田那傢伙喝了酒之後卻開始發酒瘋，胡亂找經紀公司的後進藝人麻煩。」
「哇，在現在這種時代幹這種事，眞不要命了。」
「內田那傢伙長得不差，到東京發展之前，『吱吱嘎嘎』一直是靠他那張臉在維持人氣，但最近他的搭檔突然竄紅，兩人收入相差太大，他當然不高興。節目的收視率也是慘不忍睹。」
辻發出自嘲的笑聲，拿著夾子把鐵網上的肉塊一一翻面。
「搞笑藝人年輕時還能靠長得帥受小孩子歡迎，但過三十歲，表演不夠有趣，終究會遭淘

註：「吱吱嘎嘎」原文作「ドデスカデン」，原意爲形容電車在軌道上行駛的狀聲詞。

汰。內田自己應該也很清楚。『太陽迴旋曲』因為是現場直播節目，畫面上還可以看到他，但如果是事先錄製的節目，他的部分大概都會被剪掉，觀眾搞不好不會發現他有上這個節目。」

大約十二年前，吾妻還在文化部負責採訪電視臺時，辻就製作出好幾個受歡迎的深夜綜藝節目。由於辻是在當地縣市出生長大，吾妻曾在晚報上連載過關於他的職場生活。自那次連載之後，兩人就一直保持著聯絡。辻從以前就是個每天從早到晚都把自己關在編輯室裡，很少回家的男人，如今他升格為製作人，不難想像他對著不長進的導播團隊破口大罵的畫面。

「而且內田也在受大麻毒害的演藝人員名單裡頭，他自己也知道演藝生涯不長了。不過他的經紀公司恐怕不會善罷干休。」

這個業界的「小道消息」總是會像這樣一傳十、十傳百。吾妻許久沒有跟業界裡的人相處，一方面有些招架不住，卻又有種懷念的感覺。

「唉，靠人氣吃飯的工作就是這麼悲哀。對了，你今天怎麼請我吃飯，眞不好意思。」

吾妻聽到辻這麼問，於是把話題轉到正題上。

「其實是想向你打聽一件事，是關於上方電視臺的『萬事通新聞』這個節目……」

辻是每朝電視臺的人，不在上方電視臺工作。但採訪的基本原則是「按部就班」，若不先掌握一定程度的內情，就算直接採訪核心人物也無法取得對方的信賴。

「噢，你說那個無聊透頂的節目嗎？」辻一臉興致索然，將兩片五花肉同時塞進嘴裡。「那根本只是把早上跟傍晚的時事節目內容拿來炒冷飯而已。企劃本身了無新意，來賓也很難搞。像上次那個性騷擾特集，實在讓人不敢恭維。性騷擾的定義這種老掉牙的議題，除非能玩出什麼別出心裁的花樣，否則根本不會有人想看。結果不出我所料，話題轉到了『男人在什麼樣的情況下會會錯意』。像這種內容，網路留言還比較生動有趣。」

以製作電視節目為職業的人，最討厭的東西不是網路，而是友臺的熱門節目。「萬事通新聞」這個節目近來收視率節節攀升，從上一季起，就超越了每朝電視臺的同時段節目。

「你要寫稿子介紹那個節目？」辻的臉上帶著不以為然的表情。吾妻慌忙否認：

「不是，我只是對上上星期的特集有點感興趣。」

「什麼特集？那節目的內容不都大同小異……」

「安大成。」

「噢，那個呀。那一集確實還不錯啦。」

近來掀起一股回顧泡沫經濟時期的風潮，這個節目選擇安大成作為主題，或許正是看準這一點。節目一開始先秀了一段影片，標題為「最後的超級調停人　安大成」。

在泡沫經濟的時代，地價受東京奧運影響而持續上揚，股價也因長期只漲不跌而遭揶揄為「官訂價格」。影片中先分析現在的經濟狀況與泡沫經濟時期的共通點，接著開始回顧泡沫經濟時期最具代表性人物安大成的所作所為。這一集的內容有深度，與之前的性騷擾特集截然不同。

「那一集製作了不少影片，從『票據連開事件』到『井庄事件』都有。」

「那次他們的收視率確實不錯。雖然我不是很想稱讚他們，但那次確實是我們輸了。」

「但最驚人的還是最後那一段。安大成偷偷來到日本，節目製作團隊差一點就見到他了。」

這句試探性的發言是今天的重頭戲。只要能從辻的口中取得一些內幕，與上方電視臺的內部人員接觸時就有機會套出更多內幕。

「噢，你說最後那一段呀……我總覺得有些蹊蹺。」

「蹊蹺？」

「總覺得有點『安排』得太好了……畢竟我們的專長是製作節目，不是挖新聞。當然在製作特殊節目的時候，可能會找調查能力較強的節目企劃，但要發現安大成的行蹤畢竟十分困難。那一集最後眞的發現安大成行蹤，我總覺得這樣的『安排』有些太完美了。」

辻不時沉吟，說得相當謹愼，似乎是依據親身經驗作出的評論。

「這麼說起來，我也覺得有點太巧。而且影片從頭到尾只出現過疑似安大成的人物背影。」

「沒錯，節目中說他們發現安大成藏身在一棟綜合商業大樓裡，但前去採訪時安大成剛好走了，這未免太巧。你等等，我打聽一下那節目的企劃是誰。」

辻從公事包內取出一臺平板電腦，在畫面上輕觸數下。

「吾妻，你想採訪安大成？」

「嗯，其實是從前對我有恩的上司找我幫忙。」

「我能體會，上班族就是這點讓人吃不消……啊，來了！」

辻聯絡的對象回傳了訊息，他再次拿起平板電腦碰觸畫面。

「啊！原來是香山！」

辻的口氣有些亢奮，似乎發現不尋常事態。他粗魯的手指在畫面上滑動的速度越來越快。

「香山是節目企劃的名字？」

「是啊，就是這傢伙。」

辻將平板電腦朝著吾妻的方向傾斜。吾妻一看，畫面上是一張ＰＤＦ格式的節目製作團隊一覽表，看起來似乎是內部資料。編劇・企劃欄上寫著「香山久男」這個名字。

「我們電視臺每天傍晚都有時事節目，你應該知道吧？大約半年前，那個節目爲千田醫院的案子製作了特集。」

位於滋賀縣的千田醫院，大約一年半前發生八名住院病患相繼死亡的離奇凶殺案。根據警方調查，受害者的點滴裡都被人倒入消毒劑。直到今天，凶手身分依然成謎。

「關於凶手的身分，社會上有著各式各樣的臆測。節目在製作特集的時候，鎖定一個在案情曝光後不久從千田醫院辦理出院的男人。」

吾妻身爲報社主編，每天一定會閱讀所有全國性報紙及週刊雜誌，但從不曾看過「千田醫院案的凶嫌是住院病患」這種說法。

辻接著解釋，那個時事節目指稱該名涉嫌重大的男子曾與兩名受害者住在同一間病房，因爲晚上關燈時間及其它生活瑣事而與受害者發生過爭執。該名涉嫌男子曾經是排名十名內的日本職業拳擊手，當他看到節目製作團隊的攝影機時，態度粗暴，表現出強烈的怒意，但對於犯行既不肯定也不否定。

「我從來不曾讀過關於這個住院男子的新聞報導。你們每朝電視臺播出那個節目後，各大新聞媒體沒有趕緊向你們詢問詳情？」吾妻問道。

「完全沒有，不過那一集的收視率很好。那不是我直接負責的節目，詳細情況我也不是很清楚，但聽說節目團隊原本打算針對那個前職業拳擊手的嫌疑，製作後續追蹤特集。」

「原本打算？你的意思是後續追蹤特集並沒有播出？」

「是啊。這個涉嫌重大的男子，節目裡稱他爲A男，據說這個A男還打過輕量級的日本冠軍挑戰賽，但有拳擊迷主張根本沒有這號人物。那些拳擊迷向日本拳擊協會求證，協會還爲此打電話到我們電視臺來詢問詳情。自從發生這件事，電視臺內部也開始覺得有些可疑。」

「節目畫面上出現A男的時候，應該經過馬賽克處理吧？」

「是啊，聲音也經過加工。但一個打過冠軍挑戰賽的拳擊手，拳擊迷不可能認不出來，對吧？何況日本的拳擊館大多經營得很辛苦，如果有拳擊手能夠打到挑戰賽，拳擊迷一定會對那場比賽留下深刻印象。」

「這麼說來，那個A男的前職業拳擊手身分根本是假的？」

「不，他好像眞的有職業拳擊手執照，但根本沒打過挑戰賽，是個只能打六回合賽的三流拳擊手。後來節目團隊的解釋是『A男搞錯了』。」

「這也太離譜了。當時那一集的節目企劃，就是由那個香山負責？」

「沒錯，聽說高層對這件事展開內部調查，但接著就沒了下文，我也不清楚後來怎麼了。」

倘若辻的質疑都是眞的，那個時事節目以杜撰的內容來處理一樁犧牲八條人命的案子，手法未免太過惡劣。更令人難以置信的是「萬事通新聞」的節目企劃竟然是同一人。

吾妻喝了一口威士忌蘇打，心裡對香山的心態不敢苟同。比起虛假內容遭揭穿的風險，竟然更重視節目內容有不有趣，這種膽大妄爲的作法太可怕了。

「你等等，我記得有人把那一集放到YouTube上了……」

辻繼續操作起平板電腦，此時吾妻已隱隱感覺到除了安大成的行蹤，自己又多了另一件需要調查的事情。

「有了，就是這個。抱歉，我先去打一通電話。」

辻將平板電腦交給吾妻，拿著手機匆匆離席。吾妻從提包取出耳機插入耳機孔。

每朝電視臺於傍晚播出時事節目。男主持人說完「請看影片」，畫面瞬間切換爲一個矮小男人的背影。那男人的打扮相當休閒，只穿著一件T恤配上棉質長褲。攝影鏡頭追趕上去，男人一看見攝影機，立即破口大罵。男人的臉上加了馬賽克，看不出長相，而且聲音加工後變得尖銳又可笑，但依然可以清楚感覺到怒意。畫面右上角的字幕寫著「調查陷入瓶頸的千田醫院案」及「節目直擊涉嫌重大的前職業拳擊手」。

影片簡單介紹案情，旁白接著道：「案發後，一名住院病患匆匆辦理出院，簡直像倉皇逃走。」吾妻的眼角餘光注意到YouTube的留言，上頭寫著「他是誰啊」、「竟然墮落到這個地步

（笑）」、「為什麼這傢伙沒被逮捕」等種種評論。這段影片的觀賞人數已超過三萬人。

隔了一段廣告，節目開始回顧這名前職業拳擊手的生平經歷。畫面上出現打上馬賽克的拳擊手時期照片，旁白提及他打過冠軍挑戰賽。根據說明，這名男子在冠軍挑戰賽中敗北，因罹患視網膜剝離而不得不結束職拳生涯。後來他做過餐廳廚師、推銷員等工作，但因為生性揮霍，欠下龐大債務。接著畫面上出現一名自稱與他共事過的匿名人物，指稱他「每次都為了逃債而失去工作」。吾妻看到這裡，清楚地感受到辻剛剛形容的「安排得太完美」的意思。

明明採訪活生生的人物，卻一點也沒有「眞實感」。就算是再怎麼平凡無奇的人生，記者在採訪的過程中，一定會接觸到一些新奇的部分。畢竟是素昧平生的人，生命中一定包含許多自己所不熟悉的經驗或知識，由此而產生強烈的「眞實感」。相較之下，這個前職業拳擊手逐漸走下坡的一生過於典型。當然電視節目為了「淺顯易懂」而刻意刪減枝節的作法向來為人詬病，但這名前職業拳擊手的情況顯然並沒有那麼單純。他的故事簡直就像是一片平坦的舞臺背景道具，一點也不眞實。

節目又介紹他在兩年前因「罹患肝病」而住進千田醫院，在裡頭鬧出不少糾紛，這部分的情節也顯得有些做作。

這節目有問題。直覺在吾妻心中越來越明顯。節目又播出一段採訪影片，畫面中的女性自稱在案發當時也是千田醫院的住院病患。這一瞬間，吾妻吃驚地觸摸了平板電腦。

就跟其他採訪者一樣，女性的五官打上了馬賽克，聲音也有加工。但是正因為如此，吾妻眼中的「共通點」變得更加明顯而不自然。

女人穿著強調胸部曲線的T恤，有一頭亮棕色直髮。吾妻看著受損嚴重的髮梢，聽著說話節奏與語尾特色，心跳不由得越來越劇烈。數天前才在總局的電視上見到同一個女人……

吾妻抬起頭，剛好看見辻拿著手機走回來。有如狂風巨浪般襲來的思緒，令眼前的景象彷彿失去了顏色。

聲稱住進千田醫院的女人，與「萬事通新聞」性騷擾特集的美容師多半是同一人……

4

採訪調查行動可分爲「動態」及「靜態」兩種。

「動態」如採訪當事人及向相關人士挖新聞，選項會因自己的行爲舉止產生變化，而查閱證據資料及整合原稿文章的過程則是屬於「靜態」。經驗不足的記者往往只著重於「動態」的努力，卻沒有察覺要讓文章或影像擁有說服力，「靜態」的硬功夫其實重要得多。

一打開自家公寓的信箱，吾妻看見一個厚重的信封袋朝著信箱門倒下。心中的預感在訴說著接下來將是「靜態」的時間。

自從妻子不在了，四房兩廳的公寓對獨居的吾妻來說實在太大些。吾妻在堆滿了餐具及寶特瓶的餐桌上找到了一點空隙，放下手中的A4茶褐色信封袋。四年前，妻子正是坐在這張餐桌旁的椅子上，作出變心的宣言。

當時吾妻是社會部裡負責教育新聞的主任記者，那個時期報社正絞盡腦汁想要拉攏以家庭爲單位的讀者群，因而規劃創辦《兒童新聞》。由於正值創刊時期，吾妻幾乎每天都忙得焦頭爛額。夫妻兩人結婚已歷八年，兩人都在工作，一直沒有孩子。雖然討論過是否該接受不孕症治療，但兩人都太忙，日子就在沒有結論的情況下一天天過去。

當聽到妻子說出「另結新歡」時，吾妻感覺腦袋一片空白。但夫妻關係早已有名無實，無法規劃共同的未來，這點吾妻也是心知肚明。不管在一起還分手，女人心中的感情一旦潰堤就再也無法阻擋。年近四旬的時候，吾妻學到這個教訓。

妻子並沒有提出分配財產的要求，只是毫無戀眷地搬出這個家。剛離婚的時候，吾妻還抱持著不能示弱的心態，直到《兒童新聞》的創刊計畫大致底定，又聽到前妻再婚的消息，吾妻才開始對獨居生活感到寂寞。但畢竟每天忙於採訪工作，雖然孤獨但也逐漸習以爲常。久而久之，即使坐在當年與前妻分手的餐桌旁吃飯，內心也不再有感觸。

自從接下安田託付的工作，吾妻幾乎每天都盡可能提早結束工作回家。若從與每朝電視臺的辻見面那天算起，今天是第十天。在這段期間，他一直想盡辦法要抓住某個人物的「把柄」。今天收到這份寄件人不明的信封袋，多半就是自己要的答案。

洗了手，倒了一杯加冰塊的威士忌。接著拿著信封袋走進客廳，慢條斯理地坐在地板上，以暖桌的蓋被蓋住膝蓋，拿起剪刀，小心翼翼地剪開封口，取出裡頭的東西。信封袋的內容物包含一大疊影印紙，以及一片沒有標示的ＤＶＤ。除此之外沒有寫給吾妻的信箋或便條紙，可見得寄件人心中有多麼恐懼與不悅。

這段日子裡，吾妻一直糾纏著上方電視臺公關部裡一個姓河合的人物。原本河合是在廣播單位工作，當年還待在文化部負責聯繫廣播單位時，寫過幾篇由河合擔任導播的廣播節目相關報導。其中一篇是廣播開播前的宣傳文，但那次的節目在最後一刻突然遭到撤換，登了宣傳報導卻沒有廣播節目，導致報社必須特地刊登訂正啓事。

河合這個人個性輕佻，是典型的電視媒體人，說話只有三分可信度。他當時向吾妻拍胸脯保證「一定會想辦法補償」，但最後當然不了了之。這一次每天早晚都纏著他不放，直到投降答應幫忙爲止，這個相隔十年的人情債才一筆勾銷。雖說隨著年紀增長，吾妻越來越覺得這世間很狹小，當得知河合在電視節目製作單位時曾與香山共事，還是不禁慶幸自己的運氣不錯。

「拜託你別報這件事。」河合低頭懇求。「你別想太多，我的目的只是要找人。」吾妻溫言安撫，軟硬兼施，交給河合一張「需要的資料清單」。

吾妻喝了一口威士忌，先從信封袋裡那一疊資料中找出了香山的個人履歷資料。這也是當初列在清單裡的其中一項。

一九八二年出生和歌山縣。當地高中畢業後立志成爲演員，加入大阪的小規模劇團「電晶體同盟」。劇團逐漸打響名氣，觀眾越來越多，香山也在二十五歲前後升格爲正式公演的主角。但在一場東京公演，某核心局（註）節目製作人看上資歷較淺的劇團新進演員谷垣徹。

「谷垣……」

吾妻回想起總局的瑞穗說過很喜歡谷垣徹。沒想到香山跟谷垣竟然待過同一個劇團，這點讓吾妻著實吃驚。但掌握這個前提後，吾妻感覺對香山這個人有了一定程度的理解。

原本平鋪直敘的履歷紀錄中間突然空了幾行，插入河合自己的說明文字。

——「電晶體同盟」在當時是關西地區竄紅速度很快的娛樂性劇團，加上那個時代的節目企劃不像現在審查那麼嚴格，我曾經把一個節目交給他們負責。但收視率非常糟，只做一季就停了。我到現在依然記得很清楚，在某一次的殺青酒會上，香山突然找起谷垣的麻煩，一下子說「你的演技太假」，一下子說「跟你同臺眞是丟臉」。我看香山一副凶神惡煞的表情，擔心鬧出事情，趕緊把他們的座位分開。如今我有時候跟阿谷一起喝酒，還是會想起這樁往事。

谷垣現在算是大牌演員，而河合離開節目製作單位已多年，吾妻實在不太相信這兩個人現在還會一起喝酒。但河合轉述的那兩句香山的話，不知爲何讓吾妻有一種身歷其境的逼眞感。

香山經常刻意爲難谷垣，又常對劇團內的女演員性騷擾，逐漸在劇團內遭到孤立。三十歲那年，香山決定離開劇團。但他只在東京打拚兩年就回到家鄉，並在某個關西媒體人的介紹下成爲節目企劃人員，從此有機會出入電視臺。雖然難以求證他在東京的那兩年做了些什麼事，但既然決定返回家鄉，多半是一事無成。

由於香山有很多創意點子，調查蒐證的能力也不差，一下子就受到電視臺及節目製作公司導播的青睞。加上他有演戲經驗，能夠設身處地爲參加節目的演藝人員著想，因此不過短短三年時間，他就成了一肩扛起數個節目的當紅節目企劃。

吾妻將香山的履歷資料重新又讀了一遍，對於河合記憶中香山對谷垣說「跟你同臺眞是丟臉」這句話總是耿耿於懷。以結果來看，香山跟谷垣各自在不同領域展露頭角，但香山一發現當年超越自己的劇團後輩惹出風波，立即在自己的節目中安排宛如落井下石的特集……

身爲一名記者，吾妻接觸過的犯罪事件多如牛毛，相當清楚嫉妒及執著往往會成爲犯罪的動機。但電視節目是一種需要龐大團隊支撐的傳播媒體，就算只是三十分鐘的深夜綜藝節目，也不可能任由香山一個人爲所欲爲。

接著吾妻拿起另一份以迴紋針夾住的資料。上頭的文字是印刷體，寫著「分科會筆記」，底下羅列出節目製作團隊的人員名單。包含主任導播，共五名導播及兩名助理導播，企劃編排人員包含香山在內共四人。吾妻雖然對電視節目製作不甚了解，卻也知道需要呈現出畫面的電視節目在製作上很費功夫。光靠這幾個人要製作出每個星期的節目，肯定十分吃力。更何況每一名成員手上大概都有好幾個節目兼顧。很多人批評電視節目素質一年比一年差，恆常性的人力不足正是

註：「核心局」（キー局）爲日本電視及電臺廣播業界的術語。在電視方面，指電視聯播網中位於東京的主要電視臺，如日本電視臺、朝日電視臺、TBS電視臺等等。

主因之一。

而所謂的「分科會」，簡單來說就是製作團隊的內部會議，討論細節包含企劃內容、調查對象、拍攝手法、美術設計等等。

仔細一讀，原來性騷擾特集並非原本預定。剛開始，企劃主題是討論演藝人員的婚外情。後來是因爲「#MeToo」運動開始受到日本國內媒體的關注，製作團隊臨時決定將主題改爲性騷擾。但值得注意，就算是原本的婚外情主題，谷垣也在批判的對象名單之中，這點令吾妻總覺得事情並不單純。打開桌爐上的筆記型電腦試著搜尋，果然沒有查到任何週刊雜誌或體育影視報紙報導過谷垣的婚外情緋聞。

看完分科會筆記，吾妻忍不住嘆一口氣。會議中討論的內容相當多，包含企劃內容的推演、採訪對象、各種美術道具的點子，甚至連大字報的安排方式也討論得一清二楚，偏偏就是完全沒提到聲稱曾遭谷垣性騷擾的美容師。若不是有不能留下文字證據的理由，就是河合刻意把可能成爲把柄的內容刪掉了。至於泡沫經濟特集，河合甚至沒提供分科會筆記。

另外有一疊特別厚的資料，那是性騷擾特集與泡沫經濟特集的節目腳本，裡頭並沒什麼特別引人注意之處。吾妻不禁感覺期待有些落空，他起身又倒一杯威士忌，接著取來紙筆，將目前想到準備用來詰問的問題一一寫下。過程中清楚感覺到自己的目的不再只是單純的「找人」了。

剩下還沒有過目的資料，只有那片沒有標記的ＤＶＤ。吾妻取來外接式ＤＶＤ機，接上筆記型電腦。電腦自動播放起了ＤＶＤ。仔細一看，原來是「萬事通新聞」性騷擾特集的影像檔。但其中並不包含攝影棚內錄製的部分，只是把數段解說影片以粗糙的手法串聯在一起，既沒有旁白也沒有字幕。簡單來說，就是還沒有加工的素材影像。訊息都是關於谷垣的性騷擾惡行，但全都是新聞媒體報過的內容，毫無新鮮感，就算拿來當成娛樂也太過枯燥。畫面上方角落標示著影像時間長度，秒以下的數字飛快閃動，更是帶來莫名的焦躁感。

吾妻手指伸向筆電的觸控板，打算將影像快轉。就在這時，畫面突然改變，出現一個坐在椅子上的女人。吾妻只看一眼，便認出「那個女人」。

將影像暫停，接著操縱智慧型手機，將自己拜託辻傳送過來的那張「女性住院病患」照片顯示在畫面上。心裡很清楚這只是多此一舉，還是將手機畫面湊向筆記型電腦的畫面。一經比對，兩人果然是同一人。

原本在腦海裡如薄霧般無法成形的臆測，如今獲得證實。身爲一介記者，吾妻的內心不禁有股莫名感慨。原本是上司突然委託的工作，意外地爲自己帶來一條獨家新聞。吾妻完全忘了自己是主編，趕緊翻開便條紙的另一面，寫下這條新聞要出現在報紙版面上至少需要具備的條件。

這個女人到底是誰……？

影片中的女人一把鼻涕一把眼淚地描述遭到性騷擾的過程，吾妻不禁毛骨悚然。扮演美容師，她自稱三十多歲；扮演住院病患，她自稱四十多歲。她的話當然不足當證據。實在無法理解香山怎敢明目張膽地幹出這種接近詐騙的行徑。難道受到來自導播或其他高層人物的壓力？

採訪女人的影片結束，畫面微微變暗，接著開始播放泡沫經濟特集的影片。剛開始十分鐘，是由財經記者針對泡沫經濟時期的社會狀況進行一番毫無特色的概述。接下來，鏡頭轉換到某一家餐廳的店內。背景是一扇有著格狀窗櫺的木窗，前方有一張頗大的桌子，桌邊坐著一名中年男人。男人穿著一件薄博的尼龍休閒外套，姿勢有些駝背，臉上氣色很差。

吾妻一看店內裝潢，便猜到是節目團隊前往韓國錄製的影片。在泡沫經濟特集中，節目製作團隊找出安大成的行蹤，大老遠前往韓國首爾進行採訪。但實際在電視上播出的時候，男人臉上加了馬賽克，可見得這也是尚未加工處理的影片。

店內充塞著嘈雜聲響，男人朝著攝影鏡頭旁邊的方向輕輕點頭，露出微笑，說起話。

「克雷索、母歐亞希、伊亞奇哈面丘亞？」

發音聽起來應該是韓語，只是不知道意思。男人笑容滿面，談話氣氛融洽。他是以「安大成的友人」的身分在節目中亮相，原本的韓語會被製作團隊以日語配音覆蓋。證詞大致上是「安大成非常不滿，因爲他說在日本還有一些事情沒辦完」。但吾妻仔細聆聽男人口中的韓語，發現他完全沒有提到「安大成」這個名字。

內心正充滿懷疑，下一秒聽見令人難以置信的聲音。吾妻趕緊操縱觸控板，將影像時間往回拉，並且將音量開到最大。正因爲不懂韓語，更感覺聲音清晰可辨，有如一滴紅色顏料滴在黑白的水墨畫上。

「歡迎光臨。」

這顯然是日語。嗓音聽起來是年輕女性，而且咬字精確，應該是日本人。下一秒，又聽見一聲「請問有幾位」。吾妻不禁緊緊揪住頭髮，宛如凍結般僵直不動。

原來節目製作團隊根本沒有派人到韓國採訪。

他們到底撒了多少謊？既然全是假的，安大成偷偷回到日本的消息及攝影機拍到的背影當然也毫無可信度。看來「萬事通新聞」的製作團隊早把捏造假消息當成家常便飯。

這種程度的謊言，已無法用「節目效果」當作藉口。他們以謊話連篇的證詞來陷害一個知名演員，又拿著毫不相關的陌生人背影聲稱「他就是地下經濟界的大人物」。這種掛羊頭賣狗肉的行爲，徹底違背了公共傳播媒體業者的職業道德。

這個節目在名義上只是「綜藝節目」而非「時事節目」，但不能成爲脫罪的理由。最好的前車之鑑，就是十年前某家準核心局電視臺的當紅綜藝節目，因捏造數據而引起輿論撻伐。當時鬧得沸沸揚揚，不僅電視臺一度遭「日本民間放送聯盟」除名，總務省還下達了行政命令。

如此視職業道德爲無物，令吾妻一時因驚訝而天旋地轉。但另一方面，《近畿新報》也發生過刊登假新聞的醜聞。自己身爲《近畿新報》的記者，立場上難以對這種捏造手法大肆批判。

電腦螢幕上的影片中，一名身材壯碩、理著光頭的男人走進一棟綜合商業大樓。接著攝影機慢條斯理地往前移動幾步，影像突然中斷，下一個畫面已進入大樓內部。鏡頭轉向窗邊，拍了幾段窗外的景色，影片到此結束。攝影師根本沒認眞追趕節目中聲稱「就是安大成」的光頭男人。

當然這絕對不會是香山的個人行爲，節目的導播跟助導必定是一丘之貉。吾妻不禁感慨，他們製作節目的理念到底是什麼？

想要拿起酒杯時，手機突然震動。一看來電者是辻。吾妻心想他在這時候打來，正好逼問他知不知道關於那女人的線索。

「啊！吾妻！」

辻的口氣顯得慌張。還沒有詢問詳情，他就按捺不住地大喊：

「那個谷垣……那個明星谷垣徹……拿刀子刺傷了香山！」

5

像這樣一大清早等著採訪對象出現，不知有幾年沒幹了。

還不到上午八點，吾妻來到了大阪市內某棟公寓附近。一抵達現場，第一件事便是尋找藏身地點。如果是晚上，還可以躲藏在陰暗角落，但在大白天要持續待在同一個地方而不引起注意，其實很困難。

如果能夠找到一家便利商店或咖啡廳待著，當然再好不過，但不可能每次都這麼好運。吾妻最後只能在尚未開店的通訊行門口附近走來走去。抬頭望一眼天空，那灰茫茫的顏色不禁令人心情鬱悶。吾妻拿起連接智慧型手機的耳機，塞進耳裡。

四十歲後，吾妻不知不覺養成以radiko網路平臺聽ＡＭ廣播的習慣。年輕時不曾想過大人閒話家常的廣播節目會讓自己覺得很有趣。如今廣播節目成爲忙碌生活中放鬆心情的工具。

關西地區最著名的清晨節目主持人挑出了幾則早報上的重要新聞，正在說著個人看法。吾妻聽著熟悉的男人說話聲，思緒不知不覺被工作佔據。

昨晚接到辻的電話，是在接近十一點。由於案發地點在大阪市內的馬路上，不在《近畿新報》的採訪範圍。作為採訪據點的記者俱樂部裡並沒有《近畿新報》派駐的記者，因此若要以正常手法進行採訪，對自己不利。就算打電話向轄區警署詢問詳情，也只會聽見永遠不會停止的等待鈴聲。而且提供消息的辻是每朝電視臺的人，這意味著就算報了這新聞也不可能是獨家報導。關於案情的部分，目前只知道香山並沒有死。

保險起見，吾妻事先聯絡了社會部。果然不出所料，值班主編的反應冷淡。畢竟傷害案的發生地點在大阪，而且谷垣與香山對《近畿新報》而言並非縣內人士，最後報社內部採取的方針是先跟共同通訊社聯絡，等待發布消息。

吾妻此時刻意將上方電視臺與每朝電視臺涉嫌在節目中捏造假消息一事瞞著不說，打算等傷害案吸引社會大眾的目光，再一口氣推出獨家報導。大阪地區的各大新聞媒體業者在收到警方的新聞稿，一定會紛紛著手調查谷垣刺傷香山的動機。如今吾妻在這條新聞上佔了先機，然而一旦各大全國報紙派駐於大阪地區記者俱樂部內的記者同時展開調查，馬上就會超越吾妻的進度。

來得及推出獨家報導的時間，大概只到今天的晚報。如果運氣好，或許到明天的早報還來得及。在這短短的時間裡，須掌握電視節目捏造消息的證據，總共寫出三篇原稿——分別是陳述概要的「本記」、探討背景的「雜感」，以及剖析問題本質的「解說」。

昨晚小睡片刻，吾妻立即在今天清晨爲三篇原稿寫出大致草稿，接著便驅車前往上岡總局。值大夜班的記者看見主編一大清早走進辦公室，驚訝地瞪大眼睛。吾妻取來當天所有早報，竟發現還沒有一家報紙報出了谷垣刺傷香山的消息。每隔三十分鐘，吾妻就檢查一次Yahoo新聞及Twitter上的即時搜索訊息。但顯然整個社會都還不知道發生這件事。

吾妻一方面爲自己的幸運暗自竊喜，又驚訝於這次新聞媒體動作太慢。從傷害案遭人發現到現在過了將近十小時，消息竟然還沒有傳開，這到底是怎麼一回事？或許因爲嫌犯是大牌演員，所以警方在蒐證上特別謹愼小心。既然掌握不到最新消息，吾妻明白再怎麼臆測也是無濟於事，於是看了一眼手表，決定把心思放在接下來該做的事情。

如果要在今天的晚報刊登這則獨家新聞，爲了避免臨時抽換新聞造成作業上的混亂，最晚必須在上午十一點前進行交涉，請編排人員在版面上將位置空出來。若再考慮到動作比傳統媒體更快的網路新聞，現在是分秒必爭。

吾妻在公寓外站了約一小時，看著「目標對象」以外的居民一個個走出公寓大門，內心越來越焦躁不安。由於公寓面對著大馬路，自己在附近徘徊應該不至於驚動警察，但很可能已經引起周圍住戶的疑竇。考慮過直接走過去按對講機，但最後還是覺得太過冒險。畢竟對話時的距離太遠，難以期待對方會願意認眞回答問題。如果對方產生戒心，一直躲著不出來，就弄巧成拙了。最好的辦法，還是跟對方當面交談，設法突破心防。

拿出手機一查，傷害案的消息還是沒傳開。一顆心七上八下。自己事先寫好的草稿，都是以傷害案已經在社會上傳開爲前提。如果繼續無聲無息，原稿就得全部修正，改成只報導捏造消息的內容了。而且傷害案沒傳開，自己的獨家報導也就變得沒必要趕在今天晚報發布。

吾妻心裡有股衝動，想要立即打開筆記型電腦，寫出另外一個版本的草稿。雖然每天都在處理新聞，但每一則新聞都會隨著時間而產生新面相。再怎麼經驗豐富的記者，還是常常會爲了不知該以何種觀點報導新聞而迷惘與苦惱。

吾妻抬頭望向前方的公寓，剛好看到一樓大廳的自動門開啓，一對男女走出來。站在馬路對面的吾妻一見到男人的臉，發出一聲輕呼。他趕緊取出手機，點開了保存在手機內的照片。這張照片是從男人任職的節目製作公司官方網站下載的。這對男女若是要前往車站，勢必得穿越這條馬路，因此吾妻只是沿著與兩人相同的方向前進，最後守在行人穿越道的前端。

燈號一變，那對男女果然走了過來。吾妻近距離看見那女人，驚訝得目瞪口呆。

她不就是在接受採訪時作僞證的那個女人嗎？

她曾經以美容師的身分，聲稱遭谷垣性騷擾；曾經以住院病患的身分，指證那名前職業拳擊手在醫院裡與人發生過爭執。沒錯，就是她。原來她跟這名導播是同夥……吾妻的內心既驚訝又興奮，這代表自己逼近內幕的核心。

接下來是最重要的關鍵……

吾妻一臉微笑往前踏出一步，擋住男人去路。

「請問你是和泉理先生嗎？」

身材矮小的男人皺起眉頭，沒有回答。資料上看來他比吾妻還大兩歲，但一頭理著削邊髮型的黑髮，讓他看起來彷彿只有三十幾歲。女人躲在和泉的身後，表情跟和泉如出一轍。

「敝姓吾妻，是《近畿新報》的記者。」

吾妻客客氣氣地遞上名片，和泉反射性地伸手接過。

「關於你執導的電視節目，我想請教你幾個問題。」

「等等……你怎麼知道我家在這裡？」

「這個嘛，畢竟我是靠這個吃飯。和泉先生，你也在傳播業界工作，應該很熟悉才對。」

吾妻給了個含糊的答案。和泉與女人對看一眼，愣愣地站著不動。

「隔壁這位小姐，我也有幾句話想問。我這麼說，你們能猜到我今天前來打擾的用意吧？」

穿黑色大衣的女人不敢與吾妻四目相交，立即低下了頭。

「你知道她是誰嗎？」和泉問道。

上方電視臺河合給的資料裡，其實只有和泉的住家地址。直到現在吾妻依然不知道這名女子叫什麼名字。但就像其他大部分的記者一樣，吾妻懂得虛張聲勢的技巧。

「有時是千田醫院的住院病患，有時又是被大牌演員看上的美容師。」吾妻笑著道。

和泉聽了充滿譏諷的回答，冷冷吐口氣，扔下一句「我沒什麼話可以跟你說」，便想從吾妻的身旁走過。

「我陪你們走到車站。」

吾妻緊緊跟在和泉身旁，但走沒多久便上氣不接下氣，像極度耗油的古老美國車。

「聽說你們跟擔任節目企劃的香山久男很熟？」

和泉跟女人皆默不作聲，只是快步前進。

「和泉先生，你執導的『萬事通新聞』眞是很有意思，如果內容都是事實就好了。」

和泉雙唇緊閉，毫不理會吾妻的挑釁。女人則彷彿隨時會掉下眼淚。

車站就在前方不遠處，能夠利用的時間已經所剩不多。吾妻決定賭一把，故意停下腳步，朝著前方縮著頭匆匆邁步的兩人背影喊道：

「我手上可是有加工前的影像檔！」

和泉停下了腳步，接著女人也停下腳步，兩人各自轉頭。

「我已經掌握了充分的證據，要怎麼寫這篇報導，全在我的一念之間。但我不是故意想找你們麻煩，我只是想知道你們爲什麼要做那種事。」

吾妻努力以眼神向和泉傳達自己的訴求。最後和泉似乎放棄抵抗，他微微點頭，指向路旁一家小麵包店。

6

麵包陳列架的後頭有一小塊非常狹窄的店內用餐區。

用餐區裡有一張兩人座的桌子及一張四人座的桌子，但一個客人也沒有。吾妻買了數塊麵包，點三杯熱咖啡，捧著托盤走向四人座的桌子。

如此狹窄的角落空間讓人感覺很不舒服，卻正適合用來談論接下來將要談的話題。

「以深夜節目來說，『萬事通新聞』的收視率很好，廣告贊助廠商似乎也不少呢。」

服務生送上熱咖啡後，吾妻故意捧了和泉幾句當作寒暄。

「深夜的綜藝節目本來就是我們電視臺的強項。」

和泉表情僵硬，回答也很短。

吾妻又掏出一張名片遞給和泉身邊的女人，女人默默低頭鞠躬接下名片。吾妻詢問姓名，她有氣無力地回答「矢野」。吾妻問她漢字怎麼寫，她說「就是最常見的那兩個字」，舉起手指在空中寫出來。吾妻又問年齡、職業及全名，她只說「今年三十歲」，另外兩個問題無可奉告。

「請問你掌握的那些消息，都是誰告訴你的。」

和泉見矢野在吾妻的追問下有些不知所措，故意提出問題，吸引注意。

「其實我原本想追安大成，上司對這號人物很感興趣，想盡辦法要採訪他。我在協助上司的過程中，查出『萬事通新聞』的節目企劃是由香川擔任……」

吾妻巧妙地轉了話題，避免說出消息提供者的身分。接著提到每朝電視臺傍晚的時事節目，並告知關於千田醫院的內容，每朝電視臺已展開內部調查。

「那個節目認爲某前職業拳擊手涉嫌重大，但內容總讓人覺得太簡單明快。該怎麼說呢……

缺少一點活人的眞實感。影片裡的人物都打上馬賽克，但我取得加工前的影片，確認長相。當然，包含矢野小姐。」

矢野一口咖啡也沒喝，只是一直低著頭不說話。吾妻藉由說出自己掌握的證據，截斷和泉及矢野的退路。

「我也拿到『萬事通新聞』的加工前影片，證實矢野小姐在不同的影片裡分別扮演不同角色。和泉先生，你應該很清楚這不是一個單純的綜藝節目。」

和泉點點頭，吾妻接著道：

「谷垣徹的其它性騷擾指控，我不清楚眞僞，但至少矢野小姐的證詞都是假的，對吧？」

矢野朝和泉瞥了一眼，彷彿徵求許可，才低聲回答：「嗯。」

「醫院謀殺案的凶嫌是個前拳擊手，那也是假的吧？」

「……嗯。」

吾妻成功取得當事人的證詞，氣勢大增，說起話來也更伶牙俐齒。

「我說過那個節目不是單純的綜藝節目，矢野小姐的證詞很可能已經觸法，道德上也有嚴重瑕疵。性騷擾的證詞讓谷垣徹名譽嚴重受損，千田醫院案更是涉及八條人命的重大案件。」

矢野臉色慘白，吾妻每說一句話，她就點一次頭。或許她是在受到第三者警告，才眞正感受到問題嚴重性。

「到底是誰要妳作那些僞證？」

「香山。」

一旁的和泉想也不想地回答。吾妻察覺他的態度有些古怪，於是以眼神示意繼續說。

「她最近才跟香山分手。那些事情都不是她自願做的。」

和泉擺出一副護花使者的姿態，吾妻冷冷地說：「能不能說得更具體些？」

但和泉並沒進一步解釋香山與矢野的關係，而是開始抱怨連連——現在這個時代，視聽環境及網路娛樂媒體皆變得極爲多樣化，但電視臺因爲組織過於龐大而難以順應現實的變化。整體業界每況愈下，偏偏收視率這個舊時代的指標依然受到重視。

「如果以從前的標準來看，現在的節目預算簡直是一場笑話。明明錢變少了，對成果的要求一點也沒有降低。『萬事通新聞』還算是受到重視，至少在攝影棚內有自己的場地，也還能邀請一些比較像樣的來賓。電視臺那些人口口聲聲說沒錢，但內部人事成本高得嚇人，跟我們這種下游製作公司給的薪水天差地遠。」

「嗯，有些電視臺職員的薪水眞的很誇張。」

吾妻故意誇張地贊同和泉的主張。和泉似乎覺得心情舒坦些，表情不再那麼緊繃。

「資金不足，看電視的人越來越少，上頭對節目內容的限制又越來越嚴格。老實說，我們已經被逼上絕路了。」

「我記得『萬事通新聞』兩年前就開始了。這段期間你們一直以這種手法製作節目？」

「不，節目正式開播前，我們已經積了不少內容，所以一直製作得很順利。直到半年前以貧困爲主題的特集，我們才開始用不正常的手法。那一次我們要求一個從事色情行業的小姐在接受採訪時依照我們提供的臺詞說話，其實她是不缺錢的女大學生，但我們要她裝成窮苦學生。」

每朝電視臺播放千田醫院那一集，恰巧也是在半年前。吾妻迅速在心中筆記。

「介紹貴婦那一集，我們請有錢的太太故意把奢華的生活說得誇張一些；介紹地下偶像（註）團體的那一集，我們請當偶像的女孩子把聽來的陪睡謠言說成是現身經歷。有了漂亮的收視率，不僅在電視臺裡有面子，也能接到更多工作。我們就這麼慢慢失去了分寸……」

和泉一口氣說完這些話，拿起咖啡喝一口。

吾妻很清楚這些只是和泉的片面之詞，卻沒有辦法嗤之以鼻。

因爲《近畿新報》的「IJ計畫」也是類似狀況。和泉的話，與中島的自白是如出一轍。剛開始只是想解決燃眉之急，但造假就像吸毒，久而久之難以自拔。

「介紹泡沫經濟及安大成的那一集，你們根本沒派人去韓國？未加工的影片裡，我聽見店員說了一句『歡迎光臨』。」

「是啊，那好像只是一家京都的韓國料理餐廳。」

和泉浮現自嘲的微笑。他用了「好像」這個字眼，聽起來就像是垂死的掙扎。

註：地下偶像（地下アイドル）指的是一些媒體曝光度不高，主要靠在小型場地開演唱會、販賣CD及周邊商品賺取收入的偶像團體。

「使用不實配音的手法，十年前引起騷動的準核心局也幹過。你們在編輯影片的時候，難道沒有想到後果？」

「當然想過，但那時沒有退路了。」

「電視臺內部的導播應該知情吧？」

「嗯，主任導播是知道的。」

「製作人不知道？」

「可能也隱約察覺了吧……」

和泉停頓了一下，朝身旁的矢野瞥一眼，接著道：

「畢竟香山那傢伙很危險的傳聞已經滿天飛了……」

「很危險是他的企劃都有問題？」

「嗯，但他最後總是能把節目做得有模有樣，創下不錯的收視率。節目製作是一種與時間賽跑的工作，原本通過的企劃如果不用，很難在短時間內再做出另一檔。總之我們必須在有限時間裡製作出有趣的影片，就算是會惹上麻煩的做法，往往還是會睜一隻眼閉一隻眼。」

「但節目是團隊製作出來的東西，就算香山再怎麼危險，總不可能一個人決定一切吧？」

「當然我也得負起很大的責任。」

吾妻的話中雖然帶有指責和泉之意，卻也如履薄冰。

當遇上「好不容易爭取到頭條版面」或是「底下記者在截稿前一刻才交出原稿」等情況時，

自己可能也會不管三七二十一地把記者交上來的原稿直接送出。

不管是離開報社的中島還是自己，工作性質其實都跟眼前的和泉大同小異。

「我有很單純的疑惑，你們播出安大成那一集，各大新聞媒體難道沒向你們追問詳情？」

「完全沒有。但我畢竟不是電視臺的人，不清楚詳情。」

基於自尊心作祟，新聞媒體或許不太願意向綜藝節目製作單位打聽消息。但採訪安大成這個舉動畢竟非同小可，新聞媒體竟然完全視而不見，這或許意味著新聞媒體打從一開始就認爲那個綜藝節目有造假嫌疑。但明知可能造假卻又沒有追究，理由或許就在和泉剛剛提到的「電視臺的組織實在太過龐大」。

「所有的內容都是假的。千田醫院那一集的前拳擊手，根本也不是什麼住院病患，香山只是花三萬圓請那個人來演戲。」

矢野突然自暴自棄地說出了這段話。和泉憂心忡忡地朝她望一眼。

「抱歉，我想問個涉及隱私的問題……妳跟香山在一起的時間很長嗎？」

「唔……當年他還在當演員時，我是他的戲迷。開始交往後，我跟他分分合合了好幾次。說穿了就是只有在他需要我的時候，我才是他的女朋友。後來他要到東京發展，我跟他徹底分手了，但三年前他回到關西，又跟我聯絡……不知不覺又恢復了男女朋友的關係。」

「從妳剛剛的話聽來，你們最近又分手了？」

「性騷擾那件事讓我對他徹底絕望了。谷垣畢竟跟香山曾是同一個劇團的夥伴，雖然谷垣應該不認得我，但從前他還在劇團裡時，我跟他說過幾次話。陷害他讓我良心不安，而且覺得香山跟我實在很窩囊……」

「她不想再幹這種事，來問我該怎麼辦才好。」

今天早上吾妻親眼目睹兩人走出同一棟公寓。顯然原本應該只是徵求意見及提供意見的兩個人，竟然意亂情迷了。這兩人毫無節操的性格令吾妻感到可笑。

「以前的香山稱不上是個好人，至少對戲劇有一份堅持。但自從他離開劇團前往東京又回來後，簡直像變了一個人。」

和泉代替臉色慘白的矢野滔滔不絕地說起來。

「聽說香山在東京那段期間，半吊子的知名度反而讓他找不到工作。而且……我不想說他的壞話，但他的頭髮明顯變得稀疏了。畢竟演員是一種靠外貌吃飯的工作，禿頭是嚴重的問題，相信他應該也很焦急吧。」

說起來這也算是演藝人員的悲哀。吾妻點了點頭，但心裡並不特別同情。

「聽說香山在東京混不下去的那段日子，他曾經用匿名寫一些謊話連篇的報導文章來維持生計。這件事我也是最近才知道。」

「你指像前陣子引發爭議的資訊統整網站？」

「是啊，聽說他寫的大部分都是沒有經過求證的演藝新聞。」

不久前有一個關於醫療及健康資訊的資訊統整網站被人發現包含大量錯誤資訊，引起不小的騷動，吾妻也是記憶猶新。如果香山眞的幹過類似的事，這次的影片造假事件恐怕只是那些行爲的延伸而已。

一個胡亂製作影片來消費社會事件的節目製作團隊，以及一群在有限的節目時間裡胡亂說些評語來撐場面的節目來賓。吾妻這十天裡常思考著一個問題——這些人製作節目的目的到底是什麼？不過這或許就是「大眾媒體」的本質。只是廣泛涉獵，不深入探討。電視節目的基本策略，就像是撒出一張薄薄的漁網，指望釣到大魚。相反地，專精且具深度的節目製作就像撒出厚厚的漁網，但製作這種艱澀的節目不可能撈得到名爲「收視率」的大魚。

對這些人而言，安大成就像是傳說中的神祕動物「槌蛇」，存在本身就足以吸引世人目光。至於經濟制度上的瑕疵，在他們的眼裡一點也不重要。

「#MeToo」運動也一樣，男女機會不均及片面證詞的危險性等探討本質的問題都只會被一語帶過，大部分時間都圍繞著「誰被誰做了什麼」的腥羶話題。

「香山先生的事情，你們應該都聽說了吧？」吾妻說道。

和泉朝身旁的矢野瞥了一眼，小心翼翼地說了一聲「嗯」。

「我認爲矢野小姐在節目採訪中作了僞證，正是引發這起傷害案件的動機，針對這點你們有什麼看法？」

「……傷害案件？」

「是啊，谷垣刺傷了香山，你們沒聽說嗎？」

「那個……」和泉語帶遲疑，臉上卻帶著淡淡的微笑。吾妻心生疑竇，沒繼續說話，只是靜靜地等著。

「谷垣刺傷香山的消息，你是什麼時候聽說的？」和泉問。

「昨天深夜。」

「噢，那是假的。」

「假的？」

「那其實是香山放出來的假消息。聽說他故意刺傷自己，住進醫院，但沒有生命危險。至於谷垣，聽說他昨天為了練習舞臺劇，一整晚都待在東京呢。」

吾妻一聽到這句話，登時嚇出一身冷汗。

昨天晚上如果值班主編提出要求，或許自己已經把寫好的稿子送出去了。

剛剛才對和泉及矢野說了那麼多批評及譴責，沒想到自己也差點鑄下誤報的大錯。原本指向電視節目的矛頭突然反過來指著自己的咽喉，吾妻一時之間啞口無言。

「抱歉，我上班快遲到了。」

和泉起身說道。吾妻這時才回過了神。

「這件事你是非寫不可了，對吧？」和泉的臉上帶著羞愧之色。

吾妻只簡單回了一句「應該吧」。

「剛剛我問你消息是哪裡得來的，你雖然沒說，但我已經大概猜到了。」

和泉露出了試探性的眼神，吾妻只當作沒看見。一想到接下來上方電視臺的內部可能會有一波揪出洩密者的行動，吾妻便心情沉重。身爲記者必須盡全力保護消息提供者的安全，即便是河合那種輕浮的男人，如果因幫助了自己而令他蒙受其害，還是有些過意不去。

「我一聽到你是《近畿新報》的人，馬上就猜到了。聽說香山待在東京的那段時期，受了你們《近畿新報》很多照顧呢。」

「待在東京的那段時期？」

和泉見吾妻一臉錯愕，也露出納悶的表情道：

「咦？我猜錯了嗎？香山跟我提過好幾次，當時有個《近畿新報》東京分社的大人物給了他很多幫助。」

7

吾妻走下陡峻的樓梯，來到總局外。夜色中正飄著細雪。

原本有些擔心皮夾克濕掉，幸好馬上攔到一輛計程車。將龐大的身軀擠進後座，說出目的地。自車窗往外看，雪花在風中上下翻飛。吾妻不禁回想起那天也是下雪，白天一直下到傍晚。

與和泉他們分開後，吾妻立即打電話至社會部，告知香山的傷害事件很可能是假消息。到了下午，共同通訊社發布新聞，證實香山受傷純屬自殘。於是吾妻將報導縮小爲「準核心局節目造假問題」，重新寫出三份草稿。接下來，只剩取得上方電視臺及每朝電視臺針對此新聞的正式回應。不過吾妻並沒有把這三份草稿的事告訴任何人。當然，這是有理由的。

結束早上的採訪，吾妻回到總局，第一件事便是調閱從前的社報。就在和泉說出香山與《近畿新報》東京分社的關係頗爲親近的那一瞬間，一個模糊的記憶浮現腦海。走到編輯室樓上的事務辦公室，調出了六年前的社報檔案，確認其中的人事異動消息。吾妻找到了那則公告，確認模糊記憶並沒出錯，全身微微顫抖。

轉調單位：東京分社　職稱：分社長　姓名：安田隆

不知不覺已過了晚上九點。一想到早報的內容將會引發的效應，心情就沒有辦法放鬆。但此時的心態已不像早上採訪時那麼焦躁。一來原稿完成，二來吾妻滿腦子正在想著一件與報紙版面無關的事。

在社報上看見安田這個名字的瞬間，心頭萌生一股說不上來的預感。兩星期前的那天晚上，當吾妻坐在安田駕駛的豐田PRIUS車上時，完全沒有預料到未來將面臨這樣的狀況。

吾妻並沒有把這個獨家新聞告訴社內任何人，正是因爲察覺到預感背後的內幕。當然像那種惡質的造假節目，有必要將其惡行惡狀公諸於世，但是……

計程車在鬧區內停下，吾妻付錢下車，走上一棟綜合商業大樓的階梯，打開指定的店門。

這是一家老舊的爵士酒吧，總共七個吧檯座位。吾妻沒脫下皮夾克，只是愣愣地站在門口不動。早一步來到店內的安田吐了一口香菸的煙霧，對著吾妻舉起夾著香菸的手掌。

除了安田，店內一個客人也沒有。

「真是冷門的一家店。」

吾妻依然沒有脫下皮夾克，只是朝著坐在內側座位的安田露出笑容。走過去坐在旁邊。

環顧店內景象，總覺得過於寒酸冷清，吾妻不禁納悶。簡直像是小劇團的舞臺布置，吧檯的後面竟然只是一片什麼也沒有的狹小空間。牆上的壁紙嚴重剝落，明明有貼過膠帶的痕跡，牆面上卻連一張海報也沒有。吧檯後方深處有一座酒棚，但上頭酒瓶少得可憐。

「嚇一跳吧？」

「完全沒有客人呢。」

「當然沒客人，這家店早就關門了。」

「早就關門了？意思是已經打烊，還是……」

「一個月前結束營業。這家店從八〇年代就開了，算撐了很久。」

安田將旁邊一個玻璃酒杯遞給吾妻，拿起藍標Johnnie Walker酒瓶，往杯裡倒酒。

「沒有冰塊，將就點喝吧。」

吾妻道了謝，喝了一小口杯裡的威士忌。一股火燙的熱流穿過喉嚨，接著便感覺到一陣高雅的酒香貫穿鼻腔。

「這麼說來，我們算闖空門？」

「別誤會，這棟大樓的持有人是我的老朋友，我事先徵求過他的同意。今天你打電話給我，我一直在思該約在什麼地方比較有趣。」

「安田哥，突然打電話給你，眞是不好意思。」

吾妻稍微做出鞠躬道歉的樣子，接著拿出離開總局前印出的「本記」草稿，放在吧檯上。

「今天找你出來，是想談談你要我幫忙的那件事。」

安田拿起原稿讀了一遍，只是淡淡說了一句「你挖到了獨家新聞呢」。

「讓人不禁感慨，簡直像是只要內容有趣，其它什麼都不用管了。」吾妻說道。

「這就是所謂的『後眞相』文化吧。」

「『大眾媒體』本身就是一種舊時代的觀念，節目製作單位的處境確實令人同情。爲了追求『簡單易懂』，不知不覺產生了『先決定結果再反推出過程』的節目製作風氣。」

「電視節目的本質就是『消費』。你所重視的『眞假』根本無關緊要，重點只在於『是否簡單易懂』及『有不有趣』。製作團隊一來必須在極短的時間裡爲一件事情作出結論，二來必須拚命爲沒耐性的觀眾尋找新鮮玩具。」

「沒錯，就像是在尋找新鮮玩具。」

吾妻故意誇張地附和，窺望安田的臉色。但這個滿頭銀髮的老紳士還是一樣泰然自若，彷彿什麼也沒聽見。

「不過我們也沒資格說別人。報紙不也是舊時代的『大眾媒體』嗎？明明受到再販賣價格維持制度保護，享有稅率減免而飽受社會批評，卻還是經營得這麼辛苦，只能說時代眞的在變。」

「不管是這次的電視節目造假事件，還是我們自己社內的假新聞風波，最根本的原因還是日本的新聞制度充滿了模糊地帶。安田哥，就像你說的，時代已經變了，這已經不是道德與良知能夠解決的問題。」

「正因爲我們是鬧出醜聞的報社，報出這件事才更具意義。你當然不會只寫了『本記』而已吧？我很期待讀你的『解說』呢。這會登在明天的早報上？」

「最後還有一點事實沒有求證。」

吾妻說完這句話，又取出了社報的影本，放在原稿上。

安田依然好整以暇地舉著酒杯，笑著說了一句「眞讓人懷念」，沒有一絲一毫的驚惶失措。

「安田哥，你在六年前曾被調到東京擔任分社長，對吧？」

「嗯，在東京待了兩年左右。」

「在我寫的這一則新聞裡，安排捏造假影片的節目企劃人員叫香山久男。安田哥，有人告訴我，你認識這個人，直到現在依然跟他保持著聯絡。」

安田並沒有回答這個問題，臉上依然帶著淡定的微笑，只是把視線移到自己的酒杯上。

「香山這個人在節目中製作了關於安大成行蹤的假影片，而他剛好是安田哥的朋友。安田哥，這機率有多低？當然你我都很清楚，這世界上充斥著接近奇蹟的巧合，記者如果想太多，往往會被耍得團團轉。但是，安田哥，你一定知道香山現在在做節目企劃的工作，經常出入上方電視臺，對吧？既然如此，你要查安大成的行蹤，爲什麼不直接跟香山聯絡？」

沒有爵士樂的爵士酒吧裡一片死寂，與外頭的喧囂完全隔絕。驀然間，吾妻的提包裡響起了手機的震動聲。那聲音彷彿隱含著一種爲打破寂靜而感到過意不去的歉意。

一看來電者，赫然是上方電視臺的河合。

吾妻暗罵這通電話打來得眞不是時候，但很清楚這通電話非接不可。於是吾妻向安田道歉，拿著手機走出酒吧。

「啊！吾妻？」

河合的聲音還是一樣慌慌張張，令吾妻不禁露出苦笑。

「抱歉，這麼晚打給你。香山那件事，你不會報出來吧？」

「爲什麼不報？」

「但我發現事態比我原本想的還要嚴重。只要取得足夠的證據，我就會寫成新聞。」

「什麼爲什麼？是你自己說『只是想找人』……」

「不行！你當初明明答應過我！」

「答應你？我什麼時候答應你不寫這條新聞了？」

「吾妻，你太卑鄙了！我基於相互信賴關係，才答應提供消息給你！」

「我很感謝你提供消息，但電視臺製作節目的手法竟然如此惡劣，天底下有哪個記者會知情不報？何況現在香山的精神狀況非常不穩定，就算我不寫，記者俱樂部那些人遲早也會察覺。」

「能不能至少緩個一星期？」

吾妻想，此時如果直接了當地拒絕，上方電視臺可能會自行公布眞相。畢竟這件事如果變成《近畿新報》的獨家新聞，勢必會惹惱記者俱樂部裡的其它新聞媒體。而且自行決定要公布的眞相內容，主動召開記者會，受到的傷害也會比較小。

「我知道你們也有你們的苦衷……」吾妻適當安撫。

「你寫的原稿已經送出去了嗎？」

任職上方電視臺公關部的河合試探問道。吾妻故意停頓一下沒有回答。河合腦袋裡在想些什麼，吾妻瞭如指掌。一個收視率不錯的節目要被迫結束了……廣告贊助商一定會大發雷霆……《近畿新報》不過是區區地方報，或許有辦法攏絡……大概就是這些吧。

長年擔任記者的經驗，讓吾妻得到一個信條，那就是在提供消息給對方之前，應該想想能從對方身上挖到什麼消息。

「還沒有送出去。河合，說起來你也眞是走霉運。今後你們有什麼打算？要如何防止同樣的事情再發生？會不會懲處相關人員？」

吾妻巧妙地套出了一些消息，而且一直到掛斷電話爲止，完全沒有鬆口答應河合「不報這個新聞」。吾妻最後操作完手機，確認了手機畫面後，將手機放進皮夾克的口袋裡。

吾妻走回酒吧內，爲暫時離席一事道了歉，重新在安田的身旁坐下。

「電視臺的人？」

安田的直覺十分敏銳。吾妻只簡單應了一句「是啊」，拿起酒杯喝了一口。

「香山回到關西後，我曾跟他在這家店裡喝酒。」

安田突然「招供」，讓吾妻愣了一下，原本想好的問題霎時全忘光了。

「那時他就坐在你現在坐的位置，不停說著谷垣徹的壞話。」

「看來他眞的對谷垣徹恨之入骨。」

「男人的嫉妒比女人更可怕。『嫉妒』這個詞應該改成男字邊才對。我還記得他當時說了一句『廣告收入是演員的主要收入來源，所以要整那傢伙，最好的辦法就是打擊他的形象』。」

安田一副事不關己地說出這段話，令吾妻很不舒服。於是決定直接切入正題。

「安田哥，你怎麼跟香山認識的？」

「剛開始是做週刊雜誌的朋友告訴我『有個網路寫手寫了一大堆胡說八道的網路新聞』。那就是香山，我一查，得知他原本是關西一個小劇團的演員。這樣的資歷讓我覺得有意思。他的文章帶有太多空穴來風的成分，基本上任何一家出版社都不會採用，但在網路很受歡迎。」

「爲什麼安田哥會想要跟那種人往來？」

「因爲有趣。他是充滿野心的男人，個性非常貪婪，滿腦子只想著如何吸引世人的目光。最近報社裡可看不到像他這樣的人了。」

安田這幾句話一點也不具說服力，吾妻知道他隨口敷衍，於是搖頭說道：

「我總覺得沒那麼單純。安田哥，你應該打從一開始就想要利用他吧？」

「利用他？我要利用他做什麼？」

吾妻又從提包裡抽出了一張列印紙。

「這是四年前的一則網路新聞。上頭說安大成就躲在日本國內，當然這只是空穴來風的假新聞。香山在東京時寫的那些文章，就是發表在這個網路平臺上，這篇也是其中之一。但是當時的香山根本不可能想到要以安大成來炒作話題。安田哥，這是你出的主意吧？」

「眞了不起，連這種東西也找得到。」

「可惜當初這則網路新聞完全沒有引起社會上的話題。後來你得知香山在大阪成爲節目企劃，於是你打算用同樣的手法再幹一次。」

「你這個推論毫無邏輯可言，我有些摸不著頭緒。」

「安田哥，你的目的到底是什麼？」

安田毫不理會吾妻的詰問，自顧自地往自己的杯裡倒酒，看也沒看吾妻一眼。

「以下是我的臆測……有些人假如得知安大成回到了日本國內，應該會很緊張吧。畢竟在泡沫經濟時期，安大成的身邊或許有些人偷偷運走了大筆金錢卻沒有被抓到。」

安田撿起擱在菸灰缸旁的香菸叼在嘴裡。

「區區一個關西地區的綜藝節目製作安大成的特集，不可能在社會上引起騷動，這點你應該相當清楚。你眞正的目的，多半是讓報社報出節目造假的醜聞，引起社會關注。如此一來，其它報紙跟電視新聞都會爭相報導，安大成想不受到矚目也不行。」

「輿論聲音越大，形成的陰影也會越大。任何一個在新聞圈工作的人，都不能對這些沒有顏色的陰影視而不見。」

安田笑著吐出了一口煙霧。吾妻一時看不出他的如意算盤。

「你承認了？」

「吾妻，蒐證是記者的基本功夫，尤其是在現在的《近畿新報》，證據比什麼都重要。」

言下之意是沒有證據，他就不會承認。吾妻毫不掩飾不悅，大手揮散眼前的紫色煙霧。

「請告訴我，爲什麼來找我幫這個忙？我記得當年獲得內定錄取的餐會上，你對我說『組織得靠像我這樣的人來維持』。如今回想起來太諷刺了。那個綜藝節目利用社會事件來譁眾取寵，你又利用那個綜藝節目，你不覺得你的手法更惡劣嗎？你這麼做，等於成了不實報導的幫凶。」

「即使如此，你身爲記者，揭發不實報導的醜聞是你的職責。就算你的推論都是事實，我只是利用你來做這件事，你還是非做不可。」

吾妻長年來對安田的敬意，就在這一瞬間土崩瓦解。安田那張撕下僞善面具的臉孔令吾妻驚怒不已，但努力說服自己保持冷靜。

「安田哥，我猜你的背後應該是安大成在下指導棋吧？一般像你這種地位的人，退休後通常會在相關企業就職，但你沒這麼做。請你告訴我，你離開報社的理由是什麼？」

安田喝完了杯裡的酒，將香菸拿到菸灰缸裡捻熄。

「我再提醒你一次，對現在的《近畿新報》而言，揭發媒體的假消息問題具有重大意義。」

安田伸出手指，在Johnnie Walker酒瓶上彈了一下，起身將手掌搭在吾妻的肩頭。

「我很期待你寫的『解說』。」

接著安田露出彷彿結束一件工作的微笑，頭也不回地走向門口。吾妻只聽見安田的皮鞋聲緩緩遠去。

吾妻一個人發著愣，充分感受到飄盪在倒閉酒吧內的寂寥感。身旁既沒有男人大談不切實際的夢想，也沒有女人低聲吐露心中的祕密。

吾妻嘆口氣，將草稿與社報影本收回提包裡，接著從皮夾克口袋掏出手機湊到耳邊。

「喂……你都聽見了吧？他就是這樣的人……對，應該沒問題……好……就這樣吧。」

電話另一頭是個姓丸岡的男人，身分是網路新聞媒體《眞相新聞》的記者。當初《近畿新報》的假新聞風波，正是由他所揭發。

遭解雇的中島一直對吾妻避而不見，或許因爲他察覺吾妻是個「間諜」。等到一切眞相大白，那些同事臉上會露出什麼樣的失望表情？吾妻想像著那個畫面，微微顫抖。

電視節目的造假惡行，吾妻當然會在早報上揭發。即使這麼做等於幫助了幕後黑手安田，那也無所謂。吾妻的目標，只是徹底追查出安田與安大成的關係，並且把這些報社不敢刊登的新聞發表在《眞相新聞》上。

在吾妻眼裡，安田利用他人的手法過時得可笑。在現在這個時代，新聞寫手根本不必拘泥於特定媒體。依照自己的需求選擇不同發表媒體，才是「後大眾媒體時代」的主流作法。

這二十年來，吾妻一直在報社內尋求自己的存在價值。不斷捫心自問，身為一介新聞記者，自己能有什麼作為。鬱悶的日子一天天過去，察覺自己終究一事無成。直到現在這一刻，終於嘗到解放感。原來自己可以更自由自在地寫新聞。未來自己的分身將可以更大膽地挖掘眞相，不必再拘泥報社方針或職責區分。

吾妻脫下名為主編的面具，想像著那一片寬廣深邃的數位之海。那裡頭有著無窮無盡的訊息等著自己。讓記者掙脫鳥籠的最大功臣，正是媒體的多樣性。

吾妻將杯裡的威士忌純酒倒入胃袋中，在四壁蕭條的酒吧內冷眼環視。一想到未來數個小時後將發生的騷動，嘴角緩緩上揚。

扭曲的漣漪

——「創新（Innovation）」是資本主義經濟發展上不可或缺的條件。這是由經濟學家約瑟夫・熊彼得（Joseph Schumpeter）所提出的著名理論。您認爲泡沫經濟時代的「創新」是什麼？

創新？我只懂賺錢，不懂什麼叫創新。泡沫經濟的泡沫其實是外交局勢的副產物，與經濟無關。我不記得那個時代有什麼技術上的重大突破。總而言之，我當時滿腦子只想著如何把我經營的公司搞得風光體面。

——面對不景氣的時代，我們該抱持什麼樣的想法？

經濟是活的，不可能要怎樣就怎樣。所謂的不景氣，說穿就是「社會對現有的東西已經膩了」。但總是會有聰明的菁英人物陸續想出些新奇的東西。想跳得高，就得先穩穩站好腳步。如果原本就浮在半空中，想跳也跳不起來。踏在地上的時候不景氣，跳上天空就是好景氣了。

1

三反園邦雄在人潮推擠下走出展演廳。首先映入眼簾的是在摩天大樓另一端橫越天空的飛機。機體以藍天爲背景緩緩移動，尾翼上的ＪＡＬ標誌清晰可辨。三反園漫不經心地想著「原來這裡離機場這麼近」，取下滿是噁心汗水的圍巾。

「好多人呀。」

身邊的母親嘆了口氣。三反園點點頭，又解開大衣鈕扣。

兩人一同走下大阪城展演廳前的石階。放眼望去到處是旅行團導遊，各自拿著不同顏色的旗子，對著年長的遊客告知巴士出發時間。兩人一直走到噴水廣場附近，人群的密度稍微稀疏。

「那些人應該都坐在一樓吧。」母親菊乃不滿地咕噥道。

「沒想到我們的座位那麼遠，眞對不起。我看門票上寫第二排，還以爲是很好的座位呢。」

菊乃聽兒子三反園道歉，急忙搖頭說道：

「你別這麼說，我帶了雙筒望遠鏡，看得很清楚。光是能來到這裡，我已經很開心了。」

兩人剛剛看完一場以演歌爲主題的全國主要都市巡迴演場會。這場演唱會號稱一年一度的盛事，卡司陣容強大，從歷年知名演歌歌星到演歌界後起之秀全都登場。

三反園爲了取悅母親而買了價格最高的「ＳＳ席」門票，沒想到走進會場一看，座位竟然是在距離舞臺相當遙遠的二樓，頓時大感掃興。一樓中央有如相撲場地般的副舞臺周圍全是旅行團的觀眾，這種宛如排擠外人的氣氛象徵著演歌界的現況。

菊乃從兩年前開始喜歡上某個年輕的女性演歌歌手。三反園每次回到大阪老家，總是會聽母親聊起關於這名女歌手的事。母親有時強調「她跟自己一樣是姬路市人」，有時說她「吃了很多苦」。因此這次三反園利用遲來的年假，回老家帶母親來聽演唱會。三反園也很喜歡音樂，但參加演歌的演唱會還是生平第一次。

「她的歌喉很棒吧？」

「歌唱得好聽，人長得又美。不愧是演歌歌手，聲音好宏亮。」

「沒錯，聽得出來她下了很多苦功，所以我才想幫她加油。」

三反園原本以爲演歌的演唱會多半沒什麼人參加，沒想到會場擠進超過一萬名觀眾。不管是入場還是離場都很麻煩，尤其離場幾乎所有人都卡在門口附近動彈不得，擁擠得讓人呼吸困難。

「明天你要回東京了吧？」

「嗯，我也希望能夠多待幾天。」

「還是忙一點比較好。你都五十好幾了，要是遊手好閒，我這當母親的反而會煩惱。」

JR大阪城公園車站的前方聚集了一群老年人，大多穿著顏色樸素的長版羽絨外套。三反園與母親菊乃一同走上通往站內的階梯。這時，大衣口袋裡響起擾人的震動聲。拿起手機一看畫面，不禁暗自嘆口氣，將手機又放回口袋裡。

「應該是工作上的電話吧？不接嗎？」

「沒關係，不是什麼急事。」

三反園裝出若無其事，胸口卻煩悶不已。

搭乘環狀線電車前往大阪車站的期間，母子相鄰而坐，卻完全沒有對話。母親或許是有些疲累，望著窗外單調無味的景色發呆。三反園望著母親側臉，回想起小時候一件事。

三反園還在就讀國小低年級時，有一陣子住在母親位於兵庫縣姬路市的娘家。原本只是暑假期間回外婆家，沒想到就這麼長住下來。九月開學後，依然待在外婆家，讓外公、外婆及親戚照顧。十月接近尾聲時，三反園終於回到大阪。他依然記得很清楚，那年自己因爲錯過運動會，在班上被當成異類。

上大學後，三反園得知當年自己住在外婆家三個月，是因爲母親離家出走了。而且還是三反園陪父親喝酒的時候，父親一時說溜嘴。母親離家出走的理由，是父親在外頭有了女人。父親一生耿直木訥，三反園完全無法想像他犯下這樣的錯誤。因此在得知眞相之後，唯一反應是苦笑。但或許也正因爲父親太過耿直，犯錯後事態更難以收拾。

據說當時父親打算跟情婦住在一起，跟母親起了很大的爭執。後來兩人如何和解，如今恐怕只有母親知道。其實三反園心裡多少有些鬆了口氣，因爲這證明了平時說話精確得像機器的父親也是個有血有肉的活人。

五年前父親過世後，母親轉眼間瘦了不少。她處理喪禮及法事時表現平靜，但心裡或多或少還是不安。當時三反園剛好辭去報社工作，獨立創業，沒想到半年就傳出父親的噩耗。三反園是獨生子，那陣子卻因爲工作太忙而沒辦法陪在母親身邊，至今依然讓三反園十分內疚。

這兩年來，看著同鄉的年輕演歌歌手在演藝圈打拚，成了母親心靈的唯一慰藉。母親常說「一看電腦就頭昏眼花」，因此從來不用網路，每次都是兒子將演藝圈的訊息告訴母親。

「剛剛那電話，你眞的不回嗎？你別在意我，我能自己回去。」

兩人站在熙來攘往的JR大阪車站月臺上，母親突然這麼說。

「別擔心，我等等會回。現在要去哪裡？吃晚餐好像太早了。」

三反園看一眼手表，這時剛過下午三點。

「我有點累了，想回家休息。晚餐我來想辦法。」

於是兩人從離家最近的車站搭上計程車，回到位於大阪市內的老家。一進家門，三反園便走進只有三坪大的自己的房間。他取出手機，在畫面上點出來電紀錄。雖然心情沉重，但這畢竟不處理不行。更何況對方的心情多半比自己還沉重。

點起煤油暖爐後，三反園坐在書桌前，取出手機及電子錄音筆放在桌上。保險起見，又打開筆記型電腦。接著才以握著原子筆的手指按下畫面上的電話號碼。

電話鈴聲響兩聲，便聽見品川友彥那略顯得做作的低沉聲音。

「喂？」

「抱歉，品川先生。剛剛因爲一點私事，沒辦法接電話。」

三反園故意擠出開朗的聲音。平時習慣以關西腔說話，但一處理起公事就自動變成標準腔。

「沒關係，我不該在你放假的時候打來叨擾。你這幾天回了老家，是嗎？」

對方竟然把自己的行蹤掌握得一清二楚，三反園頓時心裡一股厭惡之情油然而生。但立即提醒要保持冷靜，不然就中了對方的詭計。

「我已經是五十多歲的老頭了，如果不偶而休息一下，馬上就會沒命。」

「堂堂《眞相新聞》總編輯，這麼說就太謙虛了。」

說出這句話的品川友彥，是綜合週刊雜誌中的霸主《文潮週刊》的總編輯。他的每一句話都隱隱流露出大出版社主管特有的自信，多半是刻意營造出的氣氛。三反園自己當年任職於《大日新聞》的時候，也曾經以身爲全國性報紙記者而自豪。

「令堂近來好嗎？」

品川毫無顧忌地談起三反園的私事。三反園相當清楚對方在打什麼如意算盤。

「非常好，我死的那一天，她大概還活著。品川先生，你最小的女兒最近要考高中，應該很辛苦吧？」

三反園反將了一軍，品川驀然陷入沉默，凝重的氣氛籠罩著兩人。

「現在是你休假，我不想打擾太久，直接進入正題吧。三反園先生，你們的『那個企劃』還在持續進行嗎？」

「『那個企劃』？你指哪個？」

三反園明知故問，品川乾笑了兩聲。

「說起『那個企劃』，當然就是你們《眞相新聞》的最新力作。」

「噢，你說的是友坂理惠那個嗎？」

不久前《眞相新聞》網站上有一個名爲〈找出比「女明星友坂理惠國二夏天長高六公分」更無聊的網路新聞〉的企劃，點閱率比原本預期要好得多。

電話另一頭又傳來品川的敷衍笑聲。

「不是、不是，雖然那個也不錯，但我說的是跟我們有關，更熱門的那個。」

「噢，你說『那個企劃』？」

最近這兩年，「婚外情報導」與「輿論批判」的共同效應成了大眾媒體的搖錢樹。原本「名人的性生活」就是具有經濟價值的資訊，但近年來社會大眾的熱衷程度幾乎已到病態。大家表面上都擺出一副「沒興趣」的嘴臉，私底下都喜歡把他人的私生活當成社群網站或茶餘飯後的話題。

《文潮週刊》有個手腕高明的王牌記者，過去連續揭發過好幾件名人婚外情的醜聞，在社會上引起了不小的話題。但這名記者自己也搞婚外情，被《眞相新聞》報了出來。《眞相新聞》在網站上公布這名記者的眞實姓名及照片，點閱率轉眼間一飛衝天。這名王牌記者在自己寫的婚外情報導中，總是喜歡嚴厲譴責這種行爲，如今他也犯了相同錯誤，頓時成爲人人喊打的過街老鼠，連帶讓《眞相新聞》的廣告收入增加了不少。

「最近我總覺得身邊不太平靜。」品川以試探性的口吻說道。

「像品川先生這麼知名的公眾人物，多少會有這種現象吧。」三反園隨口推託。

「好吧，那你們的後續企劃，進行得順利嗎？」

品川的聲音帶了點焦躁。

只要是具有影響力的出版社男性職員，當職位上升到了一定程度，就會被上司要求過「檢點生活」。品川就是最好的例子，如今他在家裡不僅是個好父親，而且是個守本分的丈夫。但一個有能力應付社會上各種牛鬼蛇神的綜合週刊雜誌總編輯，總不可能是個生涯完美無瑕的乖乖牌。

「三反園先生，你是不是正派人偷偷調查我或是其他《文潮》職員？」

這種開門見山的問法，實在不像是品川的風格。三反園心想，或許是頂頭上司要求他問個一清二楚吧。

「就算眞的有人在調查你們，也不見得是我們的記者。話說回來，結婚制度本身或許已經面臨了瓶頸。人活在這世上，想法多少會隨著時間改變，適合的對象當然也不會永遠相同。這種追求有始有終的作法，簡直就像是自己拿鎖鏈套在脖子上……」

「這個嘛，我只能說每個人有自己的價值觀。」

品川知道再問下去也是白費力氣，最後客客氣氣說一句「抱歉打擾你休息了」，便匆匆掛了電話。三反園拿起寶特瓶裝的綠茶喝了一口，輕輕吁了口氣。這次的應對還算差強人意。

特定人物的婚外情是否有新聞價值，這問題暫時擺一邊。至少《文潮週刊》確實投入金錢與勞力在挖掘這種新聞，這次《眞相新聞》的報導當然也基於相同立場。三反園正是抱著這種「在商言商」的心情，指揮手下針對婚外情進行調查。比起電視上的時事節目那種只會搶奪他人的努力成果，或是只會躲在安全的地方譁眾取寵的做法，三反園認爲自己的工作心態健全得多。

總而言之，網路新聞的立場，必須接納那些視出版業、電視臺等老媒體爲「垃圾」的所有大眾。如今《眞相新聞》要成爲一個理想中的新聞媒體，不管是讀者數還是資金都還嚴重不足。

三反園開啓了桌上的筆記型電腦，開始檢查測試版的報導文章。

品川這幾年謹言愼行，但十一年前曾讓有黑道背景的酒店小姐懷孕，鬧出不小騷動。

──《文潮週刊》總編輯品川有資格指揮屬下調查他人的婚外情？

三反園看著導讀文中以黑體字型呈現的話，不由得露出自虐的笑容，心裡暗想著「眞是多管閒事」。多虧技術高明的網頁工程師，文章中的照片發揮十足效果，版面的可讀性相當高。

檢查完原稿後，三反園打電話給寫出這篇原稿的記者。

「喂，我是三反園。這篇寫得不錯……對，謝謝。那就按照原訂計畫，今天晚上去採訪品川總編輯吧。」

2

節目中響起熟悉的旋律。男主持人歪著腦袋露出一臉不滿的神情，宣布進廣告。

三反園拿起遙控器關掉電視，編輯部內的記者陸陸續續走進會議室。會議室內空間不大，走進七個人便已極爲擁擠，更何況全都是男人，更是令人難熬。會議室裡沒有漂亮的圓桌，只有正中央擺著幾張靠在一起的長桌，顯得寒酸。記者們當然也沒固定座位，各自找地方坐下。

「網路上吵成了一片呢。」

有副總編輯頭銜的丸岡圭佑看著智慧型手機說。

今天凌晨六點，《眞相新聞》網站一發布揭露《文潮週刊》總編輯昔日醜聞的報導，立即登上Twitter搜尋排行榜第一名。一直到這天下午，依然位居「Yahoo新聞」的頭條新聞榜首。

三反園看著筆電螢幕上網頁瀏覽分析工具的畫面。如今有超過五千人正在瀏覽《眞相新聞》的頁面。光是今天一天，應該就會輕易突破兩百萬點閱率。

「這個月應該會超過五千萬吧？」

一名記者故意拍馬屁，三反園笑著道：「我們該感謝《文潮》。」

《眞相新聞》的平均月點閱率約三千五百萬左右，這個月應該可以刷新紀錄。點閱率增加，廣告收入當然會跟著增加。

打從一大早就有各大媒體記者打來要求採訪《眞相新聞》，但三反園全部婉拒，以事先決定好的制式說詞回應。要獲得高點閱率就勢必得罪人，但樹大招風無論如何必須避免。

剛剛電視上的時事節目也對這個新聞讚不絕口，但三反園很清楚電視節目那些人總是說翻臉就翻臉，絕對不能輕忽大意。

「好了，我們開始開會吧。」

三反園一聲令下，此起彼落的打字聲頓時止歇。這年頭筆記型電腦成爲開會時的必備工具。

每週一次的編輯會議，主要內容是研議題材及確認採訪調查狀況。

這天首先引起熱議的是Ｆ１賽車女郎是否該廢止的問題。像這種「我有話要說」型的主題，最容易在社群網站上引發討論。迎合網路上的論調，會議上決定派人採訪現任賽車女郎的生活模式，利用大量照片呈現出「有畫面」的報導。

「上次那個誤報的企劃，進行得怎麼樣了？」三反園問道。

兩名負責此企劃的記者依序作出回答。《眞相新聞》的七名記者中，只有丸岡是正職員工，其他六名都是簽約記者。今天有一名記者因爲採訪工作而缺席。

「實在太多了，如果不設定一些條件，根本沒完沒了。」

兩名負責的記者之中，年紀已超過三十歲的記者說道。

企劃宗旨在整理出一般性報紙及電視新聞中「沒有發表訂正啓事的誤報」，藉此對記者俱樂部體系下的新聞媒體的精確性提出質疑。

「越查越覺得以後新聞還是隨便看看就好，不能太當眞。」那名記者接著說。

「你說得太白了。」丸岡回應。會議室內頓時響起一陣笑聲。

「第二彈改成雜誌如何？誤報的嚴重程度可是報紙、電視不能比的。」

另一名負責這個企劃的年輕記者如此提議。

「或是把體育影視報跟晚報合在一起統計。」丸岡接著說。

「那乾脆連網路新聞的誤報也查一查吧。」

三反園這句玩笑話一出口，會議室內頓時出現了片刻的寂靜，甚至有人面面相覷。

坐在這會議室裡的記者，大多有一些不愉快的過去。事實上三反園自己也不例外。以寫新聞爲業的人，深知筆桿子比槍桿子更可怕的道理，一旦成爲他人筆下的批判對象，往往比一般人更不堪一擊。《文潮週刊》那個搞婚外情的記者正是最好的例子。每個人心裡都是戒愼恐懼，擔心自己被別人數落一句「你有什麼資格說別人」。

會議結束，眾人自動解散。編輯室裡只留下三反園與丸岡。

網路新聞也分成很多不同的類型，大型出版社經營的新聞網站有龐大資本與人脈，當然在社會上的曝光度也比較高。三反園經營的《眞相新聞》是獨立的網路新聞媒體，公司業務除了發表新聞報導，也提供網頁製作、外國新聞翻譯及演講等服務。辦公室位在東京都某綜合商業大樓的三至五樓，分成數個部門。由於幾乎只聘用專業職種，公司內部也不會出現人事異動。

「這陣子老是在幹些揭人瘡疤的事。」

丸岡一臉不耐煩。兩人獨處時，丸岡才會吐露這種眞心話。因爲三反園與丸岡都當過全國性報紙的記者，都是對現況不滿而離職。

在報社內工作，就像是在一個名爲職責區分的杯子裡玩著爭奪獨家新聞的把戲，每一季還得爲了達到業績標準而搞出一些企劃案。除非掌握到最上等的內幕，否則報社根本沒辦法撥出多少時間與預算在調查報導上。

三反園的理想，是跳出僵化的組織架構，在新聞大海裡縱情發揮所長。這段日子揭發專門在網路上作出歧視性發言的組織「德蘭」，丸岡也挖到《近畿新報》捏造新聞的獨家報導，這些都是展現記者實力的新聞。但即便在這類新聞耗費再多心血，點閱率也比不上「婚外情」。

「羅馬不是一天造成的，要有耐心。」

三反園雙手手掌放在後腦杓上，整個人仰靠著椅背。

曾有外國的研究發表指出，日本對「八卦新聞」的喜愛，是所有先進國家之最。對政治漠不關心及喜歡沒有結果的爭辯，可說是日本人自古以來的民族性。近年來就連上了年紀的大人們也開始只追求「輕鬆」與「休閒」。但三反園認爲正是因爲這個時代，容易被美好假象包圍，正確的新聞立場更彰顯出價值。

然而要實現這個理想，還是得先靠眼前的「八卦新聞」來壯大組織陣容。

「差不多該去討好老爹了。」

三反園無奈地說道。丸岡也噘著嘴搖了搖頭。

「老爹」是對「Yahoo」的俗稱。「Yahoo新聞」在日本的影響力驚人，甚至說網路新聞媒體的命運皆掌握在手中也不爲過。《眞相新聞》約三分之一的讀者閱讀發布在「Yahoo新聞」上的新聞，根本沒有進入《眞相新聞》自己的網站。其它網路新聞媒體的狀況大概也跟《眞相新聞》大同小異。各家網路新聞媒體都須卑微地寫信給「Yahoo新聞」的窗口負責人，以低得有如笑話般的金額賣出自家新聞。由於顧客群掌握在「Yahoo新聞」手上，各家業者除了依附之外沒有其它存活手段。

這年頭出版業景氣低迷，雜誌更是面臨市場縮小的危機。各大知名雜誌都開始發行網頁版，光靠紙本雜誌難以存活。每一家雜誌都在大量產出「Yahoo」偏愛，或者應該說大眾所喜歡的「輕鬆無壓力」休閒文章。

三反園爲自家的「沒有發表訂正啓事的誤報」寫著自薦信，內心湧起一股焦躁感。這五年來，自己爲了在網路新聞業界存活下來而忙得精疲力竭。當年三反園原本是在《大日新聞》東京本社的社會部擔任主編，後來受到當時的《眞相新聞》總編輯挖角而跳槽。三反園答應跳槽的理由之一，是心裡有著想要重回採訪最前線的衝動。但決定離開報社的最大動機，是認爲報紙這種媒體已無未來可言。

買報紙的人減少了，廣告單價大不如前，網路環境只能依附著「Yahoo」苟延殘喘，電子報的購讀人數一直不見起色。畢竟這是一個長年躲在名爲「權利」與「習慣」的溫室中產業，員工大多缺乏商業頭腦，如今那群人依然還住在與網路使用者相隔遙遠的宮殿。原本業界應該致力的方向是設法打破報社與報社的屏障，偏偏還有報社專門主打「販賣只能看A社新聞的平板電腦」或是「限定B社新聞十篇合購價〇百圓」這種倒行逆施的銷售策略。他們完全沒有察覺這些經營手法在主打「自由」與「免費」的勁敵面前多麼無力。

另一方面，三反園有時不禁懷念從前待的報社有的採訪能力，以及那些硬底子報導。三反園心目中的理想新聞網站，必須盡可能以免費或低廉的價格提供新聞，必須在嚴肅與輕鬆之間取得平衡，而且必須有優秀的時事分析能力。

三反園按下輸入鍵，結束這項討厭的工作，纖細手指按摩著眉心。原本就體格瘦削的三反園，這陣子雙頰凹陷的情況更嚴重了。

閉目養神時，手機震動起來。三反園下意識地拿起手機，一看上頭顯示的來電者姓名，不由得咬緊牙關。最近只要電話一響，就覺得心頭沉重。

「啊，打擾了，我是吾妻。」

吾妻裕樹的關西腔帶有莫名的霸氣。丸岡或許是從三反園的表情看出了端倪，以嘴型詢問：「吾妻？」三反園點了點頭，丸岡一臉歉意地低頭鞠躬。

「關於安田那篇文章，真的沒辦法用嗎？」

「這個嘛……可能還需要蒐集多一點證據。」

「但我手上有錄音檔。安田自己親口說了『就算你的推論都是事實，我只是利用你來做這件事，你還是非做不可』。」

「他確實是這麼說了，但仔細聽他說的話，他一開頭用了『就算』這種假設字眼，所以單憑這句話沒辦法當作證據。」

「當初可是丸岡先生跟我拍胸脯保證一定可行，我才冒了那麼大的風險。」

吾妻氣急敗壞地說道。三反園聽到「風險」兩字，差點笑了出來。一個連黑道組織都沒有採訪過的記者，竟然敢把「風險」掛在嘴邊。世界上那些在槍林彈雨中進行採訪的戰地記者，才是眞正的「冒風險」。

去年年底，《近織新報》揭發了兩家關西地區準核心局電視臺捏造節目內容的醜聞。節目製作單位的造假行徑不僅惡劣而且形成常態，例如他們利用馬賽克處理的盲點，讓同一個女人以不同的關係人身分多次接受採訪；又例如他們以日本國內錄製的影片僞裝成到韓國拍的影片，假借爲外國人加上日語配音的名義將含有日語的雜音掩蓋掉。

其中上方電視臺的綜藝節目更聲稱「有最後的調停人之稱的風雲人物安大成就潛藏在日本國

內」，播放了疑似含有安大成背影的影片，當然這一切都是子虛烏有的謊言。

當時在《近畿新報》擔任高階主管的安田隆，先慫恿節目企劃人員以這個假消息製作內容不實的影片，再誘導報社內的後進記者吾妻揭發這個醜聞——以上就是吾妻的推論。

爲了讓安田親口承認以上的推論，吾妻將他與安田的對話內容錄了下來，但這個圖謀嚴格說來並不算成功。從吾妻的態度可以很明顯感受到，他天眞地認爲網路媒體可以輕易公布報紙媒體不能採納的新聞原稿。

不過三反園雖然對吾妻的心態不以爲然，卻也不是不能理解他的感受。此時的吾妻就像是一隻籠中鳥，無法在工作中獲得滿足。

「安田這麼做的目的到底是什麼？」三反園問。

「我不是說過很多次了嗎？他想要讓社會大眾再度關注安大成這個人。」吾妻回答。

「爲什麼？」

「因爲……泡沫經濟時期，安大成的身邊應該有不少資金不翼而飛……啊，不過這不是我這篇報導的主旨……」

三反園聽吾妻說得籠統模糊，再次肯定他並沒有發現任何新內幕。

「我認爲眞相的部分還是應該要再充實一下。這麼好的題材只做半吊子，實在太可惜。」

三反園表面上稱讚，骨子裡卻是斬釘截鐵地拒絕。吾妻一時語塞，不知該說什麼。電視臺節目造假問題是他費盡千辛萬苦才挖到的獨家，卻沒引起多大的關注，想必讓他很不甘心。

切斷電話，丸岡再次低頭鞠躬，說一聲「抱歉」。當初原本是由他負責與吾妻應對，後來他自認爲應付不了吾妻，才在上個月把這個工作移交給三反園處理。

三反園若無其事地揮揮手，說了一聲「我出去一下」，取下吊衣架上的大衣。

3

計程車一抵達東京都內某大飯店，三反園立即前往頂樓的酒吧。

三反園告知服務生「等等再點餐」，獨自挑了靠窗的一人用圓背沙發坐下。在天色還未暗時來到這家能夠鳥瞰東京街景的酒吧，是三反園少得可憐的壓力排遣法之一。入夜前的酒吧顯得有些冷冷清清，正適合當作看書或沉思的場所。

今天三反園比約定早到三十分鐘，是想事先適應環境，免得等等在應對上無法保持平常心。

窗外放眼望去盡是建築物，完全看不到山巒。各種不同高度的大樓呈現不規則排列，令三反園的內心不由得產生詩情畫意的念頭。如果在這幅景色上畫出五線譜，不曉得能彈奏出什麼樣的音樂？三反園小時候學過鋼琴，一直到上了國中才放棄。這時算起來也有超過三十年沒碰過琴鍵了，今天竟將大樓想像成音符，實在不像平常的自己。

就在這時，手機響起了收到電子郵件的提示音。自從開始使用LINE之後，三反園幾乎不使用電子郵件。唯獨跟自己的母親，依然是以電子郵件保持聯絡。由於垃圾信件實在太多，沒發現母親的來信也常有。

——現在打電話　方便嗎？

母親或許是不曉得怎麼打逗號，經常以空格來代替。三反園雖然有些在意母親不知想說什麼，但是擔心等等講到一半對方突然出現，因此只簡單回了一句「採訪中，等等打」。

到約定時間的大約前五分鐘，一名身材矮小、滿頭銀髮的男人走進了酒吧內。三反園立即起身迎接，安田隆斯斯文文地行了一禮，將大衣與圍巾交給服務生。

「勞你大老遠趕來，真是抱歉。」

「請別這麼說，我上個月退休了，現在正閒得發慌呢。而且今天剛好有事來到東京。」

安田說著一口高尚優雅的關西腔，自然而然地坐在內側的沙發，那副大人物的架勢讓三反園不禁感慨剛剛電話裡的吾妻實在不會是這個人的對手。過去三反園只看過吾妻提供的照片，但實際的安田看起來比照片中更氣色紅潤且五官端正。

「讓我們爲第一次見面乾一杯吧。」

雖然天色還沒有黑，安田卻毫無顧忌地點一杯香檳。剛開始，是由三反園向安田解釋一些關於網路新聞的基本知識。服務生送上香檳後，安田突然切入正題：

「你在電話中跟我提過，吾妻似乎給你添了些麻煩？」

「請別誤會，不是嚴重的事情，我只是想要確認一下而已。」

「簡單來說就是吾妻認爲我把上方電視臺節目的事情告訴他，請他幫忙尋找安大成，這一切都是我的陰謀？」

「他倒是沒有使用陰謀這種字眼。」

當初三反園透過丸岡取得吾妻的原稿，但一讀便認定沒有刊登的價値。另一方面，卻對安大成這個人產生了相當大的興趣。

對泡沫經濟時期的懷舊風氣直到現在依然沒有消褪。二〇二〇年即將舉辦東京奧運，都市地區的房價有上升的趨勢，股票市場也因爲政府的介入而維持在高點。週刊雜誌及一部份網站不斷發表樂觀天眞的文章，毫無責任感地大談美好的遠景。商場上那些過於短視近利的大人們再次跳入了這場「泡沫遊戲」中，藉此緬懷昔日的風光。

三反園向來對資本主義的現況抱持存疑，尤其過四十歲後，這樣的心態變得更明顯。

數字上下變化而時喜時憂的金錢遊戲，就像是一場以經濟體系爲莊家的賭局。地價、股價向來變化莫測，不管是上揚的理由還是下跌的原因，玩家們總是定期地在不同的場子裡犯著相同的錯誤。非正職員工人數持續增加而工會組織持續縮小，各種藐視個人基本尊嚴的社會風氣助長了貧富差距，但表面上的好景氣讓整個社會選擇對這些現象視而不見。

在從前日本經濟攀升至最高點的時代，站在經濟活動中心點，掌握龐大資金流動的那個男人，同時經歷天堂與地獄後，他到底看到了什麼？

「很抱歉，我想請教一下，令尊是否就是三反園正義教授？」

三反園突然聽到父親的名字，一時不知如何回應。

「……你認識家父？」

「緣慳一面，但拜讀過他的著作。」

「謝謝你的賞識，我還是第一次遇上讀過家父著作的人。」三反園半開玩笑地說。

安田舉出了一些書名，笑著說道：「雖然有些艱深難懂，但我關於熊彼得的基礎知識都是從這幾本書中學來的。」

約瑟夫・熊彼得是二十世紀最具代表性的經濟學家，與凱因斯齊名。除了資本主義，他也對社會主義及民主主義有精闢見解。對於長期在京都的私立大學研究近代經濟學的父親而言，熊彼得的學說理論是很重要的研究主題。三反園的父親身爲一名教授，發表過爲數眾多的論文，且得過獎。但由於父親個性孤僻陰鬱，導致三反園過去曾有一段時間對學術界感到厭惡。三反園能平心靜氣地閱讀父親的著作，已經是三十五歲後的事了。

三反園記得很清楚，當年向父親告知自己應徵《大日新聞》獲得錄用，得到的回答竟然是「別待在淺灘上」。當時三反園不明白，有些埋怨父親，但如今多少能理解父親的心情。

擔任報社記者的期間，他每天爲了達到早報的業績而忙得焦頭爛額。滿腦子只想著如何塡滿整個版面，根本沒時間看書，三反園逐漸對這樣的自己感到厭煩。

或許父親早已看到未來即將擋在兒子面前的那道高牆。三反園雖然是他的獨生子，兩人卻極少交談，父親每天都埋首在書堆裡，無時無刻都在沉思。那乍看孤獨的生活，其實是無上的幸福，而且是自己永遠無法達到的境界。直到父親罹患胃癌，三反園才想通這一點。

「吾妻具體到底說了些什麼？」

安田的問題讓三反園回過神來。

他喝了一口香檳，沉吟片刻，決定只把當初在電話告知的話重複一遍，並沒有提及對話的錄音檔及吾妻交出的原稿。

「簡單來說，我是安大成的爪牙，先誘騙節目企劃人員作出造假的綜藝節目，然後故意找報社的後進記者吾妻揭發這個新聞？至於我為什麼要這麼做，他也不是很肯定，是嗎？」

「說穿了就是這麼一回事。」

「虧他幹了這麼久的報社記者，竟然會以先入為主的想法為現實作出扭曲的解釋。他以前是個很單純的青年，相當受到同事們信賴呢……」

「吾妻的主張確實有些牽強。不過請容我再確認一次，上方電視臺的那位節目企劃人員待在東京的那段期間，你剛好是《近畿新報》東京分社的分社長，是嗎？」

「沒錯，那時我確實也在東京，跟那個人偶而會一起喝酒。」

「那時候你曾向他提過關於安大成的事嗎？」

「提是提過，但那是因為他問我『有沒有什麼趣聞』，我跟他說了一些關於安大成的傳奇事件。至於節目中的『安大成潛伏在日本』那些假消息，我可是從來沒說過。」

「安田先生，你委託吾妻幫你尋找安大成，這點應該沒錯吧？在你找上吾妻前，是否曾經聯絡過那個聲稱發現安大成行蹤的節目企劃人員？」

「我打了好幾通電話，但他都沒接。更何況那個節目到頭來並沒有眞正與安大成對談，當然他也不可能知道安大成的藏身地點。所以我那時想，與其找他幫忙，不如找一個我信任的記者……至少在那個時候，我是相信吾妻的。」

「安田先生，聽說你跟安大成是遠房親戚？透過親戚牽線或旅日韓人的人脈網絡，也沒辦法找到安大成嗎？」

「徒勞無功。」

三反園的這幾個問題，安田在回答時沒有絲毫遲疑。這可能代表他只是單純陳述事實，也可能代表他早針對可能會被問的問題準備好一套說詞，三反園一時無法肯定前者還後者。

「安田先生，我想請你看看這個。」

三反園從提包裡取出一本週刊雜誌放在桌上。

「或許你讀過了，上個月《文潮週刊》的頭版報導有一篇安大成的獨家採訪文。共六頁，內文包含了現在跟從前的照片。說起來丟臉，在雜誌發行之前，我完全不知道有這件事。我的屬下在書店裡看到雜誌，趕緊聯絡我，讓我嚇了一跳呢。」

「我也差不多。某位朋友打電話給我，我才知道這件事。我立刻跑到書店買這本雜誌，還沒走出書店就忍不住翻開來讀完了。」

今年剛過完年，三反園就得知了這個令人震撼的消息。

距今二十一年前，安大成因經濟犯罪而遭逮捕，在保釋期間突然從首爾的醫院中消失。兩年後警方在東京抓到了安大成，因他在保釋期間犯下的經濟犯罪而將他重新逮捕。

如今安大成已年過七旬，打破了長達二十年的沉默，三反園深深感到時代的流轉。

「安大成現在在首爾？」

「好像是吧。不過那篇採訪文的內容本身並沒有什麼大不了。」

那篇採訪文完全採用對話形式，並不包含記者的「陳述文」。

安大成在對談中提及了號稱戰後最大經濟案件的「井庄事件」、發生嚴重火災的飯店遺址收購事件、保釋期間逃走事件，以及服刑期間遭移送至韓國監獄的過程等等。雖然內容多達六頁，但或許是因爲獨斷的內容安排有誘導之嫌，安大成的回答謹愼保守，並沒有說出驚人之語。

然而這篇獨家採訪的價値並不在內容，而在於將安大成拉上媒體版面。三反園讀完這篇採訪文時，內心除了有一些被搶先一步的懊悔，卻也燃起一絲希望。

這代表有機會與安大成取得聯繫……

「三反園先生，你讀了之後有何感想？」

安田問，叫來服務生，點了一杯蘇格蘭威士忌加冰塊。

「老實說，我原本期待能有更深入的內容。不過要在雜誌上刊登，這樣或許接近極限了。」

「如果讓你採訪安大成，你想問什麼？」

「這個嘛……」三反園低頭望著桌上的香檳，宛如在爭取思考時間。

自己到底想問什麼？安田這麼問，可說是理所當然。三反園在心中重新整理原本模糊不清的各種想法，排出優先順序。

對於安大成幹下種種事件的背後眞相，三反園當然有興趣。如今外界理解的案情，幾乎都是檢察官陳述的內容。但一件案子帶給人的觀感，往往會因得知一件只有當事人才知道的內情而截然不同。

但比起安大成引發的案子，更讓三反園感興趣的是安大成這個人本身。

「首先是他花錢的方法。或許他本人也沒辦法全部記得，但我對於他把那麼多錢花在什麼地方相當好奇。若能得知那些錢的去向，或許就能對經濟的本質有更深的理解，而且對於安大成這個人也能作出更深刻的詮釋。另外還有一點，那就是關於韓國的問題。他建立起日本大阪與韓國釜山之間的定期渡輪航班，聲稱是增進日本與韓國的交流，我想知道在這個想法背後，是否有什麼不爲人知的內情。」

「我非常能夠體會你的想法。」

安田誇張地點頭同意，從服務生手中接下酒杯。

「我想談一點比較抽象的理論，希望你不要介意。」

三反園雙手交握，並將上半身微微往前傾，接著說道：

「我沒辦法想像這個世界的經濟差距會有改善的一天。所得分配不均的問題太過嚴重，無可避免會對資本主義的本質產生懷疑。不安定的經濟基礎讓生活變得困苦，民眾就會逐漸變得不理智。」

「嗯，畢竟被逼上絕路了。」

「沒錯，在這種時候，一定會出現一些花言巧語來謀取金錢的人。他們打著民族主義或國家主義的招牌，巧妙地利用一些對自己有利但來路不明的數據資料，鼓吹排外的社會風氣。」

三反園的腦海浮現當初採訪的歧視團體「德蘭」前成員。在那個人位於倉敷市內的公寓裡，凌亂地堆滿書籍及雜誌。其中絕大部分都是在吹捧日本及批評韓國。那名年約三十歲的前成員苦笑著說：「想把這些書丟掉，又怕引人注意而不敢丟。」

「這幾句話眞是現在時代的最佳寫照。」

「沒錯，絕大多數的民眾都在默默忍耐著。但資訊這種東西的可怕之處，在於即便是偏頗武斷的意見，每天聽在耳裡，久了也會習以爲常。」

「於是寒蟬效應就在這個氛圍下形成了。」

「我很想知道安大成對現在的日本有何看法。他很清楚日本的戰後局勢，對資本主義經濟的弱點也瞭如指掌。他在一個最接近人類慾望的環境中存活了下來。但他親身感受到的卻是從前那個時代的日本社會，當時還沒有建立起如蜘蛛網般的網路世界。正因爲他不曾經歷過如今的網路社會，或許能夠幫助我們重新找回一些遭到遺忘的重要觀念。」

三反園說到這裡，才發現自己不知不覺整個身體往前傾，於是訕訕地挺直了腰桿。

「不愧是三反園教授的兒子。如今這個社會充塞著荒唐可笑的價值觀，對於此點我深有同感。而且『安大成並不熟悉現代日本的網路社會』這個觀點也很有意思。」

安田露出高雅的微笑，一邊以手指抹去玻璃杯上的水滴。

「或許我這麼說有些自以爲是，但我認爲三反園先生剛剛一席話，正代表著對日本新聞界的危機意識。到頭來新聞素養就像是政治素養的一面鏡子。」

「抱歉，請原諒我班門弄斧。」

三反園喝乾了香檳，刻意避開視線，內心對安田的敏銳洞察力感到咋舌不已。世上若有「不想與之爲敵」的人，肯定就是像安田這樣的人吧。到這個地步，三反園更覺得吾妻毫無勝算。

「有件事情，我一直打算等今天見了你之後再作決定……」安田的口氣突然與剛剛截然不同。「其實我想請你見一個人。」

「見一個人？」

「我能叫他過來嗎？」

「當然沒問題……」

安田取出手機，在畫面上按了幾下，不一會便有一名身穿西裝的壯漢朝兩人走來。原來這個人剛剛一直坐在酒吧的後頭座位。

「好久不見了。」

那男人留著一把大鬍子，臉上充滿自信。三反園抬頭一看，驚愕得站起來。

赫然是桐野弘。

4

三反園完全沒察覺桐野一直跟自己坐在同一家酒吧。

「JR列車事故那一次，受了你不少照顧。」

兩人眼前是一張圓桌，桐野坐下時剛好位在兩人的中間。

二〇〇五年，兵庫縣發生一起JR列車脫軌事故，造成慘重傷亡。列車以極高的速度脫軌撞進公寓建築，死亡人數多達一百零七人。

當時三反園任職於東京本社，但被調派至受大阪本社管轄的阪神分局協助採訪，與當時任職於大阪本社社會部的桐野被分配在同一個小組內，因此兩人曾合作採訪意外事故的相關人物。

「抱歉突然前來打擾，我們已經十三年沒見了？」

「嗯……差不多吧。」

三反園受了桐野影響，不由自主地跟著說起了關西腔。

後來桐野也被調到東京本社，但三反園已經轉調地方分局，不曾共事。又過一陣子，三反園聽到傳聞，桐野照顧母親而辭去《大日新聞》的工作，進入故鄉的地方性報紙《近畿新報》。

服務生送上桐野的杯子，安田朝三反園低頭鞠躬。

「真是抱歉，讓你吃驚了。」

「我完全沒想到兩位竟然認識。不過仔細想想，你們待過同家報社，有私交也很正常。」

「嗯，不過當初在《近畿新報》裡的時候，我們完全沒有交集。」

「噢？那是怎麼結識的？」

「去年他引發誤報風波後，我就一直惦記著這個人。三反園先生，你也知道他是一位很優秀的記者。」

安田轉頭望向桐野，桐野尷尬地縮起寬厚的肩膀，說一句「給大家添麻煩了」。身材魁梧的桐野擺出那樣的動作，實在有些逗趣，但三反園笑不出來。自己三十分鐘前走進店內，桐野多半早就到了，但他沒有過來攀談，只是靜靜躲著偷看。一想到這點便背脊發涼。

「桐野現在是個自由記者。」安田接著解釋。

「原來如此。」

「嗯，不過現在風頭還沒過，他不敢使用桐野弘這個本名……對吧？」

安田輕拍桐野的肩頭，桐野苦笑著說道：「我現在使用的是水嶋晶這個筆名。」

「你現在採訪的是什麼樣的新聞？」

「網路上的毀謗案件。」

「啊，你說職棒選手那個案子嗎？」

「對，我正在蒐集相同案例。」

去年某職棒選手的家人聲稱在網路上遭人毀謗，憤而透過律師提出開示個資（註）要求，並且對在網路上發文毀謗的女性加害者索求包含開示個資相關費用在內的賠償金共兩百萬圓。由於這起案子與網路的匿名特性有著極大的關聯，在社會上引發了熱議。

「但這種案子要讓當事人接受採訪應該很不容易吧？」

「不過願意提供協助的律師也不少。畢竟網路是毀謗中傷的淵藪，永遠都有新的原告。對律師來說，這可能是即將取代模糊地帶——利率過度支付金追討訴訟的新市場。」

「如果這套制度能正常運作，網路風氣或許能改善一些。」

「目前還很難說，畢竟母數太大，或許只是杯水車薪。而且一查之下發現毀謗者就在身邊的例子也不少，例如是自己的朋友或公司同事。」

「可能會導致很多人的人際關係出現問題。」

「別人的醜態，就是我的吃飯工具。」

三反園看著桐野微微上揚的嘴角，感慨十三年歲月的變化真驚人。眼前這個男人表現出的那股憤世嫉俗，絕對不會只因爲年齡增長。三反園對於那猥瑣的發言只是笑而不語。

安田將酒杯擱在桌上，正好與三反園四目相交。

「桐野在採訪這個新聞的過程中，聽到耐人尋味的事。事實上這才是我們今天的主題。」

三反園愼重地點點頭，催促安田繼續說。安田今天把桐野找來，肯定跟這個主題有關。

「有位向桐野提供消息的律師，談到了另外一位居住在大阪的律師。」

安田望向身旁的桐野，示意接下來將交由他來解釋。

「這位大阪的律師……我們姑且稱他為A律師好了。聽說A律師一直與安大成維持著聯絡，因此我請提供消息的律師將我介紹給A律師。」

「桐野，你跟這位A律師見過面了？」

「沒錯，第一次見面是在去年秋天，到現在見過三次面。」

三反園聽到這裡，終於明白安田把桐野找來的理由。

「A律師知道安大成的下落？」

「沒錯，畢竟像安大成這種大人物，我很想跟他說說話，我若要東山再起，這可是千載難逢的好機會。」

三反園看著桐野那充滿自信的表情，心裡明白事態正朝著求之不得的方向發展。

「你有辦法見到安大成？」

「沒錯，而且他已經答應跟我見面了。」

「咦？你的意思是安大成願意接受採訪？」

「沒錯，三天後在首爾某一家飯店的房間裡，他給了我兩小時的時間。」

註：依照日本法規《網路業者責任限制法》的規定，民眾若認為在網路上遭人匿名毀謗，可藉由向網路業者申訴或提起訴訟的方式，要求對方提供眞實姓名、地址、電子信箱等個人資料。目前臺灣尚無類似制度。

「太棒了……桐野，你說得沒錯，這可是不得了的好機會！」

一想到將能採訪安大成，三反園不禁興奮得聲音微微顫抖。

「但有一件事想請你幫忙……」

安田再度對著三反園說道：

「我們想讓桐野採訪的稿子發表在《眞相新聞》上，不曉得方不方便？」

這天外之喜讓三反園舉起手掌輕輕一拍，說道：

「當然沒問題！我怎麼可能拒絕？對了，請問這報導是由我們《眞相新聞》獨家嗎？」

「目前我們是這麼打算。畢竟網路世界是桐野接下來的主要戰場，何況《眞相新聞》上的報導都經過嚴密求證，可信度很高。桐野也希望第一次復出是與三反園先生合作，畢竟你們曾經是《大日新聞》的同事。」

安田說完後，桐野點了點頭，朝三反園恭恭敬敬地鞠躬道：「請多指教。」

「剛剛我問你想問安大成什麼問題，正是爲了這件事。當然我並不是想測試你，請原諒。」

「請別這麼說。」三反園朝著安田連連揮手。

「我想要給桐野一個重新振作的機會。對我們而言，採訪安大成是最重要的事情。」

「謝謝你們把這個重責大任交給《眞相新聞》，我一定會盡全力提供協助。」

雙方達成共識，三反園與笑臉盈盈的桐野握了手。安田也一副心滿意足。

「關於具體細節，採訪的飯店房間我訂。三反園先生，能不能請你幫忙安排一位攝影師？」

「當然沒問題，請交給我吧。」

「抱歉，我有個不情之請……」桐野一臉歉意地說道：「能不能找上次拍瀧村光一的那一位攝影師？」

三反園心想，他指的應該是不久前世界級音樂家瀧村光一在日本巡迴演出時，配合記者進行隨行採訪的那位攝影師，於是道：

「你說德田嗎？他拍人物確實很有一套。好，我馬上跟他聯絡看看。」

所幸三反園自從獨立創業，與攝影師德田眞司已有五年合作經驗。雖然再過三天就要出發，但三反園相信德田只要不是有什麼無法分身的工作，一定會排除萬難參加這場採訪。

「最近我們老是在寫一些像《文潮週刊》記者搞外遇之類的三流報導，這下子終於可以發表一篇像樣的新聞了。」

「我也很高興能夠再次與三反園先生共事。出發前往首爾前，能不能再耽誤你一些時間？關於文章的風格走向方面，我想作些確認。」

「當然沒問題。若有我幫得上忙之處，請盡管提出。」

「那我們再乾一杯吧。」氣氛最融洽的時候，安田轉頭叫了服務生。

三反園朝身旁笑得開懷的桐野偷偷瞥了一眼。雖然這次的採訪合作是求之不得，三反園的心裡卻因爲某個女人而有些惴惴不安。當然三反園沒有對兩人說出這件事。

大約三個月前，《眞相新聞》接到了一封電子郵件。

5

所有的計畫都被一封電子郵件打亂了。

——現在打電話　方便嗎？

在見到安田前，從母親的手機傳來的這封電子郵件，對三反園的日常生活造成重大影響。

「邦雄竟然會作菜，媽媽到現在還是不敢相信。」

母親笑逐顏開地吃著每塊食材都特別巨大的牛肉奶油濃湯。

「畢竟我一直沒結婚。何況上了年紀之後，實在不想在外頭吃飯。」

「難道都沒有對象嗎？」

「到了這個年紀才結婚，反而是件丟臉的事。」

母親菊乃的左腳骨折了。雖然她在電話中一再強調「只是跟你說一聲」，但畢竟母親年事已高，加上一個人獨居，三反園說什麼也得趕回老家照顧她。因爲這個緣故，三反園只好放棄隨桐野一同前往首爾。

「媽媽，妳不記得那個肇事逃走的男人長什麼樣子？」

「那時太暗了，根本看不清楚，只知道是個年輕人。不過算了吧，不要追究了。媽媽擔心如果硬把那個人抓出來，他反而會向我們報復。」

母親菊乃在晚上散步途中遭腳踏車撞上，膝蓋受了傷。騎腳踏車的年輕人竟然逃走了，母親似乎也不打算報警。三反園雖然因工作的關係，看過了太多類似的案件，但如今發生在自己的母親身上，還是既震驚又憤怒。

「那種混帳一定不得好死。」

「別氣了，那種人自然會有報應。倒是你是不是該出門了？」

母親看了一眼牆上的時鐘說道。約定的時間確實已近了。

「啊，我得走了。要回來時我會先打電話，如果有什麼要買的東西再跟我說。」

「別太勉強自己。」

三反園輕輕舉手示意「知道了」，披上圍巾走向門口。

所幸一路上轉搭電車順利，三反園下午兩點抵達鄰縣的民營鐵路衣川站。車站建築與南側的站前大樓相連，一樓出口處是聚集了計程車及市營巴士的圓環。

約好的會合地點在計程車招呼站附近。那裡有一座愛心形狀的鐵製造型物。三反園站在造型物的前方左顧右盼，一個女人小步地跑過來。

「請問是三反園先生嗎？」

女人喘著氣問道。聲音比外貌給人的印象要低沉得多。

「抱歉，我原本想在這棟大樓裡的星巴克談，但小孩睡著了……」

森本美咲今天穿著短版羽絨外套及牛仔褲，將不算長的黑髮在腦後綁成馬尾，完全是一副日常生活的裝扮。

初次見面的兩人先簡單打了招呼，三反園便坐上了美咲停在圓環處的輕型汽車（註）。後座的兒童座椅上正睡著一名肥肥胖胖的嬰兒。三反園爲了拉近雙方的距離，一邊輕輕關上車門，一邊以關西腔問道：「幾個月了？」

「五個月，最近夜啼很嚴重，連白天也不太好入眠。坐在車上時或許是覺得震動很舒服，反倒睡得著。」

「原來如此，眞是不好意思，在這種最累的時候約妳出來。」

「請別這麼說，是我先聯絡你的。」

此時手握方向盤的嬌小婦人，在三個月前寫了一封電子郵件給《眞相新聞》的總編輯。

——因誤報問題而遭《近畿新報》解雇的記者桐野弘，最近又開始從事記者工作了。

簡單問候後，美咲寫下這句話。三反園一看，內心霎時有些驚愕。由於過去曾與桐野一起跑過新聞，三反園本來就對桐野的現況有些在意。

美咲的信中，提到了桐野正在採訪以網路毀謗爲主題的新聞。內容相當具體，看得出來她的背後一定有個消息提供者。但只要想想她一年前的遭遇，便不難理解她的動機。

森本美咲的丈夫在肇逃案中身亡，當時美咲的肚裡已懷了孩子。她傷心欲絕，沒想到又遇上一件雪上加霜的事情，那就是《近畿新報》刊登的「獨家報導」。那則報導包含一張號稱「肇逃歹徒所使用的黑色箱型車」的照片，但那其實是森本家的車子，而寫下那則報導的記者正是桐野。

「發生誤報風波的時候，妳應該很不好受吧？」

「嗯，如今回想起來，還是覺得很難過。」

美咲似乎只是開著車子隨便亂繞，並沒有一個明確的目的地。

事實上桐野的文章裡並沒有明確指出「歹徒使用的車子就放在死者家屬的住處」。但後來又傳出了一個消息，原來有另一名《近畿新報》的記者在事後前往採訪美咲，還擺出一副把美咲當成謀殺凶嫌的態度。換句話說，美咲不僅失去了丈夫，還被當成謀殺親夫的凶手。

「雖然我從沒仔細思考過這個問題，但我原本對報紙還滿信任的。然而有了這次的經驗……我這麼說或許有些誇張，但就算明知道不是每篇新聞都是假的，我也沒辦法再相信了。」

「要平復這個傷痛，應該要花不少時間吧。」

「自從孩子出生……不，早在孩子出生前，我就把生活的重心放在孩子身上了。這對我來說反而是件好事，我會警惕自己一定要堅強。」

車子在紅燈前停了下來，美咲轉頭望向後座的嬰兒。想必對她來說，努力揮別過去是唯一活下去的方法。如今她的車子也不再是那輛黑色箱型車，而是一輛靈活方便得多的白色輕型汽車。

註：依照日本的道路法規，輕型汽車指排氣量在六六〇西西以下的汽車。

「我雖然寄了那封信給你，但後來我也爲了找工作而忙不過來，一直沒再聯絡。今天謝謝你大老遠從東京來到這裡。」

「請別客氣，我很高興與妳見了一面。」

當初收到信的時候，三反園回了信，但原本沒有打算與森本美咲見面。這次決定要見她一面，一來是因爲剛好要回老家探望母親，二來也是因爲前天碰巧見到了桐野。

「最近有聽到什麼關於桐野弘的新消息嗎？」三反園問。

「沒什麼特別值得一提的消息，只知道他還是在當記者。」

三反園並沒有告訴美咲自己與桐野是舊識，前天剛見過一面。如果讓美咲產生戒心，可能會失去很多原本能得到的消息。

「或許這就是狗改不了吃屎吧，沒想到桐野竟然還在當記者。而且更讓我吃驚的是他現在採訪的主題竟然是關於毀謗罪。」

「聽說他現在使用『水嶋晶』這個筆名……妳能查得到眞是不簡單。」

三反園試著想要套出消息提供者的身分，但美咲沒有回應，滔滔不絕地說著對《近織新報》的不信任感。或許是平日沒有聊天對象，她彷彿有說不完的話。

「除了桐野之外，不是還有一個姓中島的主編嗎？」

「妳指『ＩＪ計畫』的那個中島？」三反園問。

美咲看著前方默默點頭。「ＩＪ計畫」是《近織新報》當初編列了每年兩百萬預算的調查報導企畫，但實際執行人員卻只有一名主編及一名記者，主要仰賴其他單位的人力支援。

「當初採訪我的那個記者發現報導有誤，去找那個中島主編確認，聽說當時他們就跟我們現在一樣，是坐在那個主編的車子裡說話。」

「中島主編開車嗎？讓一個情緒不穩定的人開車，可是相當危險。」

「當時車裡的氣氛一定很尷尬吧。」

美咲的臉上揚起一絲笑意。

三反園察覺此時美咲的精神狀況似乎也不太安定，只能敷衍地應一聲。

「妳爲什麼選擇我們《眞相新聞》作爲爆料的媒體？」

三反園試著改變話題。美咲將方向盤往右轉，笑著道：「《近畿新報》造假的消息，當初本來就是你們《眞相新聞》的獨家報導。何況我聽說你們是非常重視正確性的新聞媒體。」

「我們的目標之一，就是消除民眾所抱持『網路新聞都不能相信』的刻板印象。因此能聽妳這麼說，對我們是很大的鼓勵。說起來丟臉，最近我們老是靠婚外情的新聞來衝高點閱率呢。」

三反園說，自顧自地笑起來。美咲兩眼直視前方，只是輕輕點頭，什麼話也沒有回應。

發布《文潮週刊》的品川總編輯外遇的新聞後，品川一直沒有跟三反園聯絡。三反園試著寫信給他，但他完全沒有回信。或許是一直牽掛這件事，竟忍不住對美咲說出口。

三反園輕咳一聲，接著說道：

「森本小姐，妳希望我們將桐野的事情寫成報導？」

「唔……不好意思，我把車子停進這家餐廳的停車場好了。我實在不習慣開車談事情。」

美咲將車子開進空蕩蕩的餐廳停車場，拉起手煞車，接著纖細的手指抵著嘴唇，陷入沉思。

「我覺得很不甘心，桐野那種人怎麼能寫關於個人名譽或社會正義的報導？聽說他發表的媒體是Amazon的《Kindle砲》。不管怎麼想，我都覺得他是個不值得信任的人。我不想再看到有人因爲虛假的報導內容而受到傷害。」

三反園還是第一次聽到Kindle有自己的八卦雜誌。看來桐野是打算把關於網路毀謗的採訪調查成果發表在電子雜誌上。

聽著美咲的抱怨，三反園不禁心情越來越沉重。接下來自己正要與桐野合作，進行一場重要採訪。美咲將來如果得知，一定會對新聞媒體抱持更強烈的不信任感。三反園不樂見，但總不能在此時向美咲洩露關於安大成的消息。

採訪安大成的行動在三反園的心中具有舉足輕重的意義，因爲要建立起心目中理想的新聞網站，這篇報導是重要的契機。

當初採訪排外團體「德蘭」時，三反園便感受到這些人對旅日韓人有根深蒂固的歧視。因爲這個緣故，他更想知道當初聲稱「想促進日韓交流」的那個男人得知此事後有什麼反應。

事實上這一方面也是受了父親的影響。當年進入《大日新聞》工作時，父親那句「別待在淺灘上」深深烙印在內心深處。如今年紀已跟當年說這句話時的父親一樣，更讓三反園的內心充塞著焦躁與不安。

相對的評價沒辦法判斷出一個人的成熟度。每個人都只能跟自己比，沒辦法拿別人當基準。但對男人而言，父親是例外。三反園深信自己遠遠比不上父親，但若能順利實現採訪安大成，做出足以撼動記者俱樂部體系媒體的重大報導，或許可以讓自己跨出離開淺灘的第一步。

「……如果你很忙，沒時間寫這篇報導，我可以請別人幫忙。」

三反園聽到「請別人幫忙」，才驚覺美咲還在說個不停，自己竟不知不覺陷入沉思。

「請別人幫忙？」三反園隨口問了個問題。

「嗯，姓澤村的《近畿新報》記者。畢竟是關於桐野的報導，我請他幫忙，他應該不會拒絕。」

三反園一聽到澤村這個姓氏，立即便想起從前丸岡曾經提過這個記者。就是他在肇逃案的假新聞剛發生時，前往採訪美咲。從「他應該不會拒絕」這句話，不難想像那個男人心中一定對美咲抱持著極深的歉疚之意。

三反園只應了一聲「嗯」，便將視線避向一旁。

一想到自己馬上要背叛眼前這個女人，三反園便心情沉重。事實上自己並沒有從她身上挖到關於桐野的內幕消息，或許今天來見她根本是個錯誤的決定。

「寫的一方或許覺得沒什麼，被寫的一方可是會留下一輩子的傷痛。」

美咲如此呢喃。這時，坐在後座的嬰兒開始啼哭了。

「果然沒開著車子不行。」

三反園頓時感到如臨大赦，急忙說道：

「我也差不多該告辭了。」

回程的一路上，多虧了嬰兒嚎啕大哭，車內不至於陷入一片沉默。三反園看著毫無特色的縣道旁景色，開始試著調適自己。

桐野他們這時應該抵達首爾了。

6

從低樓層建築望出去的夕陽，就算再美也只是半吊子。

懸浮在陰鬱空中宛如膿瘡的夕陽常讓三反園心情煩躁，如今卻是一陣感傷。

大約一小時前，三反園在網路上發布安大成的採訪文。這篇文章立即成爲「Yahoo新聞」的頭條，根據網頁瀏覽分析工具顯示，初期點閱率甚至超越了《文潮》的婚外情風波。熟識的記者及出版業相關人士紛紛打電話向三反園詢問詳情，直到剛剛才終於恢復了寧靜。

獨自坐在會議室裡，三反園面對著筆記型電腦及罐裝啤酒陷入了沉思。對於一個成功在社會上引起騷動的記者而言，這片刻的時光是應得的權利與獎勵。三反園打算等等就打電話給桐野，告知點閱率急速攀升的現況，與他分享成功的喜悅。

打從今天一大早，不，正確來說是從昨晚，心情便忐忑不安。安大成眞的會現身嗎？直到日本時間的上午十點，桐野以手機簡訊傳了一句「到了」，三反園才終於放下心中大石。

中午十二點半左右，桐野打了電話回來，以興奮的口氣告知採訪順利完成。依照原訂計畫，採訪文將分成上下兩篇，依序在網路上公開。與網頁工程師一同在公司內待命的三反園看見攝影師德田早一步寄回的安大成照片，心情也莫名激動。

通常一般的新聞文章就算再長，也會先全部確認之後再進行分割。但這次爲了配合「Yahoo新聞」的特性，三反園決定以速報的形式發布。

大約三小時後，桐野寄回來的原稿幾乎沒有任何缺點。一如事先討論好的主題方向，除了安大成所引發的事件之外，對於他的人格特質及思想觀念也多有著墨。尤其是安大成提及了從小在日本長屋長大的回憶、遭受歧視的狀況、一九九六年保釋期間在首爾失蹤後的去向、以及長年以來一直成謎的「在韓國的作爲」，可說是意義重大的突破。

即使是面對同一個人，只要觀點不同，善惡的評價也會產生差異。安大成在採訪文中提到「促進日韓交流依然是我現在的目標」，還說「網路雖然是歧視思想的溫床，但也可以反過來利用網路的特性加以遏制。如今我正在研擬如何扭轉網路歪風的方法」，令人讀了不禁精神一振。

至於談到經濟面的問題，安大成更使用了相當詼諧的方式來表達。

——「創新（Innovation）」是資本主義經濟發展上不可或缺的條件。這是由經濟學家約瑟夫・熊彼得（Joseph Schumpeter）所提出的著名理論。您認爲泡沫經濟時代的「創新」是什麼？

創新？我只懂賺錢，不懂什麼叫創新。泡沫經濟的泡沫其實是外交局勢的副產物，與經濟無關。我不記得那個時代有什麼技術上的重大突破。總而言之，我當時滿腦子只想著如何把我經營的公司搞得風光體面。

——面對不景氣的時代，我們該抱持什麼樣的想法？

經濟是活的，不可能要怎樣就怎樣。所謂的不景氣，說穿就是「社會對現有的東西已經膩了」。但總是會有聰明的菁英人物陸續想出些新奇的東西。想跳得高，就得先穩穩站好腳步。如果原本就浮在半空中，想跳也跳不起來。踏在地上的時候不景氣，跳上天空就是好景氣了。

安大成說到的「新奇的東西」，就是熊彼得主張的「創新」概念。站穩腳步才能跳得高的說法，也對景氣循環的本質作出了極佳的詮釋。

讀完原稿，三反園不禁莞爾一笑。父親在世時雖然對熊彼得崇敬有加，卻對安大成這號人物極度厭惡，多麼諷刺。事實上當初在行前會議上，正是三反園自己向桐野提議問這個問題。

父親辭世至今已過五年，三反園明顯感覺到自己變得越來越內向。為了在新的領域打拚出成果，三反園逐漸習慣以嚴峻的態度審視每一件事情，導致與朋友也逐漸變得疏遠。其中一個朋友還曾說出「跟你說話好累」這種感想，讓年紀老大不小的三反園受了相當大的震撼。但除了沮喪之外，也時常感到可笑。這世上太多人的危機意識只是嘴巴說說而已。像這樣的人，特別喜歡從名人格言全集或商業成功案例之類的書籍中尋求慰藉。三反園對於製作那種只有「鎮定劑」效果的書籍絲毫不感興趣。

當年的父親雖然身爲教授，卻似乎對「出人頭地」顯得興致缺缺。一想到父親可能也嘗過如今自己心中的這股孤獨感，他內心頓時產生一抹自豪。對記者而言，網路新聞正是一種「創新」。唯有乘上這股「創新」的浪潮，才能從「淺灘」進入汪洋大海。三反園深知年過五旬的自己，能夠站在新聞業界最前線的時間已十分有限。

「三反園哥，能打擾一下嗎？」

丸岡敲門之後探頭進來。

「啊，你回來了？讀過採訪文了嗎？」

「讀了，果然如同三反園哥的預期，讀者反應很熱烈呢。對了，有客人來訪。」

「客人……？」

「突然打擾，眞是抱歉。」丸岡的背後傳來一聲沉著穩重的關西腔。

「相賀先生！」

三反園驚訝地站了起來。

「我有點事想找你談一談，剛好在樓下大廳遇上丸岡先生，就請他帶我進來了。」

相賀正和取下皮革提包，放在會議室的桌上。三反園請他就坐，他坐了下來，朝桌上的罐裝啤酒輕輕一瞥，將雪白的額頭劉海往後梳整。過去三反園只跟相賀見過一次面，如今三反園眼中的相賀依然是位溫文儒雅的紳士，與當年的印象完全相同。

「要不要喝點什麼？」

「我也想喝那個。」相賀指著罐裝啤酒笑道：「可惜我切掉部分胃袋，酒得盡量少碰。」

「眞的很抱歉，現在辦公室裡只有這個。」

丸岡將一瓶短瓶身的寶特瓶裝茶放在桌上。

「請不用招呼我，是我來得太突然。」

「我很想多聊聊，但手邊有電話採訪的工作要處理，恕我先失陪了。」

丸岡離開會議室後，相賀再度爲突然的來訪道歉。

相賀是《大日新聞》的退休記者，算起來是三反園的職場前輩。但由於相賀一直待在大阪本社，所以兩人幾乎沒見過面。當年前往支援ＪＲ列車脫軌意外時，兩人也沒有遇上。

「相賀先生在查的那個案子，有什麼進展嗎？」

「唉，完全沒有。」

相賀已經退休，但去年夏天調查報社同事自殺的內情，又過起採訪調查的生活。在那起案子裡，某個與同事生前曾有交流的婦人遭殺害且公寓遭縱火。相賀追查出縱火案的幕後黑手是一個詐騙集團，也確認其中一名集團成員的身分。但還沒來得及前往採訪，該名成員畏罪自殺了。經由東京本社某個職場前輩的介紹，相賀把關於這一連串內幕的報導發表在《眞相新聞》上。

「最糟糕的一點，是那個人竟然自殺了。我唯一的線索就這麼斷了。」

「我想那些傢伙總有一天又會露出馬腳的。」

「但願如此。」

相賀以浮現血管的手掌轉開寶特瓶蓋。最近氣候異常寒冷，他竟然能夠整天在外頭奔波採訪，實在令人不得不佩服。

「相賀先生今天來到東京，也是爲了採訪調查嗎？」

「是啊，不過是另一件案子。事實上正是爲了這件案子，我想向你確認幾件事情。」

「向我嗎？只要是我幫得上忙的事情，我很樂意提供協助。」

三反園說完這句話後，相賀停頓了片刻，沒有立即開口。原本相賀就是個沉默寡言的人，但今天的態度似乎有些不太對勁。

「是關於你們剛剛發布的安大成採訪文。」

「你說安大成那一篇嗎……？」

雖然有好幾名業界人士打電話向三反園打探內情，但相賀是第一個特地登門拜訪的人。畢竟採訪文一小時前才剛發布而已。

「署名撰稿的這位水嶋晶……應該就是桐野吧？」

「是的……啊，你們都曾待過大阪本社，應該互相認識……」

三反園正想接著說「包含我在內，我們三人都是《大日新聞》出身」，沒想到話還沒出口，相賀早一步說道：

「你知道桐野是因爲誤報的問題而離開了報社嗎？」

「你說後來《近畿新報》那件事嗎？這我當然知道，但是……」

「不，我說的是在《大日》發生的事。」

三反園一聽，錯愕地凝視著相賀。

……桐野待在《大日新聞》的期間，也曾犯下誤報的過失？

「桐野正是因爲誤報才離開了《大日新聞》。」相賀說道。

「等等，我聽說他是爲了照顧母親……」

「那只是對外的說詞而已。當年發生在大阪的一起男童遭殺害的案子，他寫了一則警方掌握嫌犯身分的報導，但那其實是誤報。」

男童遭殺害……警方掌握嫌犯身分……三反園依稀記得這件案子。

「當時桐野負責聯繫大阪府警搜查一課，遭他指爲凶嫌的那個男人確實一度遭警方懷疑，各大報社也都知道這個消息，但警方一直沒有找到決定性的證據。」

「既然是這樣，桐野爲何會寫出那樣的報導？」

「桐野說他得到了最新消息，那個男人的測謊結果顯示他並沒有說實話。但這個理由是桐野自己胡謅的。」

「這是怎麼回事……」

三反園忍不住脫口說出關西腔。自己像一頭遭牧羊犬驅趕的羊，只能朝著別人事先決定好的方向不斷前進。

「桐野捏造了聯繫警察的筆記資料。事實上根本沒有一名警察提到關於測謊的事。」

「桐野自己承認了？」

「沒錯，那時我正好在大阪本社擔任局次長，我找他私下談話，他當著我的面承認了。」

「原來如此……我一直待在東京本社，完全沒有察覺發生了這種事。」

「你當然不會察覺，因爲那篇誤報並沒有刊登訂正啟事。」

「咦？」

「一來桐野寫的報導文裡並沒有直接提及關於測謊的事，二來那個男人確實曾經遭警方懷疑……說起來這種心態實在很要不得。」

算不上說謊，卻也沒實質的內容。

身爲犯罪案件記者，無論如何不應該寫出這種有名無實的「假獨家報導」。

「後來桐野受到了什麼樣的懲處？」

「他提出辭呈。但當時誤報的事情還沒曝光，如果記者主動離職，可能會引來週刊雜誌的注意。」

「換句話說，你們需要一個讓他離開的正當理由……所以你們讓他以照顧母親爲由，跳槽到《近畿新報》？」

「我們本來打算即使《近畿新報》探聽內情，我們也絕對不會說出捏造採訪警察筆記的事。幸好《近畿新報》也沒有多問什麼。」

相賀今天來到這裡，到底所爲何事？相賀或許是從三反園的表情看出了這個困惑，先喝了一口茶，正襟危坐地問道：

「能不能請你告訴我，關於這次成功採訪安大成的來龍去脈？」

三反園內心有種後路逐漸遭阻斷的壓迫感。根據以往的經驗，他很清楚這代表著提問者的手上還握著關鍵性的棋子。

「剛開始的時候，是一位《近畿新報》的主編主動找上我們……」根據相賀剛剛說的那些話，三反園研判隱瞞對自己沒有好處，於是將前因後果一五一十地說了。

過程中相賀只是點頭應聲，幾乎沒有說話。三反園全部都說完後，相賀陷入了沉思。他整個人散發出一股「靜」的氛圍，臉上的皺紋帶著一種莫名的威嚴。

「這麼說來，你並沒有確認過採訪的錄音檔或影像檔？」

「是的，可是我收到了照片，原稿也沒有疑點。何況隨行攝影師跟我有很深的交情。」

三反園說完了這句話，自己也覺得這些都不足以當作證據，內心深處霎時閃過一抹不安。

相賀從皮革提包中取出一枚透明資料夾，從裡頭抽出一份以釘書機釘住的A4紙張，遞到三反園面前。看起來像是某種清單。

「這是什麼？」

「這是我整理的某集團成員名單。你剛剛說那位交情很深的攝影師，是不是德田眞司？」

「沒錯……」

三反園低頭一看名單，上頭赫然有德田的姓名、個人經營的照相館店名，以及聯絡方式。

「這上頭有德田的名字……」

三反園一句話還沒說完，已嚇得合不攏嘴。因爲上頭竟然也有安田隆及桐野弘的名字。

「相賀先生，這到底是……什麼名單……？」

三反園感覺自己的聲音微微顫抖。就在這瞬間，三反園想起當時在酒吧內的對話。德田跟自己確實是交情深厚的工作夥伴，但這次的採訪是桐野指名由他擔任攝影師，並不是自己的主意。

——能不能找上次拍瀧村光一的那一位攝影師？

「《大日新聞》大阪本社的後進記者之中，有一名記者叫野村新一，現在隸屬於經濟部。因爲某個企劃的關係，他追查安大成的行蹤幾乎追查了一整年。我現在急忙趕來見你，正是因爲野村跟我聯絡。他知道我跟你們《眞相新聞》曾經合作過……」

三反園聽著眼前男人的解釋，彷彿感覺身體正在流沙中逐漸下沉。

「這四天以來，野村一直嘗試與安大成接觸。但問題是他在的地點。你們這次的採訪，是在首爾的飯店房間內進行？」

「是的。」

「野村目前所在的地點，是慶尙南道。」

「慶尙……」

「慶尙南道，類似韓國南部的一個縣。我沒有問他是在哪一個市，但可以肯定一點，那就是安大成今天並不在首爾。」

「那個人眞的是安大成嗎？很抱歉恕我直言，會不會是那位野村先生認錯了人？」

「應該不會。」

「何以見得？」

「野村是根據多名日籍及韓籍人士的證詞，才鎖定了安大成的藏身地點。而且野村並沒有任何理由說謊騙我，但這名單上的安田跟桐野就不同了，他們有著一個共同的目的。」

「什麼目的……？」

「這名單上的人，都疑似與《造假新聞》上的發文有所牽連。」

《造假新聞》……

三反園感覺心臟噗通亂跳，腦袋亂成了一團。

《造假新聞》這個網站不僅惡意發布假新聞，還公開教導製作假新聞的技巧。但在《近畿新報》爆發捏造新聞風波後，《造假新聞》網站便遭受輿論嚴厲批判，網站上罵聲連連，負責人最後關閉了網站。爲什麼網站已不存在，相賀還要蒐集像這樣的名單？

當三反園以懷疑的目光重新審視現實，腦海忽然有如電光石火般閃過那張安大成的照片。

……那套西裝……

「請稍等我一下！」

三反園匆忙起身，焦急萬分地打開會議室的門，衝進了編輯辦公室。丸岡跟另一名打工的婦人一臉納悶地抬起了頭，不曉得發生了什麼事。三反園毫不理會，筆直衝向自己的辦公桌。

三反園從堆在桌上的雜誌中抽出一本《文潮週刊》。安大成的獨家專訪正是發表在這一號上。翻開雜誌一看，三反園霎時感到天旋地轉。下一秒三反園將雜誌用力摔在桌上，緊緊閉上雙眼，努力設法讓激動的情緒恢復冷靜。

專訪照片中口沫橫飛的安大成，與剛剛德田傳送照片中的安大成，穿著一模一樣的西裝。

7

不管打幾次電話，結果都一樣。

重複聽著告知「手機未開機」的女性電子合成聲，三反園的魂魄彷彿都被手機吸走了。

「打不通嗎？」

三反園對著相賀有氣無力地點頭。相賀在旁邊的鐵椅坐下來。

「安田、桐野、德田……全部打不通。」

「是嗎……」

此時會議室裡只有三反園及相賀兩人。相賀露出一臉凝重的神情，嘆了一口氣。

三反園仔細比對德田傳來的照片與《文潮週刊》的照片，不僅是安大成身上的西裝，就連襯衫、鞋子及口袋飾巾也如出一轍。最關鍵性的證據，是翹腳時露出的襪子花紋也完全相同。

「《文潮》的品川總編輯也聯絡不上嗎？」

「他沒有關機，但也沒接電話。」

三反園捧著頭說道。會議室陷入一片沉默。三反園根本沒有辦法靜下心來好好思考對策，滿腦子只想否認眼前的現實。

「相賀先生，你那名單上的人員的都是《造假新聞》的組織成員？」

三反園打破了沉默。自己的聲音聽起來虛弱不已，只能以窩囊來形容。

「詳情是這樣的……」

相賀嚴肅地正視著三反園道：

「當初我聽到桐野在《近畿新報》再度捏造新聞的消息時，我幾乎不敢相信耳朵。剛開始，我以爲桐野是得了一種習慣說謊的病。但我心裡除了氣憤與同情，還有一種說不上來的疙瘩。」

「疙瘩？」

「沒錯，如今回想起來，那或許是一種直覺吧。桐野捏造新聞的做法，似乎不是一句『習慣說謊』可以解釋。不管是出馬參選市長的新聞，還是肇逃案的新聞，若要用一種比較抽象的方法來比喻，那根本『不是一介新聞記者應該寫出的稿子』。」

那不是一介新聞記者應該寫出的稿子……相賀這句話彷彿鑽入三反園的心坎裡。沒錯，自己的內心深處也早已隱隱有這種感覺。

「當我把『獨家報導的壓力』或『一時誤入歧途』這種爲了解釋而解釋的理由排除掉，冷靜審視桐野所作所爲……我漸漸開始覺得桐野並不是一名眞正的記者，而是『另一邊』的人。」

「你指……《造假新聞》那一邊？」

「沒錯，他的動機並不是淺顯易懂的『記者工作壓力太大』，而是一種對新聞媒體的敵意。他不是一名新聞記者，而是一名政治運動家。」

雖然相賀的主張越來越匪夷所思，三反園的內心卻被這個論點深深吸引。

「剛開始我自己也認爲這個假設實在荒誕不經。但不知該說是幸還是不幸，我剛好是個空閒時間特別多的人。由於詐騙集團那個案子已經完全斷了線索，我爲了替心中的『疙瘩』找出合理的解釋，開始調查起桐野的生平經歷。」

眼前這名退休的新聞記者，正以緩慢斯文的關西腔訴說著他的調查成果。三反園受到震懾，逐漸開始醒悟自己犯下什麼錯誤。

「在調查桐野的過程中，我認識了一位在東京某私立大學教媒體學的副教授。一問之下，原來他也在調查你們之前發表過的『德蘭』這個組織，而且組織成員與《造假新聞》這個網站有所牽連。對了，我剛剛不是提到一位野村記者嗎？這位副教授就是他太太的消息提供者。」

「野村太太的消息提供者？」

「沒錯，他們是辦公室婚姻，野村的太太也曾經是大阪的《大日新聞》記者。」

「野村太太也調查過關於『德蘭』的事？」

「三反園先生，你不是在倉敷採訪一名『德蘭』前成員嗎？事實上就在隔天，野村太太也爲了採訪那個人而前往了岡山。」

三反園聽到這裡，忽想起當初那個男人確實說過，有個大學職員建議他接受報紙記者採訪，但他猶豫不決。當時三反園擔心遭對方搶先一步發布新聞，因此告訴男人「不必勉強答應」。直到今天，三反園才知道當時的競爭對手是《大日新聞》。

「因爲這些機緣，我跟那位副教授有了一些交情。他告訴我，他也認爲當初《近畿新報》的誤報跟一般常見的誤報顯然有所不同。而且他懷疑《造假新聞》網站並非只是一個唯恐天下不亂的滋事網站，而是一個由多名資訊媒體領域的專業人士基於相同理念所經營的網站。」

「換句話說，他懷疑的方向跟相賀先生大致相同？」

「沒錯，於是我們著手調查起這件事。剛開始同伴只有我跟那位副教授，及一位我信得過的從前部下。後來有越來越多對《造假新聞》問題感興趣的學術界及新聞界人士加入陣容，如今我們這個團體已有七位成員。」

三反園越聽越覺得內幕深不可測，已不再抱持「或許安大成的採訪文並非誤報」的希望。以結果來看，森本美咲的懷疑一點也沒有錯。三反園的心裡不由得對她充滿歉疚。畢竟當初美咲會找上自己，是她認爲《眞相新聞》是個值得信賴的新聞媒體。

「這次他們連《眞相新聞》也想陷害，或許意味著他們準備要大張旗鼓地活動了。」

「這個組織的成員到底都是些何方神聖？光是《造假新聞》的騷動還沒辦法滿足他們？」

「我最近才查到一個消息，他們似乎將組織命名爲『Virtual Estate』，簡稱ＶＥ。」

三反園一時想不出翻譯成什麼字眼。加賀似乎看出三反園的疑惑，於是說道：

「那位副教授翻譯成『虛像的階級』或『虛像的權力』。」

「權力？」

「沒錯，但這個權力指的並不是立法、行政、司法這三權，而是指第四權。」

「第四權的意思是大眾媒體吧？他們認爲大眾媒體是個虛像？」

「或者該說他們的目標是讓大眾媒體變成虛像。除了日本國內，這個組織至少在英、美、澳等國都有成員。」

「這是一個國際性的組織？」

「我們這個調查團隊裡沒有人懂除了英語以外的外語，所以並不清楚英語圈以外的狀況。副教授會發現這件事，是因爲某個英國社群網站令他察覺不對勁。雖然網路上的假新聞多得數不清，但VE的行動有一個共通的特徵，那就是想盡辦法要讓報紙、電視、雜誌這些傳統媒體在社會上失去信用。不過像《近畿新報》那樣在社會上引起騷動的誤報風波，世界上似乎還沒有出現過。畢竟日本的報紙組織，以世界標準來看也算是規模非常巨大。」

除了報紙以外，電視也是傳統媒體之一。由此看來，吾妻裕樹聲稱安田利用節目企劃人員讓關西的準核心局電視臺製作出假節目，或許確有其事。

「這麼說起來，不管是在《大日新聞》還是《近畿新報》，桐野的誤報都是刻意安排的詭計？但他爲什麼要這麼做？這群人的最終目的到底是什麼？」

「概觀人類的歷史，革命的目的都在於顛覆統治階級。但在如今這個資訊時代，或許眞正的革命是第四權的消滅。」

「你是說，他們陶醉在發動革命的幻想？但我很難想像這種事發生在現實中。」

「最初我也覺得這只是異想天開的陰謀論。但不可否認，人類的價値觀會輕易受『創新』的思想左右。」

三反園聽到「創新」一詞，不禁想起桐野寄來的採訪原稿。那些內容恐怕也全是杜撰。

「雖然還沒有明確定義，但有人認爲一般民眾散播資訊的行爲可視之爲『第五權力』。或許VE正是認爲想要行使最新的權力，就須先將傳統的權力排除……若使用資訊時代的新說法，或許該稱之『卸載』。在這樣的觀念之下，依然有影響力的大眾媒體自然會成爲他們的眼中釘。」

這樣的推論完全超越一般人的常識範疇，但相賀的豐富詞彙及冷靜口吻讓三反園無法嗤之以鼻。三反園只能裝得若無其事，勉強搖頭說道：

「可是……我還是很難相信。或許桐野眞的捏造安大成的採訪文，但他的動機可能是報仇。當初他還在《近畿新報》時，正是我們《眞相新聞》揭穿他捏造新聞的行徑……」

三反園的腦袋早亂成一團，雖然試著反駁，但說到一半，就想起另一件事而沒辦法再說。

……當初《近畿新報》捏造新聞的內幕消息，正是由攝影師德田洩露給了丸岡。

又一件發生在身邊的事情，印證相賀的推論。當初丸岡揭發《近畿新報》的醜聞，或許也是VE在背後操弄。

「但如果他們的攻擊目標是傳統媒體，爲什麼我們《眞相新聞》也會遭受攻擊？這讓他們的行動毫無一貫性可言。」

三反園宛如在新時代的神祕巨浪中垂死掙扎著。相賀輕輕搖頭，想也不想地說道：

「他們多半是看準了《眞相新聞》內部只有你跟丸岡先生是報社出身。你是《眞相新聞》的經營者，而丸岡先生是唯一的正職員工。在他們的觀念裡，就算改變了媒體的架構，如果本質沒有跟著改變，還是無法實現眞正的資訊化社會。他們正好可以利用《眞相新聞》向世人宣稱『傳統媒體勢力躲在背後操控』及『傳統媒體勢力依然是坐領高薪的正職員工』等等主張。」

三反園感覺退路一條接著一條遭到截斷，已想不出話可以反駁。

傳統大眾媒體在記者俱樂部等制度的保護之下，可說是極盡保守與封閉之能事。全世界爆發資訊革命至今已過了二十多年，終於出現了像VE這樣企圖徹底顚覆傳統媒體的新勢力。多如牛毛的假新聞發揮了有如劣幣逐良幣一般的效果，已開始侵蝕傳統媒體的地盤。若以這點來看，相賀的推論恐怕不是杞人憂天。

一想到《眞相新聞》已遭VE視爲攻擊對象，三反園便毛骨悚然。美咲當初提到，桐野將關於網路毀謗的報導發表於Amazon的《Kindle砲》上。如果他的「砲口」不是指向網路毀謗，而是指向自己……

驀然間，三反園的心中又浮現另一個疑問。母親在這個時候受傷骨折，眞的只是偶然嗎？騎腳踏車撞了母親後逃走的那個年輕男人身影在三反園心中迅速膨脹，壓迫著胸口。如果不是因爲母親受傷，自己無論如何一定會跟著前往首爾。

心中的懷疑有如連鎖反應般一個接著一個浮現，一旦疑神疑鬼便再也停不下來。

「如果德田傳送給我的照片眞的來自《文潮》內部，爲什麼《文潮》總編輯要幫他這個忙？難道是因爲我們報導了他的婚外情，所以他挾怨報復？」

「目前我們只知道各大出版社內都有ＶＥ的協助者，但沒有證據顯示《文潮》總編輯親自幫了這個忙。我不認爲《文潮》是以整個組織對ＶＥ提供協助，因爲一旦東窗事發，《文潮》要承擔的風險實在太大。」

「還有一點，我不明白他們的行動爲什麼一直圍繞著安大成打轉。難道是因爲安田跟安大成有親戚關係，所以方便利用？」

「安田確實是旅日韓人的第二代，但他根本不是安大成的親戚。」

三反園聽到這裡，已不知該相信什麼，整個人癱倒在椅背上，撫摸著凹陷的臉頰。

「不過有一點値得注意。數天前野村與安大成交談，安大成曾問到『《眞相新聞》這個新聞網站在日本是不是很有名』。」

「這表示……」

「這表示安大成很可能知道《眞相新聞》即將發布他的採訪文。」

「這麼說來，在這次的假採訪文事件中，安大成也是共犯？他也是ＶＥ的協助者？」

「由於沒有充分的證據，我們只能單憑想像。我認爲安大成很可能打算利用新型態的媒體達到某種目的。」

一旦傳統媒體信用掃地，世人對於從前的新聞報導也會開始抱持懷疑態度。

安大成的心裡到底在打著什麼算盤？

三反園不曾對「資訊」如此恐懼。原本自己一直賴以維生的產業，正以難以置信的速度朝著完全不同次元的方向發展。他心裡非常清楚自己未來勢必得爲今天的輕率決定付出慘痛代價。但另一方面，這也燃起沉睡已久的鬥志。

資訊宛如漣漪般規律擴散的時代已經結束了。

「當年沒有發布訂正啓事，如今讓我非常後悔。」

相賀看著坐在椅子上發楞的三反園，咬著嘴唇如此說道。

「在察覺桐野捏造警察採訪筆記的時候，我應該依循新聞精神，公正地處理那件事。正因爲我作出錯誤的決定，才會產生像桐野弘這樣的怪物。」

「但是……桐野不可能一直這麼幹下去。」

「他確實沒辦法再使用相同的手法行騙，但不管是在網路上的任何角落，他都可以發布訊息，而且在接下來的時代，生活中的絕大部分時間都離不開網路。」

相賀說到這裡，靦腆地推了推眼鏡框。

「我原本對機器很不在行，自認爲當個舊時代的人也沒什麼不好。但多虧了桐野，現在我決定要好好努力學習了。」

「躲在《造假新聞》背後的這些人，我可以理解他們把報紙、電視都視爲敵人的心情，但我還是想不透他們的最終目的是什麼。」

「或許這個世界對資訊的觀點已逐漸產生本質上的變化。在從前的時代，新聞的基本前提是正確及對社會有所幫助。但不久的將來，『有趣』將取代『正確』，『對自己有幫助』將取代『對社會有幫助』。」

三反園不禁嘆了口氣。相賀也垂下脖子，緩緩搖了搖頭。

「再過不久，不管公司、商店、金錢，甚至人……都會成爲只能在螢幕上看見的元素。全世界少數幾家網路平臺業者將吸取所有民眾的個人資料，建立起巨大的權力機制。像桐野這種人或許將成爲巨大資本的爪牙，每天不斷創作出對己方有利的新聞，與敵對勢力一較高下。」

「如果這樣的時代眞的來臨……報紙還能存活嗎？」

相賀沒有回答這個問題，默默將名單放進透明資料夾，收回提包裡，接著緩緩站起來。不帶絲毫迷惘的動作，打碎三反園心中最後一絲獲得安慰的期待。

相賀伸手握住門把，忽然轉頭喊道：

「三反園先生。」

三反園抬起頭，以渴望救贖的眼神應一聲「是」。相賀對三反園的窩囊神情毫不理睬，只是目光如電地瞪著三反園道：

「記者的工作，靠的是一雙腿。」

會議室的門再度關上，相賀的一頭白髮自視線前方消失。

「三反園哥！」

下一秒丸岡突然衝了進來，手上拿著一臺平板電腦。

「Twitter上開始有人針對安大成的採訪文大肆批評！」

網路使用者仗恃著網路的匿名特性，肆無忌憚地侮蔑與謾罵，這已不是什麼新聞。即使不看畫面，也能想像那些極盡羞辱能事的字眼。

不久前三反園自己才在編輯會議上開了「乾脆連網路新聞的誤報也查一查」這句玩笑話。如今的諷刺下場，令三反園露出自虐的微笑。

接下來的日子，自己勢必得承受排山倒海般的批評與惡意攻擊。一想到年過五旬還得讓母親操心，三反園便相當慚愧。但多年的人生歷練，也讓三反園清楚看出自己鑄下大錯的根本原因。

記者靠的是一雙腿……相賀這句話一針見血。既然身爲記者，就應該游走在新聞最前線，以自己的雙眼確認，以自己的腦袋思考。現實詭譎多變，但接下來該做的事一清二楚。

「我出去一下，馬上就回來。」

三反園衝出編輯辦公室，穿過走廊，奔下樓梯。紊亂的呼吸聲中，還伴隨著這樣的呢喃：

「別待在淺灘上。」

如今三反園終於徹底領悟這句話的眞諦。這不是一句揶揄，而是對處事態度的提醒。

打開一樓大門，來到大樓前的人行道上，三反園停下腳步。轉頭望向車站的方向，可以看見相賀的背影逐漸遠去。調勻呼吸，再次重新舉步。

一架飛機劃過了日落前的群青色天空。

望著那架飛機，他心裡想著得把護照找出來才行。

（完）

E FICTION 35／虛假的共犯

原著書名／歪んだ波紋
作　　者／塩田武士
原出版者／講談社
翻　　譯／李彥樺
責任編輯／詹凱婷
編輯協力／顏雪雪
業務・行銷／陳玫潾・徐慧芬
編輯總監／劉麗眞
總　經　理／陳逸瑛
榮譽社長／詹宏志
發　行　人／涂玉雲
出　版　社／獨步文化
城邦文化事業股份有限公司
104台北市中山區民生東路二段141號5樓
電話：(02) 2500-7696　傳眞：(02) 2500-1967
發　　行／英屬蓋曼群島商家庭傳媒股份有限公司
城邦分公司
104 台北市中山區民生東路二段141號2樓
網址／www.cite.com.tw
讀者服務專線／(02) 2500-7718；2500-7719
服務時間／週一至週五：09：30～12：00　13：30～17：00
24小時傳眞服務／(02) 2500-1900；2500-1991
讀者服務信箱E-mail／service@readingclub.com.tw
劃撥帳號／19863813
戶名／書虫股份有限公司
香港發行所／城邦（香港）出版集團有限公司
香港灣仔駱克道193號東超商業中心1樓
電話／(852) 2508-6231　傳眞／(852) 2578-9337
E-mail／hkcite@biznetvigator.com
馬新發行所／城邦（馬新）出版集團
Cite (M) Sdn Bhd
41, Jalan Radin Anum, Bandar Baru Sri Petaling,
57000 Kuala Lumpur, Malaysia.
Tel: (603) 90578822
Fax:(603) 90576622
email:cite@cite.com.my
封面設計／廖韡
排　　版／游淑萍
印　　刷／中原造像股份有限公司
●2019（民108）7月初版
售價360元

ISBN 978-957-9447-37-9

國家圖書館出版品預行編目資料

虛假的共犯／塩田武士著；李彥樺譯. –初版. – 台北市：獨步文化，城邦文化出版：家庭傳媒城邦分公司發行，民108.07
面 ； 公分. --（E fiction ; 35）
譯自：歪んだ波紋
ISBN 978-957-9447-37-9（平裝）

861.57　　105004607

獨步文化
APEX PRESS

廣	告	回	函
北區郵政管理登記證			
台北廣字第000791號			
郵資已付，免貼郵票			

104台北市民生東路二段 141 號 2 樓

英屬蓋曼群島商家庭傳媒股份有限公司

城邦分公司

請沿虛線對摺，謝謝！

獨步文化
APEX PRESS

書號：1UR035　　**書名**：虛假的共犯　　**編碼**：

請於此處用膠水黏貼

獨步文化 APEX PRESS

讀者回函卡

謝謝您購買我們出版的書籍！

請費心填寫此回函卡，我們將不定期寄上城邦集團最新的出版訊息。

姓名：________________ 性別：□男 □女

生日：西元________年________月________日

地址：________________________________

聯絡電話：________________ 傳真：________________

E-mail：________________________________

學歷：□1.小學 □2.國中 □3.高中 □4.大專 □5.研究所以上

職業：□1.學生 □2.軍公教 □3.服務 □4.金融 □5.製造 □6.資訊

□7.傳播 □8.自由業 □9.農漁牧 □10.家管 □11.退休

□12.其他________________

您從何種方式得知本書消息？

□1.書店 □2.網路 □3.報紙 □4.雜誌 □5.廣播 □6.電視

□7.親友推薦 □8.其他________________

您通常以何種方式購書？

□1.書店 □2.網路 □3.傳真訂購 □4.郵局劃撥 □5.其他

您喜歡閱讀哪些類別的書籍？

□1.財經商業 □2.自然科學 □3.歷史 □4.法律 □5.文學

□6.休閒旅遊 □7.小說 □8.人物傳記 □9.生活、勵志 □10.其他

對我們的建議：________________________________

____

____

為提供訂購、行銷、客戶管理或其他合於營業登記項目或章程所定業務需要之目的，家庭傳媒集團（即英屬蓋曼群島商家庭傳媒股份有限公司城邦分公司、城邦文化事業股份有限公司、書虫股份有限公司、墨刻出版股份有限公司、城邦原創股份有限公司），於本集團之營運期間及地區內，將以mail、傳真、電話、簡訊、郵寄或其他公告方式利用您提供之資料（資料類別：C001、C002、C003、C011等）。利用對象除本集團外，亦可能包括相關服務的協力機構。如您有依個資法第三條或其他需服務之處，得洽詢本公司服務信箱cite_apexpress@cite.com.tw請求協助。相關資料不提供亦不影響您的權益。

□我已詳讀權利義務之相關條款，並同意遵守。

請於此處用膠水黏貼

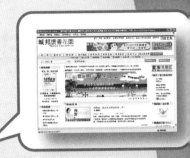